Amour...
Et Courage

ANDREW GREY

Amour...
Et Courage

ANDREW GREY

Publié par
DREAMSPINNER PRESS

5032 Capital Circle SW, Suite 2, PMB# 279, Tallahassee, FL 32305-7886 USA
www.dreamspinnerpress.com

Amour… et courage
Copyright de l'édition française © 2013 Dreamspinner Press.
Titre original : Love Means… Courage
© 2012 Andrew Grey.
Première édition : octobre 2009
Traduit de l'anglais par Alex Penn.

Illustration de la couverture :
© 2009 Mara McKennen.
Les éléments de la couverture ne sont utilisés qu'à des fins d'illustration et toute personne qui y est représentée est un modèle

Édition e-book en français : 978-1-61372-866-6
Édition imprimée en français : 978-1-64080-886-7
Première édition française : février 2013
Première édition imprimée : juillet 2018
v 1.1

Édité aux États-Unis d'Amérique.

PROLOGUE

— MONSIEUR PARKER, l'éclairage est-il prêt ?

— Oui, monsieur Stevens, je suis prêt à commencer dès que vous l'êtes. *Je suis prêt depuis une demi-heure* . Il alluma le projecteur, le pointa au centre de la scène et attendit le début de la répétition générale.

— Danny, Sandy, on y va ?

Pendant les répétitions, monsieur Stevens, le professeur de théâtre, mettait un point d'honneur à appeler tous les acteurs par leur nom de scène. Il avait l'intime conviction que cela les aidait à se mettre dans la peau de leur personnage. Len, qui avait assisté à de nombreuses répétitions depuis la passerelle de service, avait quant à lui plutôt l'impression que cela troublait les acteurs plus qu'autre chose, mais qui était-il pour oser donner son avis ?

Derrière les rideaux, tous les acteurs répondirent en chœur :

— Oui, monsieur Stevens !

La répétition commença. La tâche de Len consistait à diriger l'un des deux projecteurs. À mesure que la répétition se déroulait, sa meilleure amie Ruby et lui, suivaient les ordres qu'on leur avait donnés et éclairaient la scène tel qu'on le leur avait demandé.

Ils étaient amis depuis l'école primaire mais, même s'il avait l'impression qu'elle en pinçait pour lui, il ne faisait rien pour encourager ses sentiments. Elle était sa meilleure amie et il ne voulait pas gâcher leur amitié par une aventure amoureuse. D'ailleurs, s'il était tout à fait honnête avec lui-même, elle n'était pas son genre. Pas du tout, *du tout* son genre, mais il ne s'autorisait pas trop à penser à cela.

Elle se pencha près de lui et lui frôla le bras.

— Je ne comprends pas pourquoi tu t'es porté volontaire pour faire ça. Ne te méprends pas, ça me fait plaisir, mais ce n'est pas vraiment le genre de choses que tu fais d'habitude.

C'était vrai, il ne l'aurait pas fait par pur plaisir, mais le professeur de théâtre, qui était également son professeur de français, avait promis une meilleure note à tous les élèves qui participeraient à la pièce du lycée.

Il se tourna vers Ruby l'espace d'une seconde.

— Je ferais n'importe quoi pour réussir cette matière !

1

Et il focalisa de nouveau toute son attention sur la scène, concentré sur la tâche qui lui incombait.

— En plus, murmura-t-il doucement en pointant le projecteur sur Sandy, c'est plus amusant que ce que j'avais imaginé.

C'était vraiment amusant mais il était exclu qu'il en dévoile la raison à Ruby. Il élargit le faisceau de lumière pour éclairer à la fois Sandy et Danny et dut se retenir de soupirer. *Mon Dieu, t'es en train de te transformer en fille.* Il chassa cette pensée de son esprit avant qu'elle n'accapare complètement son attention et se força à suivre ce qu'il se passait sur la scène.

Cliff Laughton jouait le rôle de Danny Zuko et tout au long des répétitions, Len n'avait pu s'empêcher de penser à lui. En particulier la nuit, lorsqu'il était seul dans son lit. Ces dernières semaines, Cliff Laughton faisait l'objet de tous ses fantasmes – Len se demandant souvent à quoi il pouvait ressembler sous son blouson noir et son tee-shirt blanc – et ce qui se cachait sous ce jean qui était définitivement trop petit d'une taille.

Len s'arracha à son fantasme juste à temps pour faire ses réglages pour le numéro suivant, 'Une romance d'été'. En toute hâte, il remplaça les filtres et éclaira l'intégralité de la scène au moment où celui-ci commençait.

Len était captivé, fasciné par le numéro de danse, si suggestif qu'il suffirait à séduire quiconque était originaire de la petite ville de Scottsville, Michigan, bien que Len ne s'en rende pas compte. Tout ce qu'il savait, c'était que Cliff se déhanchait sur scène et remuait son petit derrière musclé.

— Elle danse merveilleusement bien, tu ne trouves pas ?

Et merde ! Ruby avait remarqué à quel point il était subjugué par le spectacle qui se déroulait sous leurs yeux. Il acquiesça et soupira de soulagement. Elle pensait son esprit captivé par Sheila Gowell, qui jouait Sandy, et cela l'arrangeait bien.

— Tu l'as dit !

En réalité, il ne l'appréciait guère, elle volait la vedette à Cliff et surjouait son rôle, mais il ne le dirait pas à Ruby. Il ne pouvait pas se permettre que quiconque se rende compte de ses sentiments : on avait beau être en 1979, on était tout de même à Scottsville, Michigan, pas à New York ou à San Francisco, et la perspective que quelqu'un se rende compte qu'il était intéressé par les garçons suffisait à le faire frémir.

— Tout se passe bien, non ? dit Ruby qui s'était approchée de lui, s'inclinant contre la rambarde à mesure que l'action se poursuivait.

Il répondit à voix très basse de manière à ne pas gêner le spectacle.

— Oui, tu as raison.

Il lui sourit et se concentra sur la pièce et les indications qu'on lui avait données.

À l'entracte, il quitta la passerelle et s'approcha de son professeur de théâtre, qui se tenait debout près de la scène.

— Est-ce que l'éclairage vous convient ?

— Oui, tout était parfait.

Len sentit la main de son professeur se poser sur son épaule. Alors qu'il tournait les talons, prêt à remonter sur la passerelle, il vit Cliff au bord de la scène.

— Monsieur Stevens !

En prononçant ces mots, Cliff sauta de la scène, perdit l'équilibre et renversa Len au passage, qui se retrouva à terre, Cliff atterrissant sur lui. Len pouvait à peine respirer, non pas parce que Cliff venait juste de le bousculer, mais parce qu'il avait sentit la chaleur de son corps à travers ses vêtements lorsqu'il lui était tombé dessus. Lorsque Len ouvrit les yeux, il se retrouva face à face avec Cliff. Son regard était doux et chaleureux et son haleine sentait les tic-tac. Len réagit rapidement et commença à se dégager. Il ne pourrait pas avoir plus honte, il ne pourrait jamais s'en remettre si Cliff sentait son désir durcir dans son pantalon.

— Cliff ! Len ! Est-ce que tout va bien ?

L'agitation autour d'eux mit fin à cette promiscuité soudaine.

Cliff s'était déjà relevé.

— Moi ça va, mais j'ai atterri sur Len.

Il se tourna vers lui, toujours étalé sur le plancher.

— Tout va bien ?

Len saisit la main qu'il lui tendait et se remit doucement sur pieds.

— Ca va, je suis juste un peu essoufflé.

Et franchement soulagé que tu ne te sois rendu compte de rien .

— Ne vous inquiétez pas, ça ira, les rassura-t-il.

Il cessa d'être le centre d'attention et on se remit au travail. Len écouta les instructions de son professeur avant de remonter sur la passerelle.

Ruby se leva et alla à sa rencontre lorsqu'il se replaça à son projecteur.

— Ça va ?

— Oui, ça ira.

— Allez, tout le monde en place, place au deuxième acte !

On baissa l'intensité des lumières du plafond et Len alluma son projecteur, se concentrant du mieux qu'il pouvait sur la scène. Son esprit, lui, était ailleurs. Cliff Laughton. Il avait senti le corps de Cliff Laughton contre le sien. Certes, Cliff lui était simplement tombé dessus, mais cela suffisait à exciter l'imagination d'un adolescent en pleine puberté. Son corps avait réagi avec enthousiasme mais, par chance, il faisait noir et personne ne pouvait le voir à l'exception de Ruby, dont l'attention était portée sur la scène. Il laissa libre cours à son imagination pendant une minute mais s'interdit d'aller plus loin quand il commença à se sentir coupable. *Je ne devrais pas avoir ce genre de pensées, je ne devrais vraiment pas.*

Ruby se retourna.

— Qu'est-ce que tu dis ?

Len se contenta de secouer la tête et elle se remit au travail.

À mesure que la pièce avançait, Len se souvint de toutes les instructions qu'on lui avait données et fit une pause pendant que l'on changeait de décor pour la scène du drive-in. Les lumières étaient faibles et son projecteur n'éclairait que Danny et Sandy pendant qu'il essayait de l'embrasser dans la voiture. Len laissa son esprit dériver vers un nouveau fantasme : il s'imaginait seul dans la voiture avec Cliff, ses mains se promenant sur son corps. En regardant la scène, il sut qu'il ne le rejetterait pas, s'il était certain que personne n'en saurait jamais rien.

L'esprit ailleurs, il se rattrapa in extremis et effectua le changement suivant, ayant tout juste le temps de changer ses filtres et d'ajuster l'éclairage. Cette erreur l'incita à garder son attention focalisée sur le restant de la répétition et celle-ci se termina sans encombres.

À la fin de la répétition, il éteignit son projecteur et le laissa refroidir avant d'aider Ruby à descendre de la passerelle. L'ensemble de la troupe était réuni sur la scène, tous parlaient avec animation, incapables de retenir leur excitation.

— Len !

Il se retourna et vit Cliff s'approcher de lui. Il s'arrêta pour l'attendre.

— Je voulais juste m'assurer que je ne t'avais pas fait mal.

Il secoua la tête.

— Non, tout va bien.

Cliff lui adressa un large sourire et dit :

— J'organise une fête chez moi après la dernière représentation samedi, j'espère que tu seras là.

— Merci.

Cliff resta figé devant lui et Len se demanda s'il avait autre chose à lui dire. Un silence pesant commença à s'installer entre eux.

— J'y serai, ajouta Len.

— Tant mieux, dit Cliff, hésitant à nouveau. Tant mieux…

Cliff fourra ses mains dans ses poches.

— Je me demandais si…

Cliff ne put finir sa phrase car Sheila débarqua de nulle part et le prit par le bras.

— Ah, te voilà ! Je suis prête à y aller, tu es censé me reconduire chez moi, tu te rappelles ?

Elle ignora allègrement Len et tira Cliff vers ses amis qui l'attendaient. Len vit Cliff se retourner brièvement dans sa direction puis il disparut.

— Tu connais Cliff Laughton ? demanda Ruby derrière lui. Dommage que cette conne de Sheila lui ait mis le grappin dessus…

Surpris par les propos de son amie, Len se retourna.

— Eh bien quoi, c'est vrai ! Et il est trop gentil pour l'envoyer bouler. Tu pourrais peut-être me le présenter.

Len savait que Ruby avait un faible pour Cliff depuis le collège.

— En fait, il m'a simplement demandé comment j'allais et m'a invité à fêter la dernière représentation chez lui samedi. Il organise une soirée.

Il se tourna vers elle, détournant son attention de l'endroit où Cliff avait disparu.

— Ça te dirait de venir avec moi ?

Elle lui sourit de toutes ses dents et prit son bras.

— Avec grand plaisir !

Elle battit des paupières pour plaisanter et ils rirent tous deux de bon cœur avant de sortir attendre que la mère de Len vienne les chercher.

LE SAMEDI, la mère de Len les déposa tous les deux à la soirée de Cliff, non sans leur avoir d'abord infligé un interrogatoire digne d'un agent de la CIA.

— S'il y a de l'alcool, appelez-moi et je viendrai vous chercher immédiatement.

La mère de Len était formidable, et ni l'un ni l'autre n'avaient envie de la décevoir.

— Je viendrai vous rechercher à vingt-trois heures.

— Oui maman, dit Len en aidant Ruby à sortir de la voiture. Ne t'inquiète pas…

Il se retint de lever les yeux au ciel car il savait qu'elle s'en rendrait compte. Il n'y avait rien qui lui échappait.

La fête avait lieu dans le jardin où l'on avait allumé un feu et dressé un buffet. La plupart des invités étaient déjà là et ils les saluèrent. Il connaissait tout le monde mais c'était le propre des petits lycées : tout le monde connaissait tout le monde.

— Len, Ruby, salut ! les salua tous les deux Cliff.

Il leur fit visiter les lieux, Sheila se collant à lui comme une moule à son rocher.

La pièce du lycée avait rencontré un franc succès, chaque représentation s'était jouée à guichets fermés, et après des semaines de répétitions, les membres de la troupe étaient devenus proches.

— Est-ce que vous allez au bal de fin d'année ?

Len se retourna et vit Brenda, une des Pink Ladies, s'approcher de lui.

— Non, malheureusement je dois travailler.

Len savait que cela avait déçu Ruby mais il n'avait pas voulu qu'elle se prive de faire la fête pour autant.

— Mais Ruby y va avec Brad.

Brenda rit bêtement et entraîna Ruby avec elle vers le groupe des filles. Cela ne manquait jamais de surprendre Len que filles et garçons, qui allaient au lycée ensemble tous les jours, assistaient aux mêmes cours et mangeaient ensemble le midi, se séparaient systématiquement lorsqu'ils sortaient du lycée.

Len se dirigea vers le groupe des garçons et entendit Cliff dire :

— Elle me rend dingue, elle est complètement folle cette fille. Qu'est-ce qu'elle croit ? Qu'on sort ensemble ou quoi ? La pièce est terminée, je ne suis pas Danny et elle n'est pas Sandy !

— Alors dis-lui qu'elle ne t'intéresse pas parce que, tu peux me croire, elle est persuadée du contraire.

Cliff s'apprêtait à dire quelque chose lorsque l'un d'eux dit :

— Il paraît qu'elle couche.

— Tu plaisantes, elle est pire qu'une nonne.

Cliff fit une grimace que Len ne put voir et tout le monde se mit à rire. Finalement, les filles se joignirent à eux et les couples se formèrent petit à petit. Ruby était en pleine conversation avec Brad et Len fut heureux de voir que tous les deux semblaient bien s'entendre. Ruby n'était qu'une amie et il savait qu'elle ne serait jamais plus que ça. La simple pensée qu'autre chose puisse se passer entre eux l'effrayait.

Len s'amusait bien, il discutait avec d'autres garçons près du buffet. C'était une soirée fraîche mais sans être froide, et tout le monde était agréable et sociable. Pendant la soirée, il jeta un œil aux couples qui partaient s'isoler dans un coin plus tranquille.

— Len, dit Cliff en s'approchant de lui, puis-je te parler un instant ?

— Bien sûr.

Cliff le mena à l'écart vers l'une des granges et Len le suivit, se demandant ce qu'il pouvait bien lui vouloir.

— Je voulais te demander quelque chose.

Cliff ne tenait pas en place, manifestement nerveux.

— L'autre jour, dit-il, s'arrêtant puis reprenant son discours, pendant la répétition générale, quand je t'ai bousculé…

Len s'apprêtait à voir son monde s'effondrer. *Cliff s'en est rendu compte.* Comment allait-il s'y prendre pour lui expliquer ce qui s'était passé ?

— Écoute, Cliff, c'était un accident…

Il commença à bégayer et à regarder autour de lui, essayant de déterminer la meilleure façon de s'échapper.

— Je sais, je ne voulais pas te bousculer, j'ai eu peur de t'avoir fait mal. Monsieur Stevens m'a passé un sacré savon le lendemain.

Len respirait à nouveau, sa voix reprenant son ton normal.

— Non, j'ai juste eu le souffle un peu coupé mais c'est vite passé.

Cliff se pencha vers lui, approchant son visage de celui de Len.

— Tant mieux, j'ai eu peur de t'avoir endommagé quelque chose d'essentiel, si tu vois ce que je veux dire.

L'instinct de Len lui dicta de feindre ne pas comprendre.

— Comment ça ?

— J'ai senti ton…

Cliff leva les yeux et son regard croisa celui de Len. Ce dernier fut surpris de n'y voir ni dégoût, ni condamnation, ni fin du monde. Len avala sa salive et attendit de voir ce que Cliff allait faire. Il s'attendait au pire mais, au lieu de cela, Cliff plongea son regard dans le sien. Il eut l'impression que Cliff s'approchait de lui et se demanda s'il allait l'embrasser. Il ferma les yeux et sentit quelque chose contre ses lèvres. *Il n'en revenait pas, il était en train d'embrasser Cliff Laughton, ou bien était-ce Cliff qui l'embrassait ? Peu lui importait, c'était comme si l'un de ses rêves devenait réalité.*

— Cliff !

La voix de Sheila fit l'effet d'un coup de poignard dans la nuit. Ils s'éloignèrent l'un de l'autre et se redressèrent juste au moment où elle put les apercevoir.

— Je t'ai cherché partout.

Elle se rendit compte de la présence de Len.

— Salut, Len.

Bon Dieu, pourquoi avait-il fallu qu'elle se pointe à ce moment-là ?

Len eut envie de crier. Il se ressaisit, effaçant le sentiment de déception de son visage.

— Salut, Sheila.

Elle s'agrippa au bras de Cliff et l'entraîna plus loin de moi, ne se rendant manifestement pas compte de ce qui venait de se produire, de la scène à laquelle elle avait failli assister. Cliff essaya de prendre le contrôle de la conversation.

— Sheila, il faut qu'on parle.

— Et comment ! Il y a plein de choses qu'il faut qu'on règle pour les vacances.

Cette fille était déterminée, il fallait au moins lui accorder ça. Elle savait ce qu'elle voulait et tous les coups étaient permis pour parvenir à ses fins.

Len les observa tandis qu'ils s'en allaient et vit Cliff se retourner à nouveau dans sa direction. Il fut surpris de constater qu'il semblait déçu.

Il se reprit et s'éloigna de la grange pour rejoindre la fête. Ruby et Brad étaient encore en train de discuter. Jetant un œil à sa montre, il se rendit compte qu'il ne restait qu'une demi-heure avant que sa mère n'arrive et s'assit près du feu, discutant avec ses camarades. Une des filles lui demanda à l'oreille :

— Tu n'es pas trop déçu, pour Ruby et Brad ?

Il sourit.

— Ruby et moi ne sommes que des amis.

Il entendit une voiture arriver dans la cour et vit que c'était celle de sa mère. Il avait espéré revoir Cliff avant de partir mais il était introuvable. Même Sheila avait rejoint la fête, l'air définitivement sombre. Len salua ses camarades, alla chercher Ruby et tous deux montèrent en voiture.

Sa mère leur demanda comment s'était déroulée la soirée et Ruby lui raconta tout en détail. Alors qu'ils quittaient la propriété, Len tordit le cou, dans un dernier effort pour apercevoir Cliff, jusqu'à ce que la ferme disparaisse dans l'obscurité.

I

LEN S'ÉVEILLA lentement, dans les bras de Tim, l'esprit toujours embrumé par le sommeil, la chaleur de leur corps les protégeant de la fraîcheur de l'air conditionné. Il se plaisait ici, à cet endroit précis, en cet instant. Pas de pression, pas d'attentes, pas de secret, il s'agissait de quelques heures de ce qui semblait être un bonheur volé. Il commença à sortir du lit mais l'étreinte de Tim se resserra doucement autour de ses épaules.

— Pourquoi es-tu si pressé ?

Il ne savait pas quoi répondre, sauf que cela lui semblait la meilleure chose à faire. Après tout, n'était-ce pas la manière dont cela se passait à chaque fois ?

— Je ne sais pas.

Se redressant au-dessus de lui dans son lit, Tim le regarda.

— Moi je sais.

Pris par surprise, Len ne sut quoi répondre.

— Tu ne veux pas que je me fasse des idées, ajouta-t-il

— Qu'est-ce que tu veux dire ?

Len observa le visage de son amant, de cet homme plus âgé, aux rides naissantes autour des yeux et au front qui commençait à se dégarnir. C'était un beau visage, doux et chaleureux, qui lui allait très bien.

— Tu ne veux pas que je m'imagine qu'il y ait quoique ce soit de plus entre nous. On se voit une fois par mois, on dîne tous les deux, on regarde un film puis on finit au lit. C'est comme ça et ça nous convient, à toi comme à moi, mais dès que c'est terminé, tu as l'impression de devoir t'en aller tout de suite.

Tim semblait si déçu que Len voulut l'embrasser pour le réconforter, sans succès.

— Je sais que je ne suis pas l'amour de ta vie, tu n'as que vingt-et-un ans et moi bientôt quarante… Tu as toute la vie devant toi.

Il marqua une pause et Len attendit patiemment qu'il reprenne son discours. Tim soupira.

— Tout ce que j'essaie de te dire, c'est que tu n'es pas obligé de t'en aller si vite. Ce n'est pas en une demi-heure que je vais tomber amoureux de toi, ajouta-t-il.

— Je ne veux surtout pas être injuste envers toi, tu es un très bon ami, dit Len.

Len essaya de s'expliquer. Tim avait été un *très grand* ami, il l'avait connu une année auparavant, alors qu'il feuilletait des magazines gays dans la seule librarie du comté qui proposait ce genre de littérature. Excité au possible par sa lecture, il n'avait pas quitté des yeux ce bel homme un peu plus âgé qui s'était dirigé vers la section où il se tenait, faisant son maximum pour ne pas laisser transparaître sa gêne. Tim lui avait avoué plus tard qu'il avait dû se retenir de rire en apercevant le visage apeuré de Len. Mais plutôt que de rire, il s'était décidé à lui parler et tous deux avaient engagé une véritable conversation. Ce fut ce jour-là que Len avait réalisé qu'il y avait d'autres hommes comme lui, des hommes qui aimaient les hommes, mais qui ne se travestissaient pas, qui n'étaient pas efféminés ou ne zézayaient pas non plus. C'étaient des hommes ordinaires qui se conduisaient de manière ordinaire.

Alors que la conversation était déjà bien engagée, Tim lui avait proposé d'aller boire un café. En voyant la réaction de Len, paralysé comme un cerf pris dans les feux d'une voiture, il l'avait rassuré en lui affirmant qu'il ne s'agissait que d'un café et qu'ils pourraient continuer leur conversation.

— D'accord, avait dit Len.

Il était nerveux mais il l'avait suivi dans un petit café au coin de la rue où ils s'étaient assis dans un coin. Tim s'était présenté, puis ils avaient commencé à parler. Enfin non, Tim avait parlé pendant que Len s'était contenté de l'écouter. Une fois leurs cafés terminés, Tim lui avait donné son numéro, lui demandant de l'appeler s'il avait envie de le revoir. Len tenait encore la carte dans sa main quand Tim avait quitté le café.

Il l'avait appelé quelques jours plus tard et ils s'étaient revus pour dîner, puis tout s'était enchaîné.

Sur le lit, Len se retourna et passa ses mains dans le cou de Tim.

— Tu es l'une des personnes les plus merveilleuses que j'ai eu la chance de rencontrer.

Tim sourit.

— Non, je suis juste un vieil homme qui a la chance de goûter aux plaisirs de ton corps une fois de temps en temps.

10

Len sut par son sourire qu'il avait en partie raison. Il tapota doucement le côté du lit de son amant.

— Mais si, tu l'es, vraiment.

Len était sincère, Tim lui avait énormément appris, non seulement au lit mais il l'avait aidé à s'accepter tel qu'il était.

— Tu es un très bon ami, dit-il.

— Toi aussi.

Tim embrassa Len sur le front puis le matelas s'inclina alors qu'il se levait. Len le suivit et commença à s'habiller. Il y avait quelque chose de différent dans leur rituel et en reboutonnant son pantalon il se rendit compte que Tim l'incitait à le quitter. Il finit de se rhabiller en se demandant ce qu'il ressentait.

— Tu vas me manquer, dit Len.

Il s'était assis au pied du lit et nouait ses lacets.

— Tu vas me manquer aussi, mais c'est certainement mieux ainsi.

Len se releva et regarda son amant, vêtu seulement d'un peignoir. Tim le tira vers lui et le serra très fort dans ses bras. Len eut l'intuition que Tim était davantage peiné qu'il ne le laissait paraître. Au bout d'un long moment, Tim desserra son étreinte.

— Je te raccompagne à la porte.

Ils traversèrent ensemble le petit appartement et Len remarqua les cartons empilés dans l'entrée et comprit ce qu'il se passait.

— Tu déménages ?

— Oui, j'ai obtenu un bon poste à Chicago et je ne peux pas refuser leur offre, surtout pas maintenant, en pleine crise économique.

— Je comprends, dit Len en ouvrant la porte. Au revoir Tim.

— Au revoir Lenny. J'espère que tu seras heureux dans ta vie.

Len lui sourit alors que la porte se refermait doucement. Il savait qu'il serait heureux. S'il y avait une chose que Tim lui avait apprise, c'était de s'accepter tel qu'il était. Il n'était pas encore prêt à l'annoncer à ses proches mais il pouvait au moins se l'admettre à lui-même et il ne se détestait plus. Une fois, Tim lui avait dit qu'il n'y avait rien de mal à être gay ou à être soi-même. Il l'avait seulement prévenu qu'il fallait être prudent.

Sans se retourner, Len rejoignit sa voiture, prit place au volant et rentra chez lui. Il jeta un coup d'œil à sa montre et poussa un soupir de soulagement : l'heure était loin d'être tardive et sa mère ne lui en tiendrait probablement pas rigueur.

Après le lycée, il avait trouvé un emploi en ville dans une usine de pièces détachées pour les trains, mais cela n'avait pris qu'un an avant qu'il soit licencié à cause de la crise économique. Sa mère l'avait alors poussé à reprendre ses études et il s'était inscrit à l'université. Ce fut une excellente décision. Étudiant médiocre au lycée, Len révéla tout son potentiel à la fac : ses notes étaient bonnes et il avait même trouvé un emploi à mi-temps dans une ferme de la région.

En arrivant chez lui, il gara sa voiture dans la cour de la petite maison que sa mère et lui louaient. Elle l'attendait dans le salon, devant la télévision.

— Tu t'es bien amusé ?

Il dut se retenir d'afficher un trop grand sourire.

— Oui, ça a été, merci.

Il avait eu le temps de réfléchir dans la voiture. Bien que Tim lui manquerait, il était heureux qu'il ait décroché un bon poste. De plus, il avait raison, il était temps pour eux de passer à autre chose avant de trop s'attacher l'un à l'autre. Tim avait été un excellent mentor et Len ne l'oublierait jamais.

— Il y a du courrier pour toi sur la table, on dirait que tu es invité à un mariage !

— Au mariage de qui ?

Sa mère haussa les épaules et reprit son émission. Elle travaillait dur, depuis toujours, et il avait toujours souhaité trouver un moyen d'aider davantage sa mère, mais à chaque fois qu'il avait évoqué l'éventualité de travailler à plein temps et de laisser tomber ses études, il avait essuyé un refus catégorique de sa part.

Il entra dans la cuisine et vit la grande et belle enveloppe posée sur la table. Il la prit et l'examina avant de l'ouvrir et de briser le sceau.

— Ruby va se marier, dit-il à sa mère.

— C'est super. Et qui est l'heureux élu ?

— Cliff Laughton.

Eh bien, si ça ce n'était pas une surprise ! Il n'avait plus beaucoup revu Cliff depuis ses dix-sept ans mais il se souvenait de cette soirée et de ce quasi-baiser, ou du moins il lui semblait que cela avait été un quasi-baiser, il ne se le rappelait plus très bien.

— Quand aura lieu la cérémonie ?

— Dans trois semaines.

— Tu vas y aller ?

— Oui, je pense.

Il avait pris sa décision rapidement. Il n'avait pas revu Ruby depuis quelques temps mais la perspective de la revoir lui réchauffait le cœur.

LE MARIAGE fut magnifique. La cérémonie religieuse eut lieu dans une petite église de campagne située à un kilomètre de la ferme de Cliff, qui allait désormais devenir le nouveau foyer de Ruby. En acceptant l'invitation, Len s'était demandé s'il connaîtrait beaucoup de monde et constata rapidement que c'était le cas. Il eut l'impression que rien n'avait changé et que tous avaient envie de savoir ce que leurs vieux amis devenaient. Après la cérémonie, il se rendit à la réception et prit place à sa table, à côté d'anciens camarades de lycée. Cela ressemblait presque à une réunion de promo.

Sa voisine de table lui mit un petit coup affectueux dans les côtes. C'était Raelyn et elle lui souriait.

— Alors Len, est-ce que tu vois quelqu'un en ce moment ?

Il pensa à Tim.

— Pas en ce moment, non.

— Tu te rappelles de Brenda Grant ?

Il acquiesça et s'efforça à jouer les intéressés. Il commençait à être fatigué qu'on essaie de le caser à tout bout de champ avec la première venue.

— Elle vient juste de se séparer de Brad et m'a dit qu'elle aimerait bien te revoir.

Il remercia le ciel qu'elle n'ait pas téléphoné.

— Ce serait sympa de la revoir, dit-il, pensant que sa réponse ne l'engageait à rien.

Raelyn sourit à nouveau.

— Super, il faudra que je lui dise.

Len fut à deux doigts de pousser un grognement mais se retint, et le sujet de conversation changea. Il fut question des derniers ragots jusqu'au tintement des verres qui indiquèrent l'heure des toasts et remerciements. Le garçon d'honneur fit son discours et porta un toast, puis le dîner fut servi, suivi des traditionnels jeux de mariage.

Len observa les jeunes mariés ouvrir le bal, tous deux souriaient et avaient l'air heureux. À les voir ainsi, il se replongea dans ses souvenirs et se dit qu'il avait été bien bête. Tim l'avait prévenu de ne jamais tomber amoureux d'un hétéro. Et même si Len ne pouvait être sûr de ce qu'il se serait passé s'ils n'avaient pas été interrompus ce soir-là, il se rendait de mieux en mieux compte que tout cela avait dû être le fruit de son imagination. À la fin de la première danse, la piste se remplit de couples.

Puis ce fut l'heure de la danse de la mariée, tous les hommes participèrent aux frais de la lune de miel puis l'invitèrent à danser à tour de rôle. Ruby lui sourit quand il s'approcha d'elle et ils se mirent à danser.

— Ça me fait vraiment plaisir que tu sois venu.

— Moi aussi. Depuis que j'ai reçu ton invitation, je n'attendais plus que de te revoir.

Ils dansèrent harmonieusement, tout avait toujours été harmonieux entre eux.

— Vois-tu quelqu'un en ce moment ? demanda-t-elle.

— Oui, mais plus maintenant.

La réponse lui était venue tout à fait naturellement. Il savait qu'il exagérait ce qu'il avait vécu avec Tim mais il fallait bien qu'il réponde quelque chose.

— Et comment était-il ?

Len fut à deux doigts de trébucher mais Ruby se contenta de sourire et ne s'arrêta pas de danser, serrant sa main plus fort dans la sienne.

— Comment... ?

Il se força à continuer de danser, même quand son estomac se retourna et qu'il fut pris de nausées.

Elle sourit.

— Comment je l'ai su ? Disons que plusieurs indices m'ont mis la puce à l'oreille. Ça fait déjà un certain temps que je le sais.

Et toujours en souriant.

— Ne t'en fais pas, je ne le dirais jamais à personne.

— Est-ce que Cliff le sait ?

Son sourire s'élargit à nouveau.

— Bon Dieu, non ! Tu plaisantes ? Même Sheila n'est pas une aussi grande commère que lui.

Son sourire s'effaça un peu.

— Personnellement, ça ne me dérange pas, et je n'ai aucune raison de le dire à qui que ce soit. Mais sache que cela ne change rien entre nous, que tu es toujours mon ami et que tu m'as manqué.

Avant qu'il n'ait pu dire quoi que ce soit d'autre, il sentit une main taper sur son épaule, lui indiquant que c'était le moment de passer son tour. Il lâcha sa main et plutôt que de s'en aller tout de suite, il l'embrassa tendrement sur la joue.

— T'es vraiment une fille géniale.

Puis il s'en alla et laissa sa place à celui qui attendait derrière lui.

Avant de rejoindre sa table, il mit un point d'honneur à saluer Cliff. À sa plus grande surprise, il se souvenait de lui.

— Len ! Je suis content que tu sois venu.

— Je t'en prie. Merci pour l'invitation.

Il jeta un regard à la mariée, qui dansait à présent avec un homme âgé.

— Ruby est vraiment quelqu'un de bien. J'espère que vous serez heureux ensemble.

— Merci Len.

Len ne savait pas trop quoi ajouter. Il était hors de question qu'il aborde le sujet de ce baiser qu'ils avaient partagé, ou du moins celui qu'il pensait avoir partagé, des années auparavant. Il décida de serrer la main du jeune marié et retourna s'asseoir. Plus tard dans la soirée, on tamisa les lumières et on continua à danser. Les jeunes mariés faisaient un tour de table, discutant avec leurs invités et recevant leurs vœux. Ils passèrent brièvement à sa table puis Len décida qu'il était l'heure de s'en aller. Il salua tout le monde puis rentra chez lui.

À la maison, sa mère était assise dans le salon et regardait la fin d'une rediffusion de *Fantasy Island*. Elle se tourna vers lui et sourit.

— Comment était le mariage ?

— Très bien, on a bien dîné et j'ai partagé une danse avec Ruby. On n'a pas eu le temps de discuter longtemps mais elle m'a dit qu'elle m'appellerait bientôt.

Il s'assit sur le sofa et desserra sa cravate, portant son regard alternativement sur la télévision et sur sa mère.

L'émission toucha à sa fin et elle éteignit la télévision.

— Cette émission va me manquer quand ils arrêteront la diffusion.

C'était son émission préférée et elle n'en ratait jamais un seul épisode.

— Quelque chose te tracasse ? demanda-t-elle.

— Oui, enfin…

La révélation de Ruby l'avait véritablement surpris. Il avait toujours été proche de sa mère et il n'aimait pas lui cacher des choses, surtout quand ce n'était plus un secret pour d'autres. Il redoutait juste sa réaction.

Elle s'assit à côté de lui et posa sa main sur son genou.

— Ce n'est pas grave mon chéri, tu sais que tu peux tout me dire.

Il ne savait pas comment lui annoncer et finit simplement par dire :

— Maman, je suis gay.

Il se tourna vers elle pour observer sa réaction, elle s'était figée l'espace d'une seconde.

— C'est tout ? Je pensais que tu allais m'annoncer quelque chose que je ne savais pas.

Len fut plus surpris que jamais.

— Tu le savais ? Ce n'est pas vrai ! Tout le monde est au courant ou quoi ?

— Je ne crois pas. Qu'entends-tu par *tout le monde* ?

— Ruby m'a dit la même chose tout à l'heure.

Ce n'était pas la réaction qu'il attendait de sa mère mais il lui en fut tout de même reconnaissant. Et s'il devait être vraiment honnête avec lui-même, il n'était pas non plus sûr de la réaction à laquelle il s'attendait.

— Je ne sais pas comment Ruby l'a su mais tout ce que je peux te dire c'est qu'une mère connait son enfant.

Elle se mit à bailler et se leva.

— Je vais me coucher, dit-elle avant de se pencher et de l'embrasser sur le front avant de quitter la pièce. On en reparlera demain.

Len resta assit sur le sofa à réfléchir. Son secret le plus intime, le plus sombre, était connu de deux personnes et elles ne l'avaient pas rejeté. Il savait que ce ne serait pas toujours aussi simple mais cela lui réchauffa le cœur. Réconforté par cette pensée, il partit se coucher.

II

QUELQUES SEMAINES plus tard, Len fut presque surpris lorsque Ruby l'appela. Les cours du semestre d'été touchaient à leur fin et ils se donnèrent rendez-vous pour déjeuner au restaurant universitaire. Une fois servis, ils s'assirent à une table dans un coin, dont la vue donnait sur le ravin et la crique situés derrière le bâtiment.

— Alors, dis-moi ! Vois-tu quelqu'un en ce moment ?

Elle prit une bouchée de sa salade, les yeux pleins d'excitation.

— Non, je voyais quelqu'un de temps en temps, mais il a quitté la ville.

Len prit sa première bouchée, attendant la réaction de son amie.

— Je suis désolée.

Il pouvait déceler une lueur de sympathie dans ses yeux.

— Il ne faut pas. En fait, ce qui va le plus me manquer, c'est son amitié.

Il prit une autre bouchée de son plat.

— Il a été la première personne que j'ai rencontré qui comprenait ce que je ressentais.

Ruby hocha la tête et resta silencieuse.

— En rentrant de ton mariage je l'ai annoncé à ma mère.

Le sourire de Ruby s'effaça.

— Comment l'a-t-elle pris ?

— Très bien, elle m'a dit qu'elle le savait déjà, m'a embrassé et est allée se coucher. On en a reparlé plus longuement le lendemain après-midi. Je ne crois pas qu'elle comprenne tout mais au moins elle me soutient et c'est tout ce que je pouvais espérer.

Il but une gorgée de soda.

— Mais assez parlé de moi, raconte-moi tout. Comment va ta vie de jeune mariée ? D'ailleurs, comment as-tu rencontré Cliff ?

Elle sourit de tout son cœur et cela fit énormément plaisir à Len. Ruby avait toujours été spéciale à ses yeux et il avait regretté de ne pas être resté en contact avec elle après le lycée. C'était de sa faute, il ne restait jamais en contact avec qui que ce soit. Il était devenu très solitaire. Son besoin de protéger son secret primait sur n'importe quoi d'autre, l'empêchant de se rapprocher de quiconque.

— Après le lycée, j'ai revu Cliff au mariage de ma sœur. C'est un ami de mon beau-frère. On était tous les deux célibataires à l'époque et il m'avait toujours plu. On a passé la soirée à discuter puis il a voulu qu'on se revoie. Après ça, tout s'est fait naturellement. Et il est vraiment merveilleux.

Son visage rayonnait.

— Et vous habitez où ?

— Chez ses parents, en tout cas pour l'instant. La ferme est immense. Mais on économise pour acheter notre propre maison.

Elle fit une grimace.

— Son père est gentil mais il veut absolument tout contrôler. Pas étonnant que sa mère soit partie il y a si longtemps. Je ne crois pas que j'aurais pu le supporter non plus, il est tellement vieux jeu.

Elle se pencha vers lui.

— Lorsque nous sommes rentrés de notre lune de miel, mes parents nous ont invités à dîner Cliff et moi, et son père m'a demandé ce que j'allais lui préparé à dîner avant de partir.

Elle rit.

— Je lui ai répondu que c'était son fils que j'avais épousé et non lui, que le bar de Steve était ouvert jusqu'à minuit et je lui ai jeté ses clefs à la figure. Il rouspétait encore quand nous avons quitté la maison.

Len ne put s'empêcher de rire aussi, la situation était tellement cocasse. Tout cela lui avait manqué, son sens de l'humour, son énergie. Elle n'avait pas changé depuis le lycée, mis à part que l'époque de la puberté était terminée et qu'elle était désormais plus sûre d'elle. Il trouva également très agréable d'être en compagnie de quelqu'un avec qui il pouvait simplement être lui-même, quelqu'un à qui il n'avait rien à cacher.

Leurs rires s'estompèrent et elle se pencha vers lui, s'assurant que personne autour ne l'entendait.

— Parle-moi de lui alors, comment était-il, gentil ?

— Gentil, ça oui. Il s'appelait Tim et… commença-t-il avant d'hésiter. Il était plus âgé que moi.

Un sourire un coin se dessina à nouveau sur les lèvres de son amie.

— Quel âge ?

— Presque quarante ans.

Ruby n'eut pas du tout la réaction qu'il attendait.

— Et était-il canon ?

Len rit à son tour.

— Ça t'amuse de parler de tout ça ?

— Évidemment, deux hommes ensemble, c'est sexy. Allez, raconte !

Il n'arrivait pas à croire qu'il était là, attablé au restaurant universitaire avec sa meilleure amie du lycée, à discuter de sa vie amoureuse.

— Si tu veux vraiment le savoir, oui, il était canon, et gentil. C'est grâce à lui que j'ai compris que je n'étais pas seul, qu'il y avait d'autres hommes comme moi. C'était un ami, avant toute chose.

— L'aimais-tu ?

— Je suppose, mais je n'étais pas *amoureux* de lui, si tu vois ce que je veux dire. On savait tous les deux que ça ne durerait pas et on s'est quittés en amis. Ce n'est pas comme si on avait eu une rupture difficile ou quoi que ce soit.

Le départ de Tim avait été dur pour Len mais pas pour les raisons qu'il s'était imaginées. L'amitié et la complicité qu'ils partageaient et le fait de pouvoir être lui-même à ses côtés lui manquaient toujours. Ça et leurs incroyables parties de jambes en l'air, mais il n'avait pas l'intention de partager cela avec Ruby, elle voudrait sûrement connaître les détails et il était hors de question qu'ils abordent ce sujet !

Il jeta un coup d'œil à sa montre et fut surpris de constater à quel point le temps était vite passé.

— J'ai cours dans quinze minutes.

Ils se levèrent et Len s'occupa de disposer de leurs plateaux.

— Je te raccompagne jusqu'à ta voiture.

Il ramassa son sac et enfila son blouson avant d'accompagner son amie sur le parking.

— Ça m'a fait plaisir de te voir.

Il ne savait pas trop comment la saluer mais elle mit fin à son embarras en le prenant dans ses bras.

— Je me suis bien amusée, je t'appellerai à l'occasion et on pourrait aller dîner ?

Elle sourit en montant dans sa voiture.

— Je te promets que ce n'est pas moi qui ferai la cuisine.

Ils rirent tous les deux alors qu'elle refermait la portière de sa voiture avant de s'en aller. Il la regarda partir puis se rendit en cours.

RUBY TINT à nouveau sa promesse et le rappela. Ils commencèrent à se voir de temps en temps. Ils sortaient soit pour un déjeuner soit pour un dîner et Cliff se joignait parfois à eux. Len appréciait ces sorties qui lui donnaient l'occasion de voir du monde. Et même si leurs dîners à trois étaient très agréables, il affectionnait particulièrement ses tête-à-tête avec Ruby, qui étaient l'occasion pour lui de se lâcher réellement.

Environ une année après son mariage, lors d'un déjeuner, Ruby pénétra dans la cafétéria d'un pas léger, l'air plus enjoué que jamais. Remarquant sa jovialité manifeste, Len sourit, se demandant ce qui pouvait la rendre si heureuse.

— Allez, assieds-toi et raconte-moi ce qui te rend aussi radieuse !

Elle se tortillait sur sa chaise.

— Je suis enceinte ! dit-elle avec un sourire rayonnant, j'accouche en juillet. J'espère que ce sera une fille ! Cliff, lui, espère que ce sera un garçon, évidemment.

— Évidemment.

Il se leva et la prit dans ses bras. Son bonheur donnait l'impression qu'elle débordait d'énergie.

— Qu'est-ce que tu veux manger ?

— Quelque chose de léger, je ne supporte plus mes nausées matinales, mais elles devraient bientôt passer d'après le médecin.

Elle jeta un œil à la carte.

— Je serais prête à me damner pour un bon gros hamburger mais ce ne serait pas raisonnable. Je vais prendre une salade.

— Tu ne peux pas nourrir ton bébé qu'avec de la salade, tu manges pour deux ! Prends le burger.

Elle fit un petit bond sur sa chaise et accepta. Len s'occupa d'aller chercher leur repas et revint quelques minutes plus tard.

— Si c'est une fille, j'aimerais bien l'appeler Bethany, mais je n'ai pas réfléchi à un prénom pour un garçon. J'imagine que si c'est le cas, je laisserais Cliff choisir.

Elle prit une bouchée de son hamburger et poussa un petit gémissement de bonheur en mâchant.

— Qu'est-ce que ça lui fait de devenir père ?

— Pour être tout à fait franche, j'appréhendais un peu sa réaction, mais ça l'a rendu fou de joie, dit-elle avant de rire. Puis il m'a emmenée dans la chambre.

Un sourire apparut aux coins de ses lèvres.

— Donc, toi tu as le droit d'entendre les moindres détails de ma vie amoureuse, aussi pitoyable soit-elle, mais moi je n'ai pas droit à une seule miette de la tienne ?

En réalité, il n'était pas réellement intéressé par les détails de sa vie amoureuse, mais il fallait bien qu'il l'embête un peu.

— En parlant de ça, as-tu rencontré quelqu'un récemment ?

Elle lui posait la question à chaque fois qu'ils se voyaient. Il aurait pu jurer qu'elle était à deux doigts de faire la tournée des bars et de rechercher quelqu'un pour lui.

— Non, mais je n'ai pas vraiment eu le temps d'y penser. Entre les cours et mon boulot à la ferme, je n'ai pas le temps de me consacrer à quoi que ce soit d'autre. J'espère que quand j'en aurai fini avec la fac j'arriverai à trouver un bon poste, mais je n'ai pas trop d'espoir. Il faudra peut-être que je déménage pour trouver une bonne situation.

Il se rendit compte qu'il désirait vraiment changer de sujet.

— Comment ça se passe avec le père de Cliff, toujours sur ton dos ?

Elle sourit.

— Non, il ne me demande plus de faire la cuisine et de toute façon, je suis loin d'être un cordon bleu.

— Tu ne sais pas faire la cuisine ?

— Je sais préparer un bol de céréales.

— Des céréales, tu veux dire des flocons d'avoine ?

— Des cornflakes plutôt !

Ils rirent tous les deux. À chaque fois qu'ils se voyaient, elle arrivait toujours à le faire rire, ils passaient toujours de bons moments ensemble. Le repas se poursuivit et Ruby avala son hamburger en trois bouchées. Bon Dieu, cette fille avait un sacré appétit ! Depuis qu'ils s'étaient rencontrés il l'avait rarement vue manger autre chose qu'une salade. Elle devait bien s'accommoder de sa grossesse.

— Vas-tu organiser une fête pour le bébé ?

— J'imagine que mon amie Barbara en organisera une mais je suppose qu'elle me fera la surprise.

Len se dit qu'il faudrait qu'il pense à trouver un beau cadeau pour elle et le bébé. La conversation continua jusqu'à ce que les cours reprennent. Comme à son habitude, il la raccompagna à sa voiture.

— Combien de temps te reste-t-il avant d'obtenir ton diplôme ?

— Un seul semestre, je devrais avoir terminé en décembre.

Elle ouvrit sa portière et grimpa dans sa voiture.

— Il faudra qu'on fête ça.

Il se contenta de sourire. Elle ferma la portière de sa voiture et s'en alla.

— Il est adorable, dit Len, penché au-dessus du relax posé sur une chaise entre Ruby et lui. Je n'arrive pas à croire que tu aies laissé Cliff choisir son prénom, quel courage !

— Je sais, je n'arrive pas à croire qu'il ait choisi un prénom aussi banal que Geoff… Même pas Jeffrey, non, *Geoff*.

Elle prit la couverture de son nouveau-né entre ses mains en s'asseyant.

— On a évité le pire, il pensait lui donner le nom de son père, Howard. Si on y réfléchit, son choix n'était finalement pas si mauvais.

Elle s'adressa à son bébé :

— N'est-ce pas mon Geoffy ?

Tout en dormant, il agrippa son doigt et le porta à sa bouche.

— Il te ressemble.

Il lui ressemblait vraiment. Il avait de grands yeux, des boucles blondes et son visage était doux et mignon. Elle sourit et lorsqu'il se leva pour aller chercher leur déjeuner, elle l'arrêta.

— Reste avec le bébé, je m'en occupe.

Len acquiesça et se tourna vers le nouveau-né.

— Salut, mon grand.

Les yeux de Geoff s'ouvrirent lentement et il remua un petit peu, portant ses poings à sa bouche et agitant ses petits pieds en l'air, donnant des coups dans le vide. Len tendit son doigt vers lui et le bébé l'attrapa gentiment en commençant à se tortiller. Au plus grand bonheur de Len, il ne pleura pas et leva ses grands yeux pleins de curiosité vers lui.

— Tu as faim, n'est-ce pas ? Je suis sûr que tu as faim.

Ruby s'approcha de la table avec leur repas.

— Voilà le déjeuner !

Elle posa les plateaux sur la table et prit place sur sa chaise.

— Je crois qu'il a faim.

— Il n'a pas mangé depuis deux heures, tu as probablement raison.

Ruby le prit dans ses bras, sortit une couverture de son sac et lui donna le sein.

— Comment ça va, toi ? Vois-tu quelqu'un en ce moment ?

— Non, mais j'en ai bientôt fini avec les cours. Mes examens commencent dans quelques jours.

Il se concentra sur son plat, faisant tout son possible pour ne pas regarder son amie pendant que son bébé prenait son repas.

— As-tu trouvé un emploi ?

— Si seulement ! J'ai quelques entretiens d'embauche cette semaine, j'espère que je serais pris quelque part. Ma mère travaille comme une folle depuis des années, elle mérite de souffler un peu.

— Et si tu déménageais ?

Elle plaça la couverture au-dessus de son bébé.

— J'y ai pensé mais elle a besoin de moi pour l'instant. Dès que je commencerais à travailler, je pourrais contribuer financièrement, elle en a bien besoin.

Len continua son repas et Ruby picora sa salade tout en nourrissant son bébé. Au bout d'un certain temps, elle le repositionna sous la couverture et aborda une fois de plus des sujets dont Len n'avait pas très envie de parler. Elle le remit dans le relax où il s'endormit rapidement.

— Il ne vous réveille pas la nuit ?

— Pas encore mais ça viendra bien assez tôt.

Elle mangea avec appétit maintenant que le bébé était endormi.

— Alors, pourquoi ne vois-tu personne ? l'interrogea-t-elle en jetant un regard autour d'eux et elle baissa la voix de manière à ce que personne ne les entende. Tu es à l'université maintenant, il doit bien y avoir des homosexuels ici.

— Je sais mais ce n'est pas ma priorité en ce moment.

La vérité était qu'il avait peur d'être rejeté, il ne savait pas comment faire le premier pas. Et comment savoir s'il plaisait à quelqu'un ? Il se sentait mal à l'aise et manquait d'assurance.

— Tu ne peux pas rester…

Elle ne put finir sa phrase, quelqu'un s'approcha de leur table.

— Ruby ! C'est bien toi ?

— Salut Janelle, tu connais Len Parker ? Nous sommes allés au lycée ensemble.

— Je ne crois pas… Enchantée. Je suis la sœur de Cliff.

Ils échangèrent quelques plaisanteries et Len invita Janelle à se joindre à eux. Ils discutèrent jusqu'à ce que le bébé se réveille et Ruby quitta la table car il était temps de le ramener à la maison.

Len se leva, la prit dans ses bras et lui offrit son cadeau. Elle sourit tout en déchirant le papier. À l'intérieur se trouvait un petit pull bleu et des cubes alphabet en bois.

— C'est ma mère qui a tricoté le pull et c'est moi qui ai fabriqué les cubes.

Ruby le serra fort dans ses bras et Len eut l'impression qu'elle était sur le point de verser une larme alors qu'elle s'en allait.

— Je t'appelle bientôt, dit-elle en s'adressant à Janelle.

Elles s'embrassèrent de loin et elle se dirigea vers la sortie.

Len et Janelle continuèrent à discuter jusqu'à la reprise des cours.

— On n'avait pas un cours ensemble le semestre dernier ?

Elle sourit et acquiesça.

— Il me semble bien. Tu avais fait une présentation sur l'insomnie, non ?

— C'est ça, et toi sur l'avènement de l'ordinateur !

Ils rirent tous les deux et se demandèrent comment cela se faisait qu'ils ne s'étaient pas croisés auparavant. Elle finit de manger et comme leurs cours avaient lieu au même endroit, ils s'y dirigèrent ensemble.

Len obtint son diplôme et fut engagé en tant que comptable chez un concessionnaire. Ce n'était pas le boulot dont il avait rêvé mais il travaillait à plein temps et dans des conditions optimales. Il continua de voir Ruby de temps à autre mais son emploi du temps lui accordait désormais moins de liberté. Cela ne les empêchait pas de se téléphoner plus souvent, l'occasion pour Ruby de raconter son expérience de jeune maman et de lui raconter comment se passait la croissance de Geoff.

Cela faisait un an qu'il travaillait à la concession quand, en prenant son déjeuner, il jeta par hasard un œil sur les titres d'un journal qui traînait sur la table. En survolant les premières pages, une histoire retint particulièrement son attention et il ne put s'empêcher de pousser un cri et de laisser tomber sa fourchette : alors que Ruby et son beau-père étaient en voiture, celui-ci avait prit un virage trop serré et avait perdu le contrôle de son véhicule. Ils avaient fini leur course contre un arbre et aucun des deux n'en avait réchappé.

III

LE BRUIT de quelqu'un toquant à sa porte tira Len de son profond sommeil. C'était sa mère.

— Len, tu vas être en retard au boulot.

— Merde !

Il jeta un coup d'œil à son réveil et poussa un soupir de soulagement, il n'était pas encore en retard.

— Merci maman.

— Je t'en prie mon chéri.

Il entendit le bruit de ses pas s'éloigner et s'habilla avant de se rendre dans la cuisine. Son café était déjà servi et le pain grillé sauta du toaster au moment où il s'assit. Quelques minutes plus tard, sa mère posa deux assiettes sur la table et ils prirent leur petit-déjeuner.

— Tout va bien mon chéri ? Tu ne dis rien…

Il laissa échapper un soupir.

— Ruby me manque toujours un peu.

Elle lui manquait vraiment, c'était la seule personne à laquelle il avait pu véritablement se confier. Sa mère l'avait bien soutenu et faisait son possible pour le comprendre, mais c'était difficile pour elle et il le savait. Il savait aussi qu'elle était déçue car elle ne deviendrait jamais grand-mère et ne pourrait jamais marier son fils. Mais les conversations avec Ruby lui manquaient.

— Je sais qu'elle te manque, mais Janelle a l'air d'une fille bien non ?

Elle savait qu'il était gay mais elle ne pouvait s'empêcher d'espérer que ce n'était pas irrémédiable. Len ne lui en voulait pas. Il ne pouvait pas car, parfois, lui aussi le souhaitait, il voulait être normal, être comme tous les autres.

Len haussa les épaules et but une gorgée de son café.

— Elle est très sympa et on s'amuse bien mais ce n'est pas comme avec Ruby.

Personne n'était comme Ruby. Il se disait parfois que s'il avait dû épouser une femme, cela aurait été Ruby… à condition qu'ils ne fassent pas l'amour.

— Je sais, c'est très difficile de perdre sa meilleure amie. Imagine ce que doit ressentir Cliff : il a perdu sa femme. L'as-tu revu depuis l'enterrement ?

Elle commença à manger.

— Je l'ai croisé quelques fois en ville. Je l'ai vu la semaine dernière avec Geoff. C'est vraiment le portrait craché de sa mère. Et il marche maintenant. Il était si mignon, il faisait des petits pas agrippé à la main de son père.

Il termina son petit-déjeuner et mit son assiette dans l'évier.

— C'est jour de paye aujourd'hui, je me disais que nous pourrions sortir dîner tous les deux ?

— N'es-tu pas déjà censé sortir avec Janelle ce soir ?

— Oui, tu as raison, j'avais complètement oublié.

Il retourna à sa chambre en courant et se prépara pour aller travailler.

— À plus tard !

Il entendit sa mère lui répondre alors qu'il refermait la porte et il se dirigea vers sa voiture. Le trajet pour se rendre au travail ne durait qu'une dizaine de minutes et chemin faisant il écouta les informations à la radio locale. Il était en retard de quelques minutes quand il arriva et il se gara à sa place habituelle, entra dans la concession par la porte de service et alluma les lumières du bureau avant d'établir son planning pour la journée.

Ce fut une journée productive à la concession et elle passa anormalement vite pour un vendredi. Juste avant le déjeuner, il reçut un coup de fil de Janelle lui confirmant qu'elle le retrouverait à dix-huit heures au restaurant. Il venait juste de raccrocher quand il remarqua son patron, debout sur le pas de la porte.

— Len, pourrais-je vous parler un instant ?

Il était en train de distribuer les fiches de paie des employés et il rangea celles qui restaient dans son tiroir. Il jeta un œil à Keith, son supérieur, et vit l'expression sur son visage. Il la connaissait bien, cette expression, il l'avait déjà vue auparavant. Inspirant profondément, il le suivit jusqu'à son bureau.

— Asseyez-vous, je vous en prie.

Len s'assit et attendit.

— Croyez-bien que je ne vous convoque pas par plaisir.

L'homme à la stature imposante se pencha en avant pour croiser le regard de Len.

— Comme vous le savez, les affaires ne vont pas très bien depuis quelques mois et il faut se rendre à l'évidence, cela ne s'arrangera pas du jour au lendemain. J'ai bien peur qu'il ne faille que l'on se sépare de vous.

Len avait déjà entendu ces mots-là et cela lui faisait d'autant plus mal de les entendre une deuxième fois. Les deux fois, il avait été employé pendant plus d'un an, et les deux fois, il commençait à peine à s'intégrer, à nouer des amitiés, à déjeuner avec ses collègues et non plus seul, quand cela arrivait.

— Je comprends.

— Écoutez Len, je suis vraiment désolé. Vous travaillez bien et on ne vous renvoie pas à cause de vos performances.

Il lui tendit une enveloppe.

— Je vous appellerai dès que les affaires reprendront, nous serions ravis de vous avoir de nouveau parmi nous, vous êtes un bon élément. Je vous ai écrit une excellente lettre de recommandation et vous aurez droit à un mois de salaire en compensation, ainsi qu'une semaine de congés payés.

Il se leva et Len fit de même.

— Je suis vraiment désolé, Len.

— Moi aussi.

Keith jeta un œil à sa montre.

— Rassemblez vos affaires et rentrez chez vous.

Il ouvrit le tiroir et récupéra sa fiche de paie.

— Merci pour tout, Keith.

Il rassembla ses affaires et s'en alla après avoir salué ses anciens collègues. Le trajet de retour fut incroyablement court et il n'y avait personne à la maison quand il gara sa voiture dans la cour. Il rentra chez lui et posa ses affaires sur la table, avant de s'asseoir dans le canapé du salon.

— Tu t'en sortiras, cela t'est déjà arrivé.

Il se leva, se dirigea vers la cuisine et se servit une bière. Il but une grande gorgée avant de retourner, en soupirant, dans le salon.

La porte d'entrée s'ouvrit, se referma et il entendit sa mère entrer dans la maison.

— Tu vas être en retard à ton dîner si tu ne te dépêches pas.

Len se leva et alla la retrouver dans la cuisine.

— J'ai été licencié.

Il lui montra la lettre et lui répéta ce que son supérieur lui avait dit.

— Je suis désolée mon chéri. Es-tu sûr de ne pas vouloir annuler ton dîner avec Janelle ?

Il se força à se secouer.

— Non, je ne peux pas me laisser abattre. Je ne vais pas lui poser un lapin. Dès lundi, je me mettrai à la recherche d'un nouveau boulot. Je m'en suis déjà sorti une fois, il n'y a pas de raison que je ne m'en sorte pas cette fois-ci.

Le fait d'avoir prononcé ces mots lui remit du baume au cœur et il vida le restant de sa bière dans l'évier avant de filer se changer sa chambre.

Une demi-heure plus tard, il était en route vers le restaurant. En arrivant dans le parking, il remarqua que Janelle venait d'arriver et qu'elle se dirigeait vers la porte. Faisant son possible pour oublier ses tracas et s'interdisant d'y penser, il sortit de sa voiture et alla à sa rencontre.

— Je ne t'ai pas fait attendre, j'espère ?

Elle lui répondit en souriant tandis qu'il lui tenait la porte.

— Non, je viens d'arriver.

— Tant mieux !

Il la débarrassa de sa veste et une serveuse les mena à leur table. Le restaurant n'avait rien de chic, c'était un restaurant familial sans prétention, mais la carte était fournie et les plats nourrissants.

— Janelle, Len ! Qu'est-ce que je vous sers ?

— Salut Lacy, comment vas-tu ?

— Pas trop mal.

Son sourire s'effaça un petit peu mais elle continua.

— J'ai appris ce qui t'était arrivé à la concession. Mais tu trouveras autre chose rapidement, j'en suis sûre !

Len avait connu Lacy en première année d'université. Elle ne s'en sortait pas et avait décidé d'abandonner au bout d'un semestre. Elle gardait néanmoins toujours le sourire, donnant le sentiment de ne jamais se laisser abattre, ce qui suscitait chez Len une grande admiration.

— Merci Lacy.

Len remarqua l'air interdit de Janelle, son visage affichant une expression qu'il ne parvint pas à décoder. Janelle reposa la carte.

— Pour moi, ce sera du poisson et un Coca Light.

— Et pour moi, un hamburger avec des frites.

Lacy lui sourit à nouveau et s'en alla déposer leur commande en cuisine.

— Que s'est-il passé à la concession ?

— Les affaires n'allaient pas très bien et il fallait qu'ils fassent des économies. Comme j'étais le dernier à avoir été engagé, ils m'ont licencié.

Il haussa les épaules et fit son possible pour rester positif, tout en admirant la vitesse à laquelle la nouvelle de son renvoi avait fait le tour de la ville. Il s'efforça d'adopter un ton détaché.

— Je me mettrai à chercher autre chose dès lundi. En tous les cas ne t'inquiète pas pour moi. Et toi, comment vas-tu ?

Elle lui raconta toute une litanie de choses qui lui étaient arrivées durant la semaine.

— J'ai été engagée au sein du service clientèle de la compagnie des télécoms, je commence lundi.

Elle avait l'air vraiment heureux et Len fit de son mieux pour être content pour elle. Ce n'était certainement pas de sa faute à elle s'il avait été renvoyé et elle avait tous les droits d'être heureuse.

— Lorsque papa est mort, j'ai touché son assurance-vie, mais je vais la mettre de côté en cas de force majeure. Maintenant que j'ai un travail, je vais pouvoir être entièrement indépendante.

Ils cessèrent de parler pendant qu'on les servait mais Janelle reprit son histoire dès que Lacy fut repartie. Len l'écouta parler et sourit à mesure qu'elle lui racontait tous les détails de son nouvel emploi, ne s'arrêtant de parler que pour respirer ou prendre une bouchée de son plat. Elle rayonnait. La mort de son père avait été un choc terrible pour elle, au point qu'elle avait quitté la maison familiale et qu'elle s'était installée chez sa tante. Len finit son dîner et écouta Janelle parler. Elle avait fini de manger et dégustait maintenant son café.

— Dis-moi, Len, je viens d'avoir une idée. Mon frère aurait bien besoin d'aide à la ferme mais il lui faut des personnes en qui il peut avoir confiance.

Len n'était pas sûr d'être fait pour ce travail.

— Mais je n'y connais rien. J'ai de l'expérience avec les chevaux, je sais monter, mais ton frère s'occupe plutôt de bovins, non ?

— Oui, et alors ?

— Eh bien, je n'y connais rien.

Elle rit en buvant une gorgée de son café puis redevint sérieuse.

— Ce n'est pas grave. Depuis la mort de mon père et de Ruby, Cliff a du mal à s'en sortir entre la ferme et l'éducation de Geoff. Il a besoin d'aide et tu as besoin d'un emploi.

Dit comme cela, sa proposition paraissait raisonnable.

— Et en quoi pourrais-je l'aider ?

Elle secoua la tête d'un air exaspéré.

— Si ça ne t'intéresse pas, ce n'est pas grave. Je pensais juste que comme tu cherchais du boulot…

Len sourit et tenta de désamorcer la tension qui s'était installée entre eux.

— Tu as peut-être raison, ça ne peut pas me faire de mal de toutes les façons…

— Super ! J'appellerai Cliff ce soir et le préviendrai que tu passeras le voir.

Janelle arborait maintenant un sourire radieux et Len réalisa qu'elle l'avait mené exactement là où elle le voulait. On aurait presque pu croire qu'ils étaient ensemble. Dès qu'ils eurent fini leurs cafés, Len demanda l'addition.

Après avoir payé, ils quittèrent le restaurant et Len raccompagna Janelle à sa voiture.

— Merci Janelle, je passerai le voir demain. Qui sait, peut-être que je serais à même de l'aider ?

Il lui tint la portière pendant qu'elle montait dans la voiture. Elle démarra et le salua d'un geste de la main. Il monta à son tour dans son véhicule et rentra chez lui.

En arrivant chez lui, il gara sa voiture à côté de celle de sa mère et entra dans la maison. Comme il s'y attendait elle regardait la télévision dans le salon.

— Comment ton dîner s'est-il passé ?

Il s'assit dans le canapé.

— Bien. Janelle m'a dit que son frère recherchait de la main-d'œuvre pour l'aider à la ferme et m'a demandé de passer le voir demain.

Elle tourna la tête, l'air sceptique, mais se tut.

— C'est un boulot comme un autre et un peu d'argent ne peut pas me faire de mal. Je pourrais au moins faire ça le temps de trouver autre chose.

— C'est vrai que ça ne peut pas te faire de mal d'aller lui parler.

Len n'était pas sûr que ce soit vrai. Il n'avait pas revu Cliff depuis la mort de Ruby. Il avait été invité à dîner chez eux à plusieurs reprises mais, à chaque fois, Cliff s'était montré poli mais distant. S'il devait être tout à fait honnête avec lui-même, il n'était pas sûr que Cliff ait envie qu'il travaille à la ferme, surtout lui. À chaque fois qu'il revoyait Cliff, la première chose à laquelle il pensait était cette fameuse soirée, ce baiser d'une seconde que

30

Cliff et lui avaient partagé. Il savait bien qu'il ne le devrait pas mais il ne pouvait pas s'en empêcher. Cliff Laughton était déjà le centre de tous ses fantasmes bien avant ce baiser et quant à être à ses côtés tous les jours...

— Len !

En entendant son nom, il revint sur terre.

— Excuse-moi, maman, tu disais ?

— Est-ce que Janelle t'a dit à quelle heure tu devrais passer ?

— Non, elle ne m'a pas donné d'horaire précis mais j'irai dans la matinée.

Il fallait qu'il arrête de laisser son esprit vagabonder de la sorte. Cliff avait épousé Ruby et ce qui s'était passé au lycée était de l'histoire ancienne. D'autant plus que Cliff avait dû se laisser emporter par le moment et avait sûrement regretté son geste dès la seconde suivante.

— Je vais prendre une douche et aller me coucher.

Il se leva péniblement du vieux canapé et se dirigea vers sa petite chambre. Il prit un pantalon de jogging et un tee-shirt dans son placard et se rendit dans la salle de bain. Après s'être déshabillé, il entra dans la douche. L'eau chaude lui fit du bien et évacua une bonne partie des tensions de la journée et Dieu savait qu'il y en avait eues ! Commençant à se détendre, il sentit certaines parties de son corps durcir. Cela faisait un certain temps qu'il n'avait pas... évacué la pression, et son corps était manifestement prêt. Doucement, il fit glisser ses mains le long de son torse, se caressant. Il eut envie de gémir mais se retint ; les murs étaient épais comme du papier. Il ferma sa bouche et continua à se toucher, laissant son esprit vagabonder. Il ne fallut pas longtemps avant qu'une image apparaisse devant ses yeux, un visage aux yeux profonds, d'épais cheveux bruns et des lèvres qui n'attendaient que les siennes. Il fut incapable de se retenir de prononcer son nom.

— Cliff...

S'efforçant d'effacer cette image de son esprit, il essaya de penser à autre chose, à quelqu'un d'autre, qui que ce soit, mais il n'y parvint pas. Son esprit ne voulait pas coopérer et la douche ne l'aida pas non plus, l'eau devenant subitement froide.

Il venait de sortir de la douche quand il entendit sa mère l'appeler. Entourant sa taille d'une serviette, il entrebâilla la porte.

— Qu'est-ce qu'il y a, maman ?

Elle était au téléphone mais raccrocha bientôt.

31

— C'était Janelle, elle m'a dit que tu devais passer dans la matinée, mais pas trop tôt.

C'était vraiment étrange, les fermiers étaient des lève-tôt d'habitude, ils dépendaient du soleil pour travailler.

— D'accord, maman. Merci.

Il referma la porte et finit sa toilette avant de pendre sa serviette et d'enfiler ses vêtements. Après s'être assuré de laisser la salle de bain propre derrière lui – sa mère l'ayant bien éduqué – il sortit et rejoignit sa mère dans le salon. Après lui avoir souhaité bonne nuit, il retourna à sa chambre et se mit au lit.

IV

IL ÉTAIT neuf heures du matin lorsque Len arriva à la ferme des Laughton. Il avait supposé que pour une ferme ce serait suffisamment tard et il se gara près de la grange où stationnaient quelques véhicules. Il ne semblait y avoir personne mais il entendit un tracteur au loin et comprit que les hommes étaient déjà au travail. Traversant le jardin, il remarqua que certaines choses avaient changé depuis le décès de Ruby.

— Mon Dieu ! Mais qu'est-ce qui se passe ici ?

Il comprit que le moral était loin d'être au beau fixe à la ferme. Le jardin autour de la maison n'avait pas été tondu depuis des semaines et l'herbe avait tout envahi. Les bâtiments semblaient en bon état mais le reste avait l'air quelque peu négligé. Marchant le long du chemin, il frappa à la porte de la cuisine et attendit qu'on lui réponde.

— Oui ?

— Cliff, c'est Len Parker, Janelle m'a dit de passer. Elle m'a dit que tu avais besoin d'aide.

Cliff avait très mauvaise mine : des cernes sombres sous les yeux, le visage émacié et la peau cireuse. Il n'y avait plus rien de l'homme que Len connaissait depuis des années.

Cliff passa ses doigts dans son épaisse chevelure hirsute.

— Entre donc.

Il fit un pas vers la porte pour l'ouvrir mais dut s'arrêter et Len vit une paire d'yeux surmontée d'une tignasse blonde se cacher entre les jambes de Cliff.

— Moi, c'est Len ; tu dois être Geoff, n'est-ce pas ?

Le petit garçon mit son pouce dans sa bouche et acquiesça avant de se cacher à nouveau. Cliff prit le petit garçon, qui était toujours en pyjama, dans ses bras et ouvrit la porte pour laisser entrer Len.

La cuisine n'était pas rangée, la vaisselle débordait de l'évier et divers ustensiles de cuisine étaient empilés sur la table. Cependant elle n'était pas particulièrement sale, seulement mal rangée, comme si Cliff ne savait que faire pour mettre de l'ordre. *Mais que lui arrivait-il donc ?* Il dirigea Len vers le salon, qui était dans le même état que la cuisine, excepté qu'à défaut

33

d'ustensiles, c'était des jouets de toutes sortes qui recouvraient tous les meubles. Cliff débarrassa deux chaises et ils s'assirent.

— Désolé pour le bazar… Alors, comment est-ce que tu vas ?

— Ça peut aller, je travaillais à la concession jusqu'à hier. Janelle m'a dit que tu aurais besoin d'aide ?

Il tendit à Cliff sa lettre de recommandation.

— Oui, j'ai dû renvoyer l'homme qui s'occupait de la grange il y a quelques semaines et je n'ai pas réussi à trouver quelqu'un pour le remplacer.

On dirait plutôt que tu n'as pas vraiment eut le courage de chercher. Len se garda bien de lui faire la réflexion, même s'il avait terriblement envie de le lui dire.

— J'ai travaillé dans une écurie et je sais monter. Ma mère n'avait pas les moyens de m'offrir des cours d'équitation quand j'étais plus jeune alors j'ai dû travailler pour me les payer.

Travailler dur même.

Il attendit de voir ce que Cliff dirait mais celui-ci se contenta de rester affalé sur sa chaise, son fils dans les bras. Il était perdu, complètement perdu, et Len s'en rendit compte mais ne pouvait rien dire, alors il attendit.

— Peux-tu commencer dès aujourd'hui ? Le salaire est de deux cents dollars par semaine.

À peu près ce que je gagnais à la concession.

— Oui, bien sûr.

Len sourit et observa le jeune garçon relever sa tête des épaules de son père et lui jeter un coup d'œil avant de chercher à redescendre. Il se tint aux pieds de son père l'espace d'une minute avant de s'approcher de Len.

— C'est le portrait craché de sa mère.

Il n'avait pas pu s'empêcher de faire la remarque et le regretta instantanément. Cliff se contenta d'acquiescer mais ne dit rien de plus. Il n'était plus du tout l'homme volontaire et plein de vie qu'il avait été avant le décès de sa femme.

— Eh bien, je vais me mettre au travail alors.

Il avait enfilé des habits de travail avant de venir, juste au cas où.

Il se leva et Geoff fit un pas en arrière, le regardant de haut en bas.

— T'es 'ran.

On aurait pu croire qu'il avait dit *Téhéran* mais Len comprit ce qu'il avait voulu dire et s'agenouilla devant lui.

— Toi aussi tu seras grand un jour.

Après avoir affectueusement ébouriffé les cheveux de l'enfant, il se leva et sortit de la maison. Il s'arrêta à sa voiture pour récupérer son chapeau avant de se diriger vers la grange. Il fit un pas à l'intérieur et eut un mouvement de recul devant l'odeur qui y régnait.

— Bon Dieu !

Il ouvrit les portes et aéra la grange avant d'y pénétrer. Quatre têtes dépassaient des box et il se présenta aux chevaux. Il y avait douze box au total : quatre étaient occupés, quatre étaient sales et les quatre derniers semblaient vides. Len eut l'impression que son prédécesseur s'était contenté de déplacer les chevaux plutôt que de nettoyer les box.

— Quel bordel !

Il poursuivit son exploration de la grange et entra dans la sellerie. Elle était à l'image du reste de la ferme, complètement en désordre, et la moitié des harnachements traînaient par terre.

— Je crois que je sais ce qu'il me reste à faire...

Derrière la dernière stalle, Len trouva une brouette, une pelle et une fourche. Il se mit à l'ouvrage et commença à nettoyer le plus sale des box, versant la litière souillée dans la brouette et la déversant sur ce qui lui semblait être un tas de fumier. Cette tâche l'occupa pendant des heures. Puis, il ajouta de la paille fraîche saupoudrée de sciure.

À midi, il avait déjà nettoyé quatre box et remplacé l'eau et le foin des chevaux. Il retourna à sa voiture et en sortit son déjeuner, s'asseyant à l'ombre pour se restaurer. La chaleur de la fin du mois d'avril était agréable et permettait de travailler confortablement. Il ne faisait ni trop chaud ni trop froid. Tout en mangeant, il observa la maison. Il n'avait vu ni Cliff ni personne d'autre de toute la matinée.

Son repas terminé, il se remit au travail et nettoya les quatre box restants et la grange en elle-même. Quand il eut fini, elle reluisait. Jetant un coup d'œil à sa montre, il se rendit compte qu'il était un peu plus de quinze heures. Il se rendit dans la sellerie et commença à y mettre de l'ordre. Il ramassa les équipements qui traînaient par terre, les démêla et les rangea par ordre et par catégorie.

— Quel travail, on dirait que personne ne s'est occupé de cet endroit depuis des mois.

— Ce n'est pas tout à fait faux.

Len sursauta et se retourna en entendant une voix derrière lui. Un homme grand et mince se tenait face à lui, appuyé contre la porte.

— Excusez-moi, je ne m'étais pas rendu compte qu'il y avait quelqu'un. Len Parker.

Il tendit la main.

— Fred Jenkins. Est-ce que c'est Cliff qui t'as engagé ?

— Oui, il m'a dit que celui qui s'occupait de la grange avant moi avait démissionné.

Fred eut un large sourire, pas tout à fait plaisant.

— Il n'a pas démissionné, on a fait fuir cet espèce de bon à rien de fainéant.

Len se demanda s'il fallait qu'il s'inquiète.

— Tu as accompli plus de travail dans cette grange aujourd'hui que l'autre en une semaine.

Le sourire de Fred changea et devint beaucoup plus sincère.

— J'ai bientôt fini, les box sont propres et je ne vais plus tarder à finir de mettre de l'ordre dans la sellerie. Il faut juste que je descende du foin du grenier, que je m'assure que les chevaux ont tout ce qu'il faut pour la nuit et j'aurai terminé pour la journée.

— Je vais t'aider à descendre le foin, il faut bien s'assurer d'utiliser les bottes les plus anciennes en premier.

Len acquiesça et sourit avant de continuer à mettre de l'ordre dans la sellerie. Quand il eut fini, la pièce avait été balayée, remise en ordre et nettoyée. En refermant la porte derrière lui, il vit Fred donner de l'eau aux chevaux.

— Je me suis dit qu'un peu d'aide ne te ferait pas de mal. On s'occupe du foin ?

Fred le précéda dans le grenier et Len ne put retenir un sifflement d'admiration en voyant le grenier pratiquement plein.

— On avait beaucoup plus de chevaux mais suite à la mort de Monsieur Laughton et à cause de cet imbécile de Holder en charge de la grange, la plupart de nos employés à mi-temps sont partis.

Il secoua la tête et mena Len vers l'arrière de la grange, qui était vide sur un quart de sa surface.

— Voilà le foin le plus ancien. Pas qu'il soit vieux à proprement parler mais on se sert de celui-là en premier.

Il souleva une trappe dans le plancher et ils commencèrent à y jeter des bottes de foin.

— Qu'est-ce qu'il se passe ici ? Je n'ai pas vu Cliff de toute la journée.

Fred secoua la tête et haussa les épaules avant de jeter une autre botte par la trappe.

— J'aimerais bien le savoir mais personne ne comprend vraiment. On se contente tous de faire de notre mieux.

— À quelle heure arrivez-vous tous le matin ?

— La plupart d'entre nous arrivent à sept heures mais on évite de faire du bruit par rapport à Geoff.

Len ne crut pas que cela puisse être la vraie raison. Il avait remarqué les cannettes de bière dans la poubelle de la cuisine et savait que les cernes sous les yeux de Cliff ne venaient pas seulement du manque de sommeil, mais il ne dit rien.

— Le dimanche, nous n'avons pas grand-chose à faire ; on nourrit les chevaux et on s'occupe des affaires urgentes. En général, on termine aux alentours de midi.

— Fred ! appela une voix de l'extérieur de la grange.

— Je suis dans la grange, Randy !

Un homme à la carrure massive pénétra dans la grange d'un pas lourd.

— Salut, dit-il avant de s'arrêter en apercevant Len mais surtout surpris par l'odeur de grange propre. C'est toi qui remplaces Holder ?

Lenny fit un signe de tête et eut le bonheur d'entendre Randy prendre une grande inspiration.

— Ah, ce que j'aime l'odeur d'une grange propre. Randy Marsh.

— Len Parker.

Ils se serrèrent la main, celle de Randy écrasant celle de Len au passage.

— Tu as fait tout ça en une seule journée ?

Len sourit et acquiesça, content d'avoir fait bonne impression.

— Tu feras largement l'affaire, dit Randy.

— Y a-t-il d'autres employés ou seulement vous deux… enfin, nous trois ?

— Il n'y a que nous, répondit Randy en plissant les yeux, comme s'il essayait de se souvenir de quelque chose. Je t'ai déjà vu dans les parages.

— J'étais un ami de Ruby, on était… commença-t-il, s'interrompant pour avaler sa salive. De très bons amis, depuis le lycée.

Ils inclinèrent tous les trois doucement la tête. Puis Randy fit un signe de tête pour désigner la maison.

— Il n'est plus le même depuis qu'elle a disparu.

— J'ai connu Cliff au lycée ; il était très différent à l'époque.

Len faillit en dire davantage mais se retint. Il n'avait pas envie de parler dans le dos de leur patron, même si tous les trois ressentaient de la peine pour lui. Il changea de sujet.

— Comment fonctionnez-vous par ici ?

Les deux hommes échangèrent un regard, puis Fred lui répondit :

— Lorsque Carter était vivant, on le retrouvait tous les matins et il nous donnait ses instructions avant qu'on ne se mette au travail. Mais ces derniers temps, on est livrés à nous-mêmes, alors on s'occupe de ce qu'il y a à faire.

Len jeta un œil autour de lui, à la grange et à tout ce qui l'entourait.

— Cela vous dérange-t-il si je me joins à vous demain ? La gestion de la grange ne me prendra pas énormément de temps alors, si vous le souhaitez, je peux peut-être vous aider.

Les deux hommes échangèrent un regard et finirent par acquiescer. Randy répondit :

— Toute aide est la bienvenue. À demain, sept heures.

Len se remit au travail, remplissant les mangeoires de foin et caressant la tête de chaque cheval à mesure qu'ils pointaient le bout de leur museau.

— Ça vous dirait une petite friandise ? Je vous amènerai des carottes demain.

Les chevaux inclinèrent leurs têtes majestueuses de haut en bas, comme s'ils avaient compris ce que Len avait dit. Après avoir jeté un dernier coup d'œil à la grange, il referma la porte et traversa le champ qui servait désormais de jardin aux Laughton.

En s'approchant de la maison, il remarqua que la porte de derrière était ouverte. Le petit pied de Geoff se posa sur la première marche du perron, bientôt suivi du reste de son corps. Len cria son nom, il n'avait pas envie qu'il tombe.

— Geoff !

— Wen... les s'vaux, les s'vaux !

Geoff pointa la grange du doigt. Il se retourna et descendit la seconde marche en s'accrochant à la première, avant de courir à travers le jardin aussi vite que ses petites jambes le lui permettaient.

— Les s'vaux, les s'vaux !

Len prit le garçonnet dans ses bras.

— Tu veux aller voir les chevaux ?

Geoff fit un grand signe de tête en guise d'approbation. Len jeta un autre regard à la maison silencieuse en se demandant à nouveau ce qui pouvait bien clocher et décida que cela ne ferait pas de mal à Geoff d'aller voir les chevaux.

— Qui est-ce qui t'a habillé mon grand ?

Geoff portait toujours son pantalon de pyjama mais avait retiré le haut et n'avait plus que son maillot de corps sur le dos et une paire de chaussettes bleues mais pas de chaussures.

— Moi.

Il avait l'air très fier de lui.

— D'accord. Allez, viens, on va aller voir les chevaux.

Il mit le petit garçon sur ses épaules, qui se réjouissait d'aller voir les chevaux. Len ouvrit la porte de la grange et les larges têtes apparurent dans les box, observant leurs visiteurs.

— S'val ! S'val !

Geoff se dirigea vers le cheval le plus proche.

— Allons voir Belle, elle est très gentille.

Belle lui avait semblé être la jument la plus docile quand il avait nettoyé les box. Len souleva Geoff à hauteur de la jument et le garçon lui caressa le museau.

— Zentil s'val, zentil s'val ! s'écria Geoff de sa petit voix chantante.

— Geoff ! Geoff, où es-tu ?

Len entendit la voix de Cliff venant de l'extérieur, il semblait un peu paniqué.

— On est là, Cliff, tout va bien.

Des pas lourds se firent entendre derrière eux tandis qu'il tenait toujours Geoff à hauteur de la jument.

— Un s'val papa ! Un s'val ! S'val, s'val, s'val !

Le bonheur dans la voix de Geoff résonnait à travers la grange.

Len jeta un œil vers Cliff et vit que la panique et l'inquiétude commençaient à disparaitre de son visage. Cliff s'approcha et Len rendit Geoff à son père.

— Lorsque je l'ai trouvé, il sortait de la maison pour aller voir les chevaux.

— Merci Len.

Len lui adressa un petit signe de tête et regarda Geoff se pencher vers Belle, essayant de la caresser à nouveau.

— Rentrons à la maison préparer à dîner, d'accord, mon grand ?

Cliff et son fils sortirent de la grange.

— Le s'val papa ! Le s'val.

— Je sais, mon chéri, on reviendra demain.

Une lueur de bonheur apparut dans le regard de Cliff lorsqu'il parlait à son fils.

— Promis ?

Len resta un moment dans la grange à caresser Belle puis finit par s'en aller. Il referma la porte derrière lui et se rendit à sa voiture. Puis il ouvrit la porte et s'écroula sur le siège conducteur.

— Putain, je suis crevé !

Il démarra et prit la direction de sa maison. Il fit le trajet en pilotage automatique et il s'écroula à moitié une fois arrivé chez lui.

— J'en conclus que tu as été embauché ?

— On ne peut rien te cacher !

Il s'affala sur l'une des chaises de la cuisine, posant sa tête sur la table.

— On aurait dit que personne n'était entré dans la grange depuis des semaines. La ferme est vraiment en piteux état.

— N'a-t-il pas suffisamment de personnel ?

La mère de Len se tenait devant la cuisinière et préparait le dîner.

— Je n'en sais rien mais je n'ai pas vu Cliff de la journée. Il n'a pas bougé de sa maison.

Len ne fit pas part à sa mère de ses soupçons.

— J'ai rencontré ses employés. Ils ont l'air sympa et s'inquiètent aussi pour lui.

— As-tu envie de l'aider ?

Sa mère avait commencé à sortir des assiettes et il se força à se lever pour l'aider à mettre le couvert.

— Je ne sais pas ce que je peux faire.

— Tu peux commencer par bien travailler et être là pour lui quand il en a besoin, même s'il ne s'en rend pas compte.

— Comment fais-tu pour être aussi intelligente ?

Elle posa les assiettes sur la table et Len leva les yeux vers elle.

— Est-ce qu'on peut vraiment se permettre de manger du steak ?

— Il était en promotion et maintenant que tu travailles à la ferme, tu vas avoir besoin de force.

Elle avait tout à fait raison. Il coupa sa viande et porta sa fourchette à sa bouche. Dès qu'il goûta à sa viande, il se rendit compte qu'il avait une faim de loup et dévora son repas.

— Merci, maman, c'était délicieux.

Il mit son assiette dans l'évier et s'assit pour tenir compagnie à sa mère pendant qu'elle finissait de manger.

— Va donc te coucher. Tu travailles demain, non ?

Il se dit qu'il faudrait qu'il pense à appeler Janelle pour lui dire qu'il avait été pris à la ferme.

— Seulement jusqu'à midi.

Il se leva avec peine et se traîna jusque dans la salle de bain pour prendre une douche.

Une demi-heure plus tard, une fois propre et détendu, il s'assit devant la télévision et se rendit rapidement compte qu'il tombait de fatigue. Il souhaita bonne nuit à sa mère et se mit au lit, tombant dans un sommeil aussi profond qu'un coma, ne se réveillant qu'au son de son réveil beuglant à plein volume dans ses oreilles.

V

LES PREMIERS rayons de soleil perçaient à peine au-dessus des arbres lorsque Len arriva à la ferme. Tout était silencieux et immobile. Len se gara à la même place que la veille et sortit de sa voiture, refermant la portière avec précaution. La fraîcheur matinale le frappa au visage tandis qu'il traversait la cour en direction de la grange.

— Bonjour mes chéris !

Il alluma la lumière et fut accueilli par des têtes encore endormies qui pointèrent hors de leur box. Quelques-unes d'entre elles poussèrent même le vice jusqu'à bailler devant lui.

— Ça ira comme ça, j'ai du travail à faire moi !

Len se dirigea vers le robinet pour remplir les abreuvoirs d'eau et les mangeoires de foin.

— Je vous laisse manger un moment, après vous irez tous dehors.

Il aimait parler aux chevaux et ceux-ci semblaient toujours réagir au son de sa voix. Il saisit le balai et commença à nettoyer l'intérieur de la grange et les box vides.

— Eh bien, que vois-je là ?

Len s'agenouilla et trouva une chatte et sa portée, recroquevillée sous l'une des mangeoires. Sa présence la rendait nerveuse et Len décida de la laisser en paix.

Après avoir ouvert les portes menant aux pâturages, il s'assura que les chevaux avaient de l'eau dans leurs abreuvoirs et les laissa sortir pour qu'ils se dégourdissent les jambes. Il leur donna à chacun une carotte. La grange désormais vide, il s'arma de la brouette et nettoya de fond en comble chacun des box, remplaçant la litière sale par de la sciure fraîche. Il venait juste de terminer lorsqu'il entendit une voiture arriver dans la cour. Posant son balai dans un coin, il alla à la rencontre de Fred et de Randy qui venaient tous deux dans sa direction.

— Tu es arrivé tôt.

— Oui, j'ai mis les chevaux aux pâturages et nettoyé la grange pour la journée.

Len s'appuya contre la porte d'un box vide et Fred s'assit sur une botte de foin.

— Il faut qu'on aille s'occuper du bétail. Il y a quelques barrières à réparer et il va pleuvoir cet après-midi.

— Avez-vous besoin d'aide ?

— Non, ça ira, cela ne devrait pas nous prendre trop de temps. Qu'est-ce que tu vas faire aujourd'hui ?

— Je vais essayer de réparer la barrière du manège. Je voulais dire à Cliff de mettre une annonce dans le journal pour remplir les box et faire la promotion du manège, pour attirer du monde, mais il est hors d'usage pour l'instant.

Len jeta un œil en direction du jardin.

— Je pensais aussi tondre le jardin ; personne n'aura envie de venir si l'endroit reste dans cet état.

Len fit un pas vers la porte de la grange et observa le jardin. Randy s'approcha de lui.

— Ne fais pas trop de bruit. Cliff te passerait un sacré savon si tu réveillais Geoff.

Len observa la maison et vit la porte de derrière s'ouvrir, un visage au boucles blondes les observant à travers la moustiquaire, essayant de l'ouvrir pour les rejoindre.

— Je ne crois pas que ce soit Geoff que l'on risque de réveiller. Je pense plutôt que c'est Cliff qui fait la grasse matinée. Probablement en train de cuver ce qu'il a bu hier soir.

Une fois de plus, Len n'avait pas pu s'empêcher de l'ouvrir, sachant très bien qu'il aurait mieux fait de se taire.

Randy n'avait pas l'air convaincu.

— On ne l'a jamais vu boire.

Lorsque le vin est tiré, il faut le boire.

— Hier, la poubelle de la cuisine était pleine de cannettes de bière vides. Je crois qu'il prend la plupart de ses repas sous forme liquide ces derniers temps.

Len regarda ses deux collègues.

— Peut-être aurais-je mieux fait de me taire…

— Il faut qu'on fasse quelque chose pour lui.

Len sourit à Fred, surpris par sa réaction.

— La première chose que l'on va faire est de cesser de nous apitoyer sur son sort. On a une ferme à faire tourner et c'est beaucoup de boulot, alors il faut s'y mettre. Allons-y.

— Mais on a besoin du tracteur pour… dit Randy avant de marquer une pause et d'afficher un large sourire. D'accord, j'ai compris. Je marche avec vous. Réveillons-le.

Randy se dirigea vers le hangar et grimpa sur le tracteur, mettant en marche le moteur dans la foulée. Fred grimpa à son tour et ils se mirent à l'ouvrage tous les deux, passant dans la cour avec le tracteur avant de prendre la direction de la route. Alors que le son du tracteur s'évanouissait au loin, Len pénétra dans le hangar et monta sur le tracteur-tondeuse. Il alluma le contact et le moteur se mit en marche. Après avoir passé la première, il sortit du hangar, se dirigea vers le jardin et fit descendre la lame de coupe de la tondeuse pour commencer le grand ménage.

Le soleil brillait dans le ciel pendant qu'il tondait.

— Hé !

Il entendit quelqu'un l'appeler. Il éteignit la tondeuse et le moteur.

— Len, qu'est-ce que tu fais à cette heure ?

Il leva les yeux et vit Cliff à la fenêtre de sa chambre.

— Je tonds le champ qui te sert de jardin, ça se voit, non ?

Len ne prit pas la peine d'attendre une réponse, il ralluma la tondeuse et mit les gaz, couvrant la voix de Cliff qui hurlait. Il continua de tondre, s'occupant du jardin derrière la maison puis de celui de devant. En approchant de la maison, il aperçut Geoff se tenant à la fenêtre du salon, sa main collée à la vitre, le saluant d'un petit geste. Len rit et le salua à son tour, voyant Geoff sautiller sur place. Il n'avait aucun mal à imaginer les rires de Geoff résonner à travers la maison. Au passage suivant, Geoff n'était plus à la fenêtre et Len finit de tondre le jardin avant de passer aux zones herbeuses autour des granges. Après avoir fini, il rangea la tondeuse dans le hangar avant de couper le moteur.

— Qu'est-ce que tu fous ? s'écria Cliff en traversant le jardin comme une furie, Geoff dans les bras. Tu as réveillé Geoff avec tout ton bazar !

— Dis plutôt que je *t'ai* réveillé, oui !

Len défia Cliff du regard, il savait qu'il mentait.

— J'ai vu Geoff jouer dans le salon bien avant de commencer à tondre. S'il y a une personne qui dormait encore, c'est bien toi, et cela ne te ferait pas de mal de te réveiller un peu !

— Pour qui te prends-tu ?

Geoff commença à pleurer et Cliff baissa le ton en ajoutant :

— Aux dernières nouvelles, on était chez moi ici.

Sa mâchoire était serrée et prononcer ces paroles lui avaient demandé un effort.

— Alors conduis-toi comme un patron, Cliff ! Tes hommes font de leur mieux pour pas que cette ferme coule mais ils ont besoin de toi. Bon Dieu ! Regarde autour de toi ! Cette grange est vide alors qu'elle devrait être pleines de chevaux et te rapporter gros. Ton grenier est rempli de foin et tes champs en produisent en trop grande quantité par rapport à tes besoins. Ton jardin avait l'air d'un champ, ta ferme est vraiment en piteux état. Et je ne parle pas de la grange ! Cela faisait des mois qu'elle n'avait pas été nettoyée.

— La grange, c'est à toi de t'en occuper, si tu ne t'en sors pas…

— Ne joues pas au con avec moi ! La grange est propre et la sellerie en ordre, les chevaux sont dans les champs et ton jardin est tondu. En ce qui me concerne, je me débrouille très bien. Et toi, comment t'en sors-tu ?

Len regardait son patron d'un air furieux, décidé à ne pas se laisser faire. Mais il ne put s'empêcher de constater que le regard de Cliff était bouillant, que ses lèvres étaient si charnues et désirables quand il était en colère. Il eut envie de l'embrasser à nouveau. Il se rendit compte que sa colère s'estompait puis se rappela que ce qui s'était passé entre eux ne se reproduirait jamais. La frustration l'envahit à nouveau et son regard durcit.

— Wen, s'val ! S'val !

Geoff commença à s'agiter pour descendre des bras de son père mais Cliff tourna les talons en direction de la maison. Geoff poussa une plainte à glacer les sangs. Cliff fit alors demi-tour et jeta Geoff dans les bras de Len avant de repartir dans l'autre sens, jurant dans sa barbe. Len attendit qu'il soit arrivé au niveau de la porte.

— Savoure bien ta bière !

Cliff se figea l'espace d'un instant puis disparut dans la maison, claquant la porte suffisamment fort pour faire vibrer les vitres.

Len regarda Geoff, ses yeux étaient immenses.

— Cwiff con, dit Geoff en se mettant à rire comme s'il avait dit la chose la plus drôle du monde. Cwiff con.

Il rit à nouveau puis pointa le doigt en direction de la grange.

— S'val.

— D'accord, on va aller voir les chevaux.

Il prit la direction des pâturages, Geoff sur ses épaules. Le petit garçon, comme la veille, était toujours en pyjama mais au moins ce n'était pas le même.

— Regarde, ils sont dehors. Comme ça, ils peuvent jouer et courir.

Geoff observa les chevaux et essaya de les appeler, mais ils étaient trop heureux d'être à l'extérieur et ne firent pas attention à lui.

Len se demanda si Cliff reviendrait chercher son fils.

— Eh bien, on dirait que tu vas pouvoir m'aider à travailler.

Il fit sauter Geoff dans ses bras, ce qui l'amusa beaucoup et le fit rire longuement.

— On va voir ce qu'on peut faire.

À côté de la grange, Len trouva une vieille roue de tracteur. Assis là où Len l'avait installé, Geoff l'observa déposer la roue suffisamment loin du manège. Il trouva également du sable qui avait l'air de provenir d'un chantier et en remplit l'intérieur de la roue.

— Il te plaît ton nouveau bac à sable ?

Geoff ne perdit pas un instant avant de se ruer vers son nouveau terrain de jeu, grimpant sur la roue et creusant le sable avec ses mains.

— Il faut qu'on te trouve des jouets.

Prenant Geoff dans ses bras, il le ramena à la maison et ouvrit la porte de derrière.

— Cliff ?

Personne ne répondit.

Len supposa qu'il devait être à l'étage et s'avança dans le salon.

— On va te trouver des jouets pour ton bac à sable.

Dans un coin, derrière une chaise, il dénicha une pelle et un seau. Avec l'aide de Geoff, il le remplit de voitures et camions miniatures.

— Cliff, Geoff est avec moi, je l'emmène au manège.

Il n'obtint toujours pas de réponse. Et merde ! Peut-être était-il allé trop loin mais Dieu savait que Cliff avait besoin d'être un peu secoué.

— Allons jouer dans le sable.

— Papa, sable !

— Tu veux aller jouer ?

Geoff courut à la fenêtre et pointa un doigt en direction des chevaux.

— S'val !

— Allons-y, alors !

Len le reprit dans ses bras et jeta un coup d'œil vers la maison toujours silencieuse avant de se diriger avec Geoff en direction du manège.

46

Le déposant près de son bac à sable, il lui donna ses jouets et le petit se mit immédiatement à l'ouvrage, creusant le trou le plus profond qu'il pouvait réaliser.

Geoff occupé, Len inspecta les barrières autour du manège. Les poteaux avaient l'air en bon état mais certaines des traverses avaient besoin d'être réparées et le manège était plein de mauvaises herbes. Il passa l'heure qui suivit au niveau du sol, à arracher les hautes herbes indésirables. Il n'avait aucun mal à les arracher et le manège retrouva très vite une allure décente. Geoff jouait toujours dans le sable, il s'amusait comme un petit fou.

— Hé, Geoffy, tu fais un château de sable ?

Geoff était tellement pris par son jeu qu'il ne releva même pas la tête et Len se remit à la tâche.

— Tu t'amuses bien, Geoffy ?

Il n'y avait plus de traces de colère dans la voix de Cliff.

— Salut papa !

Len leva les yeux et vit Cliff accroupi près du bac à sable, parlant à son fils pendant qu'il continuait de creuser et de faire rouler ses voitures sur des autoroutes de sable. Il les observa pendant une minute et se remit au travail, arrachant ce qui restait de mauvaises herbes. Tout en travaillant, il se rendit compte qu'il jetait de temps à autres des petits coups d'œil en direction du bac à sable, mais ce n'était plus Geoff mais son père qu'il observait désormais. La façon dont son corps bougeait, sa façon de jouer avec son fils, ses jeans qui se resserraient au niveau de ses cuisses quand il se baissait. *Je ne peux pas m'infliger ça.* Cliff se retourna et Len baissa les yeux, faisant mine de se concentrer sur ce qu'il faisait. Quand il releva les yeux, Cliff le regardait. Il l'avait remarqué. Il fit comme si de rien n'était et regarda Geoff jouer puis focalisa à nouveau son attention sur sa tâche.

Quelques secondes plus tard, il entendit des pas s'approcher et se stopper à côté de lui. Arrachant les dernières mauvaises herbes, il leva les yeux, son regard se posant directement dans le creux des jambes accroupies de Len.

— Ça m'a l'air bon tout ça.

Il ne pouvait pas avoir plus raison. Du point de vue de Len, tout avait même l'air très bon. Ses jambes musclées et… Len déglutit et se força à regarder ailleurs, priant le ciel pour ne pas rougir. Il détourna son attention de Cliff et se remit au travail.

— Merci.

Il jeta ce qui restait des mauvaises herbes dans un panier et s'assit. Il ajouta :

— Je voulais réparer la barrière mais je n'ai pas trouvé les outils.

Len jeta un œil vers Cliff, qui observait Geoff.

— Tu devrais trouver tout ce qu'il te faut dans le hangar.

Len entendit à peine ce que lui disait Cliff, son esprit vagabondant. Oh, il avait bien entendu les mots qu'il avait prononcés et son cerveau avait bien enregistré l'information, mes ses yeux s'étaient posés sur les lèvres de Cliff, et son cerveau avait court-circuité.

— Est-ce que ça va ?

Il sentit la main de Cliff sur son épaule, sa chaleur se répandant à travers son tee-shirt.

— Oui, ça va, excuse-moi.

Len regarda sa montre pour dissimuler sa gêne.

— Je vais aller voir si je les trouve dans le hangar.

Cliff se releva et, du coin de l'œil, Len l'observa bander les muscles de ses jambes. Malheureusement, il sentit son pantalon se resserrer. Cliff retourna auprès de son fils et Len profita de l'occasion pour se rendre dans le hangar. Il y trouva effectivement des traverses dont il pouvait se servir, se saisit de la caisse à outils et retourna au manège.

Cliff, toujours aux côtés de son fils, leva les yeux dans sa direction.

— As-tu besoin d'aide ?

— Ce ne serait pas de refus.

Il posa la caisse à outils par terre et sortit un marteau pour déloger les parties cassées. Il entendit Cliff demander à Geoff de rester dans son bac à sable.

— Oui, papa.

Geoff ne leva même pas les yeux du trou qu'il était en train de creuser et Len se sourit à lui-même en finissant de retirer la traverse cassée. Cliff ramassa une traverse neuve et la maintint en place pendant que Len la fixait à la barrière à l'aide de longs clous. Un silence sympathique s'était installé entre eux pendant qu'ils travaillaient, chacun d'eux ne parlant que lorsqu'il avait besoin de quelque chose. Len avait tant de questions à lui poser mais les réponses ne le regardaient pas et Cliff était son patron. Ce qui lui importait plus qu'autre chose, c'était de savoir pourquoi son cœur battait si fort dès que Cliff était près de lui. Il s'était mit à battre la chamade dans la maison, la veille, et cela le reprenait aujourd'hui. Il aurait tant aimé pouvoir en parler à Tim mais son ami était déjà parti et il ne savait pas à qui d'autre en parler.

Une voix résonna dans la grange.

— Hé, Len ! As-tu besoin d'aide ?

Il se retourna en criant.

— Nous sommes derrière, dans le manège.

Fred et Randy sortirent de la grange et se rendirent au manège.

— Nous avons fini de nous occuper du bétail, nous nous demandions si tu avais besoin de quoi que ce soit.

Ils remarquèrent en même temps la présence de leur patron.

— Salut, patron.

— Salut les gars.

Il s'approcha d'eux pendant que Len enfonçait le dernier clou.

— Tout s'est bien passé ?

— Pour l'instant tout va bien, répondit Fred. Nous avons nourri le bétail et inspecté les barrières. Elles ont bien résisté à l'hiver mais il faudrait les réparer à certains endroits. Nous nous en occuperons cette semaine.

— Rien d'autre ?

Fred secoua doucement la tête et Cliff reporta son attention sur Geoff qui jouait toujours dans le bac à sable.

— Alors vous pouvez y aller, profitez bien de votre journée.

Ils firent demi-tour et disparurent dans la grange. Ils réapparurent quelques secondes plus tard et s'approchèrent de Len.

— On va déjeuner chez Steve à midi, tu veux te joindre à nous ?

— Avec plaisir. Il faut juste que je range ces outils et que je rentre les chevaux, dit-il avant de lever les yeux vers le ciel dans lequel s'accumulaient des nuages. On dirait qu'il va pleuvoir.

Len rassembla ses outils et s'arrêta au niveau du bac à sable où Cliff aidait Geoff à ranger ses jouets, à son plus grand déplaisir.

— Papa, z'ai encore envie de zouer.

— Je sais mon chéri mais il va pleuvoir. Tu pourras jouer dans la maison.

Une fois les jouets rangés dans le seau, Cliff prit Geoff dans ses bras et prit la direction de la grange, Len le suivant de près, la caisse à outils dans la main.

— S'val, papa, s'val.

Cliff se raidit et eut l'air de perdre patience.

— Geoff, s'il fait beau demain, je t'emmènerais faire un tour à cheval, mais seulement si tu es gentil avec ton papa.

La voix de Len respirait la patience. Les grands yeux du petit garçon s'écarquillèrent et un magnifique sourire apparut sur son visage.

— D'acco', Wen.

Il lui dit au revoir d'un geste de sa petite main pendant que Cliff le ramenait à la maison. Len le salua à son tour et rentra les chevaux dans la grange, les installant dans leurs box tandis que les premières gouttes de pluie s'écrasaient sur le toit.

Randy et Fred l'avaient attendu pendant qu'il finissait.

— Tu peux monter avec nous, on te ramènera.

Len acquiesça et ils montèrent tous trois dans le camion de Fred. Le trajet vers Scottsville était court mais la pluie tombait déjà à verse quand ils arrivèrent au restaurant. Ils se hâtèrent de pénétrer dans l'établissement et s'assirent à l'une des tables vides qui restaient.

— Salut les gars.

— Salut Shell.

Randy rougit en saluant la serveuse. Elle leur tendit à chacun un menu.

— Qu'est-ce que je vous sers à boire ?

Fred commanda une bière, et Randy et Len firent de même.

— Je vous amène ça tout de suite. Savez-vous déjà ce que vous allez commander ?

Elle se tenait aux côtés de Randy et se penchait un peu sur lui.

— Sinon, je peux revenir dans un instant.

— Peux-tu nous donner une minute ?

— Bien sûr, mon chéri.

Elle fit un clin d'œil à Randy et se hâta vers une autre table.

— Tu vois, Randy, je t'avais bien dit qu'elle flirtait avec toi.

Len observa les deux hommes en train de regarder en direction de Shell, qui servait une autre table, se tenant bien droite.

— Elle ne fait ça que pour les pourboires.

Fred eut un sourire.

— Elle ne l'a fait ni avec moi ni avec Len et elle ne le fait pas avec les autres non plus, juste avec toi. Alors sois un homme et propose-lui un rencard, bon Dieu !

Ils jetèrent un œil à la carte et Len remarqua que Randy avait l'air plus nerveux.

— Vous êtes-vous décidés, les garçons ?

Elle se tenait à nouveau juste à côté de Randy, sa cuisse frôlant son bras. Il lui plaisait, c'était évident. Len et Fred passèrent leur commande puis elle retourna son attention sur Randy.

— Et pour toi, qu'est-ce que ce sera, mon chéri ?

— Euh... ton numéro de téléphone ? Enfin, je veux dire...

Le pauvre homme ne s'en sortait pas.

— Je me demandais si je pouvais t'appeler. J'aimerai t'inviter à dîner.

Elle se pencha et écrivit sur sa serviette en papier.

— Avec plaisir, mon chéri.

Quand Randy la regarda bouche bée, il sourit et passa commande. Elle lui sourit en retour et tourna les talons, certaine qu'il la dévorait du regard. Fred lui donna une tape dans le dos.

— Bien joué, mon pote !

Shell revint avec leurs bières quelques minutes plus tard.

— Voilà !

Elle sourit à Randy et repartit avant de faire brusquement demi-tour.

— Vous travaillez toujours à la ferme des Laughton, n'est-ce pas ?

— Oui, dit Fred de l'autre bout de la table. Len a commencé cette semaine.

Shell observa les alentours et se pencha d'un air conspirateur.

— Vous savez qu'ici on entend tous les ragots et il ne faut jamais y prêter trop d'attention, mais j'ai entendu dire que Cliff Laughton avait des problèmes d'argent. Je ne sais pas si c'est vrai mais des types racontaient ça hier.

Elle se redressa.

— Je vous apporte vos plats dans un instant.

Tous trois avaient le regard fixé sur elle alors qu'elle s'éloignait, se demandant quel crédit il fallait accorder à ce qu'ils venaient d'apprendre.

— Est-ce qu'il faut qu'on se mette à chercher du boulot ailleurs ?

— Écoute, Randy, ce ne sont que des ragots. Si Cliff avait des problèmes d'argent, il nous l'aurait dit, non ?

Le regard de Fred se posa sur Randy, puis sur Len. Ce dernier prit la parole.

— Ne vous en faites pas, ce ne sont probablement que des rumeurs. Ce qui importe pour l'instant, c'est que Randy a décroché un rencard. Ou du moins un numéro de téléphone.

La conversation reprit sur un ton léger et ils levèrent tous leur verre à Randy. Leurs plats arrivèrent et ils commencèrent à manger. Ou plutôt, Len et Fred commencèrent à manger. Randy, quant à lui, discuta avec Shell et l'invita à sortir le samedi suivant.

Il pleuvait toujours lorsqu'ils payèrent l'addition et quittèrent le restaurant. Ils se ruèrent vers le camion et y grimpèrent tous les trois. Fred alluma la radio et ils écoutèrent la fin d'*Oh Sherry* de Steve Perry puis les infos. Le reporter blablata un moment et Fred accéléra lorsqu'ils entendirent qu'un incendie s'était déclaré dans une grange mais ils se détendirent tous en se rendant compte qu'il ne s'agissait pas de celle de Cliff. Ils arrivèrent à la ferme et Len se hâta vers la grange pendant que Randy courait à son camion. Puis les deux véhicules quittèrent la ferme. La grange était silencieuse et Len jeta un coup d'œil dans chaque box, s'assurant que chaque cheval allait bien. Il s'apprêtait à partir, quand il entendit la porte s'ouvrir puis se refermer. Il se retourna et vit Cliff et Geoff qui se tenaient sous un gigantesque parapluie. Geoff s'agita pour descendre des bras de son père et courut vers le box le plus proche.

— S'val.

— Quand il a quelque chose en tête, impossible de le raisonner, dit Cliff en lui lâchant la main.

— Je l'avais remarqué, dit Len en s'approchant du petit qui sautillait sur place, essayant d'arriver à hauteur du cheval. Veux-tu lui donner une friandise ?

Le petit garçon s'arrêta et sourit.

— Oui.

— Oui, comment ?

Il l'avait repris gentiment.

— Oui, s'i' te p'aît.

Len le souleva et lui donna un carotte du sac qu'il avait emporté avec lui le matin-même. Le petit garçon la mit immédiatement dans sa bouche.

— Ce n'est pas pour toi, c'est pour le cheval.

Geoff la retira de sa bouche et tendit la main, rigolant lorsque le cheval prit la carotte, ses lèvres frôlant sa petite paume.

— Enco' Wen.

Geoff insista pour donner une carotte à chaque cheval, les goûtant au préalable à chaque fois. Len le tenait dans ses bras pendant qu'il nourrissait les chevaux. Il jeta un œil à Cliff, pour s'assurer que cela ne lui posait pas de problème, et l'expression sur son visage faillit figer Len sur place. Son visage était doux, détendu, un sourire bienveillant s'était dessiné sur ses lèvres et ses yeux pétillaient – c'était le Cliff dont il se souvenait. Len sentit son cœur s'emballer à nouveau. Dès qu'il posa le petit garçon à terre, il se rua dans les jambes de son père en rigolant.

— Il faut que je rentre à la maison.

Len ramassa les carottes et les déposa dans la sellerie. Quand il revint, Cliff tenait son parapluie d'une main et Geoff de l'autre. Len les salua en courant à sa voiture.

— À demain !

VI

LE MINISTÈRE du commerce intérieur a annoncé hier que les faillites de fermes familiales avaient atteint leur plus haut niveau depuis la Grande Dépression. Len éteignit la radio de sa voiture. Voilà bien le genre de nouvelles qu'il n'avait pas besoin d'entendre. Il faisait encore nuit lorsqu'il arriva à la ferme le lendemain matin. Tout était encore trempé à cause des pluies de la veille mais les nuages avaient laissé place à un beau soleil de printemps et tout sécherait très vite. Il mena les chevaux au pré et nettoya les box. Il était en train de finir quand il entendit le téléphone sonner. Se doutant qu'il devait sonner aussi bien dans la grange que dans la maison, il répondit.

— Ferme Laughton, que puis-je pour vous ?

— Dieu merci !

Son interlocutrice semblait éreintée.

— Je me demandais si vous hébergeriez des chevaux.

— Oui, nous avons des box de libres.

Len l'entendit pousser un soupir de soulagement.

— On dispose également d'un manège ainsi que de pâturages.

— Quels sont vos tarifs ?

Len n'en avait aucune idée et se mit à chercher dans la sellerie. Il y trouva une liste des tarifs datant de 1982. Il supposa qu'ils étaient périmés et ajouta vingt-cinq dollars au cas où.

— Cent soixante-quinze dollars par mois.

Il essaya de se rappeler les conditions appliquées à la ferme où il avait pris des cours d'équitation.

— Le premier et le dernier mois sont payables d'avance. Les tarifs incluent le box, le foin et l'avoine, ainsi que le temps passé aux pâturages si vous le souhaitez, expliqua-t-il en comptant les conditions sur ses doigts. Les frais de vétérinaire ainsi que tout supplément seront à votre charge.

— Nettoyez-vous souvent les box ?

Son ton n'avait plus la moindre trace d'anxiété et elle traitait maintenant d'affaires.

— Une fois par semaine au minimum, avec un nettoyage ponctuel chaque jour. J'aime que ma grange soit propre.

— Je suis aussi professeur d'équitation ; cela vous dérangerait si je donnais des cours de chez vous ?

— Pas le moins du monde.

— Pouvez-vous patienter un instant ?

— Je vous en prie.

Il l'entendit couvrir le combiné de sa main et attendit qu'elle revienne en ligne.

— Pourriez-vous prendre cinq chevaux ?

— Cinq ? répéta Len, surpris. Oui, nous avons de la place. Puis-je vous demander ce qu'il s'est passé ?

— Notre grange a été frappée par la foudre. Nous avons réussi à faire sortir les chevaux juste à temps mais pas grand-chose d'autre. Si ce n'est pas un problème pour vous, nous allons vous amener les chevaux dans l'heure qui vient. Je m'appelle Nicole Robinson. À bientôt.

Len en croyait à peine ses oreilles. Il espéra que Cliff serait content.

— Je m'appelle Len. Je suis en charge de la grange. Je vous attends.

Il raccrocha le téléphone et s'avança vers la porte. Bon Dieu ! Il espérait avoir fait ce qu'il fallait. La grange était vide ; Cliff l'avait engagé pour s'en occuper et c'était ce qu'il venait de faire. Il sortit de la sellerie et se mit au travail. Il n'y avait pas de litière dans les box vides et il s'occupa de mettre de la sciure fraîche dans chacun d'eux.

— Salut Len.

— Salut Fred.

Il déposa de la sciure fraîche sur le plancher et étala le foin, avant de refermer la porte du box.

— Tu as l'air occupé ce matin, qu'est-ce qui se passe ?

— Connais-tu une certaine Nicole Robinson ?

Fred rit.

— Bien sûr ! Tous ceux qui ont déjà approché un cheval de près ou de loin connaissent Nicole. C'est l'une des meilleures monitrices d'équitation du comté. Elle donne ses cours chez le vieux Padgett, pourquoi ?

— La grange qui a brûlé hier soir doit être celle du vieux Padgett parce qu'elle vient d'appeler. Elle va bientôt débarquer avec cinq chevaux.

En bon commercial, Len sourit, plein de satisfaction.

— Cliff est-il au courant ?

Len secoua la tête.

— Je viens juste de raccrocher et il faut encore que je prépare quatre autres box avant qu'elle n'arrive.

Fred s'empara de la brouette.

— Je m'occupe de t'amener de la sciure. Comme ça, tu n'auras plus qu'à l'étaler. Randy ne devrait pas tarder, il s'occupera du bétail.

Ils entendirent le camion de Randy dans la cour et Len lui expliqua ce qu'il se passait pendant que Fred s'occupait de la sciure. Len retourna à la grange puis, quelques minutes plus tard, le tracteur démarra et Randy se rendit dans les champs. Ils travaillèrent comme des forçats, préparant cinq box, y mettant du foin, de l'eau et un peu d'avoine. Ils étaient en train de finir lorsqu'ils entendirent des pneus crisser sur les graviers de la cour, puis des bruits de pas.

Len referma la porte du dernier box et assista en sortant à un capharnaüm indescriptible. Il y avait trois caravanes de chevaux.

— Bonjours Messieurs-dames.

Tout le monde se tourna vers Len.

— Qui parmi vous est Nicole ?

Une femme trapue d'une quarantaine d'années s'approcha de lui et Len se présenta, lui serrant la main.

— Quel est le problème, madame ?

— Après notre conversation téléphonique, plusieurs propriétaires de chevaux se sont présentés chez nous et ils nous ont suivis, dans l'espoir que vous ayez des box de libres.

Certains propriétaires s'avancèrent vers lui mais Len les arrêta, s'adressant à Nicole.

— Combien de chevaux y a-t-il au total ?

— Sept.

Tous les propriétaires commencèrent à s'animer et Len vit la porte de la maison s'ouvrir et Cliff courir dans sa direction.

— Assez !

Tous se turent en entendant Len crier. Il ajouta :

— Nous avons de la place pour tout le monde, soyez patients.

Cliff s'approcha de Len, lui murmurant à l'oreille.

— Qu'est-ce que c'est que tous ces gens ?

— La grange de Padgett a brûlé hier soir et ces propriétaires ont besoin de box pour leurs chevaux.

Cliff écarquilla les yeux.

— Il y en a sept, peut-être même plus.

Les gens s'impatientèrent à nouveau.

— Je m'en occupe, ajouta Len. Je te tiendrai au courant dès que tout sera réglé.

Cliff fit un signe de tête et retourna vers sa maison juste au moment où Geoff ouvrait la porte.

— Écoutez, avant de faire descendre vos chevaux, je dois vous faire signer ces contrats.

Len les avait trouvés dans la sellerie juste après avoir raccroché. Il en distribua un à chacun, modifiant les tarifs à la main, et les fit remplir, signer et dater par tous. Puis il collecta les chèques de paiement.

— Cinq des box sont déjà prêts donc vous pouvez y amener vos chevaux. Je vais préparer les deux qui manquent.

Fred était resté dans les parages.

— Il faut que j'aille aider Randy.

Len sourit.

— Je peux m'en sortir tout seul. Merci de ton aide.

Devant la grange, le premier cheval avait déjà été descendu et fut mené dans son box.

Len était en train de remplir la brouette quand une des jeunes filles qui était arrivée avec les chevaux lui tapa sur l'épaule.

— Ils ont besoin de toi à la grange, je vais m'occuper de ça.

Elle s'empara de la pelle et commença à remplir la brouette à la manière d'un docker.

Len rentra dans la grange et alla à la rencontre de Nicole qui inspectait la grange. Elle sourit.

— C'est une belle grange, très propre. Et le manège est en bon état. Chez Padgett, je louais le manège et les installations contre dix pour cent de mes revenus. Est-ce que ça ira ?

— J'imagine, oui.

— Puis-je vous poser une question ? Pourquoi la grange est-elle si vide ? Elle est propre et en bon état, cela n'a pas de sens.

— Invitez-moi à boire un café un de ces quatre et je vous raconterais tout ça.

— D'accord, vous me raconterez votre histoire et moi j'amènerais le café.

Ils marchèrent vers l'endroit où l'on débarquait les chevaux et Len leur indiqua le chemin vers l'écurie. En un temps record, la grange fut pleine de chevaux accompagnés de leur propriétaires, qui les brossaient, leur faisaient leur toilette et s'occupaient de leurs charges.

Nicole les regarda faire.

— La plupart d'entre eux ont perdu leurs harnachements et leurs matériels dans l'incendie, cela risque de prendre un peu de temps avant que les affaires reprennent mais cela viendra bien assez vite. Avez-vous remarqué que vous aviez de la place pour des stalles supplémentaires ?

Len secoua la tête et elle l'amena vers l'arrière de la grange. Un des côtés était clairement destiné à accueillir le bétail et Len se dit qu'il devait servir en hiver. L'autre, en revanche, était vide.

— Vous pourriez construire quatre à six box supplémentaires si vous le souhaitiez.

— Tant mieux. Il faudra que j'en parle à Cliff mais c'est bon à savoir.

Ils retournèrent à la grange où les chevaux étaient désormais confortablement installés et leurs propriétaires s'en allèrent petit à petit. Len remercia les filles de s'être occupées des stalles et, après s'être assuré que tout était en ordre, il se rendit à la maison. La porte était ouverte et une paire d'yeux l'observait à travers la moustiquaire.

— S'val ! dit une petite voix.

Cliff fit son apparition derrière Geoff et ouvrit la porte.

— Il ne tient plus en place depuis que les chevaux sont arrivés.

Geoff fit un pas en arrière et Len entra dans la cuisine.

— Un café ?

Cliff en versa une tasse et la tendit à Len.

— Veux-tu bien m'expliquer ce qu'il se passe ?

— Apparemment, la grange de Padgett a brûlé hier et Nicole a appelé ce matin pour savoir si nous avions de la place pour accueillir cinq chevaux. Mais elle est arrivée avec deux de plus.

Il remit à Cliff les contrats signés ainsi que les chèques de paiement.

— Ils ont tous payé les premier et dernier mois et Nicole reversera à la ferme dix pour cent de ses revenus pour pouvoir utiliser le manège.

Cliff but son café pendant que Len lui contait les événements de la matinée. Lorsqu'il termina, il regarda sa tasse, puis autour de lui, ses yeux se promenant dans la cuisine qui avait été nettoyée. Len posa enfin sa tasse.

— Je dois te dire quelque chose. Je ne sais pas exactement comment te l'annoncer alors je vais simplement te rapporter ce que j'ai entendu.

Cliff posa lui aussi sa tasse et attendit que Len poursuive.

— Hier midi, on a entendu une rumeur chez Steve disant que la ferme faisait face à des ennuis financiers.

Len reprit sa tasse ; il avait besoin de quelque chose pour occuper les mains.

— Je sais que ça ne me regarde pas et je n'étais pas sûr de devoir t'en parler.

Cliff explosa de rage, frappant la table de ses poings.

— Putain de commères et de ragots à la con !

Len sursauta et Geoff se mit à pleurer. Cliff prit son fils sur ses genoux pour le calmer mais Len put apercevoir la fureur monter dans son regard.

— Je te connais depuis longtemps et Ruby était ma meilleure amie. Je t'en parle uniquement pour t'offrir mon aide. J'ai étudié le commerce et la gestion à la fac et j'ai travaillé au service comptabilité de la concession Ford.

Le débit de ses paroles avait accéléré mais il voulait que Cliff entende ce qu'il avait à dire avant d'exploser une nouvelle fois.

Geoff reniflait toujours quand Cliff l'avait prit dans ses bras et s'était levé. Len le suivit à travers le salon, dans ce qui ressemblait à un bureau.

— Cela fait des mois que j'essaie de mettre à jour la comptabilité de mon père.

Son bureau était couvert de paperasse, de factures et de reçus en tous genres.

— J'ai payé toutes les factures à temps mais la ferme ne nous rapporte pas assez.

— Comment cela se fait-il ? Il doit bien y avoir une raison.

— Tu as raison.

Cliff installa Geoff sur une chaise et se mit à parcourir une pile de papiers.

— Mon père a contracté un prêt de deux cent cinquante mille dollars juste avant de mourir mais je ne sais pas où est parti l'argent. On croule sous les intérêts, je les paie chaque mois, mais je suis obligé de prendre sur mes économies.

— Es-tu allé à la banque ?

— Oui mais ils ne savent pas ce qu'il a fait de tout cet argent. Et il a hypothéqué la ferme.

Len commença à comprendre le comportement et l'attitude de Cliff.

— Donc si tu ne paies pas…

Cliff déglutit avec difficulté.

— Je perdrais la ferme.

— L'argent doit bien être quelque part, à moins qu'il ne l'ait dépensé avant sa mort.

— Je sais, mais je n'en trouve trace nulle part.

Cliff semblait de nouveau irrité. On pouvait entendre la frustration dans sa voix.

— D'accord. Ton père est décédé l'année dernière et son testament a été homologué, ce qui veut dire qu'ils devraient connaître le détail de ses possessions.

Cliff secoua la tête.

— Cela fait des années que mon père avait passé la ferme à mon nom et elle m'est donc revenue à sa mort. Mes sœurs ont hérité de son argent et moi de la ferme.

— Et avec la ferme, tu as hérité du prêt qui allait avec.

Cliff acquiesça, la mine déconfite.

— J'ai perdu ma femme et mon père et hérité de ce fardeau, tout ça le même jour.

Avant qu'il n'ait eu le temps de réfléchir – et avant que son instinct d'auto-préservation ne puisse l'arrêter – il s'avança vers lui et le prit dans ses bras. Il ne savait pas quoi faire d'autre, tout ce qu'il savait c'était que son patron et ami souffrait et avait besoin de réconfort. À sa grande surprise, Cliff répondit à son étreinte et Len sentit son corps réagir et le trahir immédiatement.

— Ça va s'arranger, Cliff.

Quand il se rendit compte de ce qu'il avait fait, Len fit un pas en arrière et baissa le regard au sol, perdu, bredouillant.

— On trouvera bien une solution.

Il fallait qu'il trouve un moyen de quitter la pièce, pour cacher sa gêne. Cliff avait dû sentir son… il était impossible qu'il l'ait manquée. Len releva le regard, observant Cliff, qui était passé derrière le bureau.

— Je ne sais même pas par où commencer. Je n'ai absolument aucune idée de la manière dont il aurait pu dépenser cet argent.

Cliff prit un tas de paperasse en main.

— J'ai bien évidemment des prêts à rembourser tous les ans pour l'exploitation de la ferme mais, avec ce nouvel emprunt, tout l'argent que j'avais mis de côté est en train de partir en fumée. Je m'enfonce davantage tous les mois.

Len fut soulagé que Cliff ait été trop préoccupé pour remarquer son excitation. Malgré ce qui s'était passé des années auparavant – et ce qu'il souhaitait désespérément qu'il se produise – il savait que ses sentiments pour Cliff ne seraient jamais réciproques. Il avait été marié, avait eut un enfant et se remarierait certainement un jour.

Il fit de son mieux pour se concentrer sur la situation présente et ne pas abandonner son esprit à sa libido exacerbée.

— Essaye de te mettre à sa place. Si tu avais été ton père, pourquoi aurais-tu contracté un tel emprunt ?

— Probablement pour agrandir la ferme.

Cliff se dirigea vers une armoire.

— J'ai jeté un œil à tous les actes de propriété, aussi bien aux photocopies dans l'armoire qu'aux originaux dans le coffre-fort, il n'y a rien de nouveau.

— D'accord.

Len réfléchit un instant.

— Tu as quelques problèmes à régler et je pense qu'il va falloir qu'on s'en occupe au fur et à mesure. Dans un premier temps, il va falloir augmenter les revenus que génère la ferme. Le destin nous a donné un bon coup de pouce aujourd'hui et on a de la place pour un autre cheval, si ce n'est plus : Nicole m'a montré que nous pouvions construire six box supplémentaires à l'arrière de la grange. Cela permettrait à la ferme de générer davantage de profits à un coût minimal, vu que tu me payes déjà. Nous pourrions également vendre le surplus de foin que nous avons dans le grenier. Nous avons de quoi nourrir tous ces chevaux pendant au moins un an et les moissons ont lieu dans deux mois.

— Bonne idée, je vais mettre une annonce dans le journal.

Cliff avait l'air un peu moins désemparé.

— Ce ne sera pas nécessaire. J'ai déjà vérifié, il y a plein d'annonces de personnes qui ont besoin de foin. Il suffira juste de leur répondre.

— Bon Dieu, tu avais déjà réfléchi à tout ça, n'est-ce pas ?

— Je m'apprêtais à te le suggérer.

Len lui fit part d'une autre idée avant qu'elle ne lui échappe.

— Il va falloir que l'on fasse l'inventaire de tout ce qui est à notre disposition : champs, prés, matériel, équipement, bêtes… absolument tout. Il faut que nous fassions en sorte d'utiliser la ferme à son potentiel maximal.

Il remarqua que Cliff avait l'air sceptique et décida de parler de but en blanc.

61

— Tu es complètement déconnecté des réalités depuis que Ruby et ton père sont décédés. Fred et Randy se démènent pour toi mais ils ne peuvent pas gérer la ferme par eux-mêmes et je doute que tu saches même où ils en sont. D'ailleurs, je pense que tu devrais aller les voir.

— C'est vrai.

Cliff s'affala sur sa chaise et Geoff grimpa sur ses genoux.

— Et tu devrais retourner faire un tour à la banque. L'argent laisse toujours une trace, il nous suffira de la suivre.

— Je ne sais pas, ils n'ont pas pu faire grand-chose la dernière fois.

Cliff semblait à nouveau anéanti et cela horripila Len. Pendant un moment, il avait pu voir un peu de volontarisme dans le regard de Cliff, mais celui-ci était reparti aussi vite qu'il était venu.

— Je t'accompagnerais, si tu veux.

Il n'était pas sûr que Cliff accepte son offre mais il le lui proposa tout de même. Len était motivé et enthousiaste. Il espérait que Cliff l'imiterait mais il n'était pas certain que cela arriverait.

— Par où commençons-nous, alors ?

Len se leva et alla chercher le journal de la veille que Cliff n'avait pas encore jeté.

— Tu vas commencer par passer quelques coups de fil. Réponds à ces annonces et transforme ce foin qui s'accumule dans ton grenier en argent. S'ils veulent que tu les livres, fais-leur payer la livraison. Tu peux en tirer presque deux dollars par botte.

— Combien de bottes puis-je vendre ?

Len haussa les épaules.

— Je vais aller voir. Il nous faut de quoi tenir trois ou quatre mois, on pourra vendre le reste.

— Je te rejoindrai dans la grange après avoir téléphoné.

Len se leva et quitta la maison, se hâtant vers la grange. Tous les propriétaires de chevaux étaient partis à l'exception de Nicole, qui pansait un cheval dans un des box.

— Nicole, je me demandais si je pouvais mettre votre expertise à contribution ?

Elle leva les yeux.

— J'ai bientôt fini.

La brosse passait gracieusement sur la robe du cheval.

— Voilà, Buster ! Tu es tout propre.

Elle caressa le cheval une dernière fois et sortit du box.

— En quoi puis-je vous aider ?

— On a un excédent de foin, j'espérais que vous pourriez m'aider à estimer ce dont on aura besoin pour les quatre mois à venir, que l'on puisse vendre le reste.

Elle acquiesça et Len la fit monter dans le grenier. Arrivée en haut de l'escalier, Nicole siffla en admirant la quantité de foin accumulé dans le grenier.

— Votre grenier à une capacité de deux mille bottes et vous devez en avoir mille cinq cents. Je pense que vous pouvez en vendre un millier sans problème.

Elle se tourna vers Len.

— Tout cela fait partie de l'histoire que vous m'avez promise, n'est-ce pas ?

— On ne peut rien vous cacher.

Ils redescendirent et Len laissa Nicole avec les chevaux ; lui retourna à la maison. Cliff était au téléphone dans son bureau, sur le point de raccrocher.

— J'espère que n'ai pas exagéré mais j'ai déjà vendu cinq cents bottes en deux appels. On dirait que le mauvais temps de l'hiver dernier a privé beaucoup de monde de foin.

— C'est bien. Nicole m'a dit qu'on pouvait vendre au moins un millier de bottes sans problème.

Len prit peur à l'idée d'avoir à transporter et à déplacer autant de foin.

— J'ai fixé le prix à deux dollars la botte et à deux dollars cinquante en cas de livraison. Ils vont venir les chercher, tu n'auras qu'à compter.

— Quand viennent-ils ?

— Le premier passera aujourd'hui à quatorze heures et l'autre demain à quinze heures. On pourra réexaminer notre situation après leurs passages.

Len passa le reste de la journée à transvaser le foin du grenier à l'écurie et à commencer l'inventaire. Il ne vit ni Cliff ni Geoff et se prit à espérer qu'il était dans les champs. À seize heures, le foin était chargé sur les camions et Len avait le chèque en poche. Leur client partit et, dans la foulée, Len vit Cliff arriver dans son camion, suivi de près par Geoff.

— Ça fait un sacré vide dans le grenier.

Il tendit le chèque à Cliff et Geoff se rua dans la grange, admirant les chevaux.

— J'imagine, oui ! J'ai fait le tour des champs et quelques-uns sont prêts à faucher. Il n'y a que cinquante acres mais c'est déjà ça.

63

Cliff posa sa main sur l'épaule de Len en lui souriant et ce dernier sentit son cœur s'emballer à nouveau.

— Merci, Len.

— De quoi ?

— De m'avoir réveillé et obligé à bouger mon cul.

Len sentit les doigts de Cliff serrer son épaule. Le geste était sans doute innocent mais il paraissait incroyablement érotique à Len. Il était conscient qu'il devait faire un pas en arrière et se remettre au travail, mais il ne voulait pour rien au monde briser le contact physique établi entre eux. Le bruit d'une voiture dans la cour tira Len de ses pensées et Cliff retira sa main de son épaule.

— Janelle !

Cliff l'appela et Len la regarda sortir de sa voiture.

— Salut Cliff.

Elle prit son frère dans ses bras.

— Salut Len.

Il lui sourit et lui fit un signe de la main.

— Tu ne m'as pas appelée alors j'ai décidé de passer voir comment ça allait.

Elle commença à s'approcher de Len, affichant un large sourire. Cliff l'interrompit et sourit à Len.

— C'est parce qu'il est trop occupé à me secouer.

— Je suis désolé, Janelle. J'aurais dû t'appeler pour te remercier. Laisse-moi t'inviter à dîner vendredi soir en guise de remerciements.

— Avec plaisir.

— Tata 'Nell !

Geoff courut vers sa tante et se jeta dans ses jambes. Elle eut l'air légèrement paniquée et lui caressa maladroitement les cheveux. Il prit sa main et la mena vers la grange.

— S'val.

— On dirait bien que tu lui as tapé dans l'œil.

Len n'avait pas entendu Cliff s'approcher de lui et il sursauta doucement.

— Nous ne sommes que des amis.

Et merde, voilà bien la dernière chose dont il avait besoin.

— Je ne crois pas qu'elle voie les choses de cette façon.

Et voilà, exactement ce qu'il voulait éviter ! Janelle s'imaginant qu'elle lui plaisait. En la regardant retourner à sa voiture, il commença

64

à analyser son comportement d'une toute autre manière et ce qu'il vit l'effraya.

Geoff tira sur son pantalon.

— Wen, tour de s'val.

Len prit le tout-petit dans ses bras et l'envoya dans les airs.

— D'accord.

Il jeta un coup d'œil à Cliff et vit qu'il souriait.

— On va seller Belle et après on ira faire un tour de cheval.

— Oui ! s'exclama-t-il en laissant traîner la voyelle.

Le bonheur de Geoff avait relégué tous les autres problèmes au second plan, du moins provisoirement.

VII

— Je ne sais plus quoi faire, maman, je ne sais plus où j'en suis.

Len était assis dans le salon, la tête entre les mains. Il se trouvait face à une situation compliquée depuis plus d'une semaine et son dîner avec Janelle le vendredi passé n'avait fait qu'empirer les choses.

Sa mère s'assit à ses côtés et lui caressa le dos.

— Je sais que tu es un peu perdu, mon chéri, mais il n'y a rien de plus normal. Quand tu m'as dit que tu étais gay, je le savais déjà. Mais la confirmation fut quand même un choc, même si j'ai essayé de te le cacher.

— Pourquoi ne m'as-tu rien dit ?

Il s'inquiétait de lui avoir fait du mal. Elle lui prit la main, la serrant affectueusement dans la sienne.

— Parce qu'il était plus important pour toi de savoir que cela n'avait aucune importance à mes yeux, que je t'aimerais quoiqu'il arrive et le temps passant, j'ai fini par comprendre. En m'ayant dit la vérité, tu n'avais plus besoin de te cacher, en tout cas de moi.

— Cela ne m'aide pas beaucoup.

Sa tête commençait à l'élancer.

— En es-tu sûr ?

Len leva la tête en entendant sa mère prononcer ces mots.

— Il faut que tu sois honnête avec toi-même et envers les personnes qui comptent dans ta vie. Rappelle-toi comme tu étais heureux lorsque tu as pu en parler avec Ruby, sans avoir à te cacher ou à mentir.

Il soupira lourdement.

— Oui, c'est vrai… Elle me manque.

— La plupart des gens te conseillerait de te taire et de ne rien dire à personne et ils auraient en partie raison. Tu n'as pas besoin de crier sur tous les toits que tu es gay mais tu n'as pas besoin de le cacher non plus. Il faut que tu décides quelle vie tu souhaites mener : préfères-tu vivre seul et effrayé ou bien ouvert d'esprit et honnête ?

Elle caressa son genou et se leva.

— Il n'y que toi qui puisse décider de ce que tu veux. Ce n'est pas à moi ni à personne d'autre d'en décider.

Elle éteignit la télévision.

— Je vais me coucher, à demain.

Elle caressa gentiment son épaule puis il l'entendit se diriger vers sa chambre et refermer sa porte.

Len resta assis à réfléchir, immobile. Il aimait travailler à la ferme et ne voulait pas être renvoyé. C'était un dur labeur mais il apprenait beaucoup de Nicole et les gars et lui étaient devenus une véritable équipe. Ils avaient vendu tout le foin qu'ils avaient en surplus et Cliff et lui avaient décidé de garder ce qui restait, pour pouvoir construire quelques box supplémentaires dans la grange. La rumeur s'était déjà propagée et ils avaient accueilli un nouveau cheval la veille. Les douze box à disposition étaient désormais occupés et six autres seraient bientôt prêts. En plus de cela, Cliff avait rendez-vous le lendemain à la banque et avait demandé à Len de l'accompagner. Ce qui lui causait le plus de souci était ses sentiments refoulés pour Cliff. Ils avaient construit les stalles ensemble, déplaçant le bac à sable de Geoff à proximité pour le tenir occupé.

Bon Dieu, Len, il est temps de mettre en pratique tes leçons de vie. Tu as reproché à Cliff de se cacher et de vivre dans son propre monde mais tu fais exactement la même chose.

Poussant un faible grognement, il souleva ses muscles fatigués du canapé et se mit au lit. Ils avaient encore beaucoup de travail le lendemain matin avant leur rendez-vous à la banque.

Len se réveilla à l'heure habituelle et se prépara en silence pour aller travailler : il prit son petit déjeuner, rangea son déjeuner de midi dans un sac et pensa à mettre des vêtements de ville dans sa voiture pour leur rendez-vous à la banque. Comme à l'accoutumée, il faisait encore nuit noire lorsqu'il arriva à la ferme. Comme les chevaux étaient déjà réveillé, il les conduisit aux pâturages et commença le nettoyage quotidien des box. Il nettoya d'abord la plus sale des stalles puis les autres, avant de remplir les abreuvoirs et de distribuer de la nourriture aux chevaux qui n'étaient pas sortis. À sept heures, la porte de la grange s'ouvrit et les gars se joignirent à lui pour ce qui était devenue leur réunion matinale habituelle. Len avait convié Cliff à les rejoindre mais il ne s'était encore jamais présenté devant eux. Ce qui ne l'empêchait jamais de lui en faire un condensé plus tard dans la journée.

— Avant que je n'oublie, l'un de vous pourrait-il rester dans les parages ce matin ? Cliff et moi avons rendez-vous en ville.

Randy eut l'air curieux mais ce fut Fred qui posa la question en premier.

— Cela concerne-t-il les rumeurs que nous avons entendues l'autre jour ?

— Oui. Je n'en sais pas beaucoup plus pour l'instant mais j'essaie d'aider Cliff du mieux que je peux.

Les gars hochèrent la tête et semblèrent satisfaits de sa réponse, mais Len poursuivit.

— Je demanderai à Cliff de vous en parler dès qu'il en saura davantage.

— Merci, Len.

Les gars se mirent au travail et Len reprit son nettoyage des box. Il aimait se débarrasser des tâches les plus ardues tôt le matin, quand il ne faisait pas trop chaud. Il avait presque fini lorsqu'il entendit une petite voix qu'il commençait à bien connaître, suivi de petits bruits de pas.

— Wen !

Il se redressa et le garçonnet se jeta bientôt entre ses jambes.

— Wen !

— Salut Geoff.

Il prit le petit garçon dans ses bras et lui tendit une carotte pour qu'il puisse nourrir les chevaux. Cliff fit son apparition à son tour dans la grange et le cœur de Len s'emballa de manière habituelle.

— Salut Cliff.

Il ne se retourna pas en saluant son patron et se contenta d'observer Geoff nourrir le cheval.

— Il va bientôt falloir qu'on se rende à la banque.

Len eut l'impression de déceler un peu d'inquiétude dans sa voix, ce qui était tout à fait compréhensible, étant donné les circonstances. Il ajouta :

— Je doute qu'ils puissent m'en apprendre plus que la dernière fois.

Len haussa les épaules et reposa Geoff à terre.

— Il suffit de poser les bonnes questions.

Il se retourna pour faire face à Cliff.

— Je te l'ai dit l'autre jour, l'argent laisse toujours une trace et il nous suffit de la suivre. Et cette piste, c'est à la banque qu'elle commence. Je ne sais pas ce que l'on trouvera mais j'ai promis de t'aider.

Len commença à ranger ses outils et Cliff le suivit.

— Geoff, reviens ici ! On va bientôt partir.

Les petites jambes de l'enfant s'arrêtèrent net et il courut vers son père.

— Ca'ion ?

68

— Oui, on va prendre le camion.

Cliff prit son fils dans ses bras avant de poursuivre en se tournant vers Len :

— Je me demandais pourquoi tu tenais tant à m'aider. Je ne veux pas paraître ingrat, parce que cela me touche beaucoup, mais…

Il bafouilla avant de continuer.

— Tu viens à peine d'arriver et tu as déjà tant fait pour moi.

Len remit soigneusement les outils à leur place et se retourna vers Cliff, dont il ne parvint pas à décrypter l'expression. Un million de réponses différentes lui vinrent à l'esprit mais il choisit la plus simple.

— Ruby était ma meilleure amie et elle vous aimait énormément tous les deux, autant qu'elle aimait cette ferme.

— Oh…

Bon Dieu ! Il n'avait qu'une seule envie : avouer à Cliff ce qu'il ressentait vraiment pour sentir à nouveau ses lèvres contre les siennes, comme lors de ce bref instant qui s'était déroulé tant d'années auparavant, mais il n'y parvenait pas et eut vraiment la sensation d'être un lâche.

— Je vais me changer avant d'y aller, je te rejoins à ton camion dans une dizaine de minutes.

Len se dirigea en direction de sa voiture.

— D'accord, je vais aller habiller Geoff. On se retrouve au camion.

Cliff rentra dans la maison et Len partit se changer dans la sellerie. Il avait amené les vêtements qu'il portait pour travailler à la concession. Il n'avait été licencié que quelques semaines auparavant mais il avait l'impression que cela faisait déjà des années.

En finissant de s'habiller, Len sourit intérieurement. Il se plaisait à la ferme, il aimait travailler au grand air et avait l'impression de servir à quelque chose ou, tout du moins, d'aider. C'était la première fois que cela lui arrivait. Après s'être recoiffé nerveusement, il plia ses vêtements, les reposa sur la chaise et traversa la grange, croisant Nicole en sortant. Ils se saluèrent et il l'informa qu'il serait absent pour quelques heures. Elle lui sourit et le rassura, elle s'occuperait de tout pendant qu'il serait parti.

Cliff était en train d'attacher Geoff dans son siège auto lorsque Len arriva à hauteur du camion et, quelques minutes plus tard, ils étaient en route vers la banque, le petit garçon confortablement installé au milieu des deux adultes, s'excitant joyeusement à chaque fois qu'il apercevait un cheval ou une vache par la fenêtre.

Une fois arrivés en ville, Cliff se dirigea directement vers la banque et gara son camion, détachant Geoff avant de pénétrer dans le bâtiment et de se diriger vers l'accueil.

L'hôtesse lui sourit.

— Puis-je vous aider ?

— Oui, euh, j'ai rendez-vous avec Monsieur Gordon Frisk.

— Très bien, si vous voulez bien me suivre…

L'hôtesse les mena alors vers un petit bureau.

— Asseyez-vous, Monsieur Frisk sera là dans un instant.

Cliff la remercia et s'assit, Geoff fermement ancré sur ses genoux, comme un bouclier.

— Bonjour Cliff, que puis-je faire pour vous ?

Un homme d'une trentaine d'années venait de faire son entrée dans le bureau, parlant avec entrain et serrant la main de Cliff avant de s'asseoir à son bureau.

— Mon père a contracté un très gros emprunt sur la ferme avant son décès et nous n'arrivons ni à mettre la main sur cet argent ni à savoir ce qu'il en a fait. J'espérais que, peut-être, vous pourriez nous venir en aide.

Le banquier saisit un dossier dans son tiroir.

— Comme je vous l'ai déjà dit auparavant…

Len fut profondément agacé par le ton condescendant du banquier, mais ne dit mot.

— Votre père a emprunté cet argent pour la ferme mais il ne nous a pas dit ce qu'il comptait en faire. Je pense qu'il ne voulait pas que cela s'ébruite.

Len ne put s'empêcher de penser : *parce que tout le monde dans cette ville a une grande gueule, y compris vos employés*. Mais il se retint à nouveau.

Cliff lança un regard en direction de Len, comme pour lui donner l'autorisation d'intervenir.

— Lorsque vous lui avez accordé le prêt, a-t-il fait verser l'argent sur l'un de ses comptes ou bien lui avez-vous remis un chèque ?

Monsieur Frisk jeta un œil à ses dossiers puis consulta l'énorme ordinateur sur son bureau.

— Il semblerait qu'il ait déposé cet argent sur son compte épargne.

Len reprit la parole :

— Disposez-vous des relevés relatifs à ce compte ? Il serait intéressant de voir où et quand cet argent a été retiré.

Même si un banquier est incapable de comprendre ce qu'il se passe et d'être un minimum utile...

— Laissez-moi vérifier nos archives.

Le banquier se leva et quitta le bureau. Len se tourna vers Cliff.

— As-tu les relevés de compte ?

— Quelques-uns mais pas tous. Mon père avait l'habitude de faire les choses à sa façon et gardait beaucoup de choses pour lui.

Geoff commença à s'agiter et Cliff lui tendit un camion miniature pour qu'il puisse s'occuper.

— Si mon père avait tout conservé, je ne serais pas dans ce pétrin.

— Il faut que tu te mettes à jour dans tes papiers et que tu les classes avant de les archiver. Tu pourrais engager un comptable pour qu'il t'explique comment faire.

Leur conversation fut interrompue lorsque Monsieur Frisk fit à nouveau irruption dans le bureau, des dossiers à la main.

— Voilà les copies des relevés de compte, dit-il avant de s'asseoir à son bureau et de les parcourir. Il a déposé l'argent sur ce compte-ci.

Il parcourut à nouveau les dossiers et sortit un autre relevé de la pile de papiers.

— Il semblerait qu'il ait retiré près de l'intégralité de la somme un mois plus tard, à l'exception de mille dollars.

Il tendit le relevé de compte à Cliff, qui le transmis directement à Len.

— Comment a-t-il retiré l'argent ? demanda Len.

Monsieur Frisk haussa les épaules et Len leva les yeux au ciel, ne se souciant plus à montrer au banquier qu'il perdait patience.

— Est-il venu récupérer le tout en liquide en le transportant dans une mallette ?

— C'est peu probable.

— Alors la banque a dû lui rédiger un chèque, ou bien l'argent lui a été envoyé par mandat postal. Vous devez bien avoir une trace de ces opérations, nous aimerions que vous nous en fournissiez une photocopie.

Len lui rendit la copie du relevé de compte. Le banquier finit par comprendre et il sourit pour la première fois.

— Ah, oui ! Très bien, je reviens tout de suite.

Geoff jouait toujours avec son camion, accroupi sur le plancher, imitant les bruits de moteur. Cliff paraissait nerveux et ne semblait pas avoir envie de parler, si bien que Len se contenta d'attendre en silence.

— Voilà, je l'ai trouvé.

Monsieur Frisk s'assit à nouveau à son bureau.

— Il s'agit en effet d'un chèque, émit à l'ordre de la société Mason County Title.

Il tendit la copie directement à Len cette fois-ci. Ce dernier se leva.

— Pouvons-nous la garder ?

Il tendit la photocopie à Cliff qui y jeta œil, blêmit, puis la lui rendit immédiatement.

— Oui, je l'ai faite pour vous.

Monsieur Frisk se leva à son tour et serra la main de Len. Cliff fit de même, l'air absent, puis ramassa les affaires de Geoff avant de prendre son fils par la main et de sortir de la banque sans prononcer un mot.

Len s'adressa à Monsieur Frisk une dernière fois avant de quitter la banque, suivant Cliff.

— Merci pour votre aide.

Cliff était appuyé contre son camion, l'air épuisé.

— Eh bien, tout ça n'a servi à rien.

— Non, Cliff, nous avons appris beaucoup de choses. Ton père a fait l'acquisition d'un terrain et c'est la Mason County Title qui s'est occupée de la transaction. Tout ce qu'il nous reste à faire, c'est d'entrer en contact avec eux pour nous renseigner sur son acquisition.

Cliff ne l'écoutait pas.

— Qu'y a-t-il ?

Cliff installa Geoff dans son siège auto et l'attacha avant de grimper dans son camion, sans répondre. Len n'insista pas et monta à son tour.

— Le chèque a été émis la veille de sa mort.

— Ce n'est pas vrai ! Tu ne penses pas que…

Cliff soupira et mit le moteur en marche.

— On va très vite le savoir.

Il sortit du parking et se rendit une rue plus loin, se garant devant la Mason County Title. Il éteignit son moteur.

— Papa ? appela Geoff qui s'était rendu compte que son père n'était pas dans son assiette ; il lui tendit son camion. 'A va mieux ?

Cliff prit le jouet et sourit à son fils.

— Merci, Geoff.

Il l'embrassa sur la joue et le détacha de son siège. Après avoir fermé leurs portières, ils se dirigèrent vers l'entrée.

À l'intérieur de ce bâtiment, que l'on avait transformé en bureaux, il ne semblait y avoir personne. Len toussota légèrement et patienta jusqu'à ce qu'une jolie jeune femme s'avance vers eux.

— Bonjour messieurs, puis-je vous aider ?

Geoff s'agita dans les bras de son père et Len prit la parole.

— Nous avons besoin de la photocopie d'un document. Il s'agit d'un acte de vente qui aurait été signé chez vous l'année dernière, expliqua Len en lui tendant la copie du chèque de banque. L'acheteur s'appelait Carter Laughton.

— Oh mon Dieu, mais oui.

La jeune femme se tourna vers Cliff et son regard s'illumina.

— Vous êtes Cliff, le fils de Carter. Jeanie Hudson, j'étais votre baby-sitter quand vous aviez son âge.

Elle chatouilla Geoff gentiment et il se tortilla en rigolant.

— Toutes mes condoléances.

— Merci. Il semblerait qu'il ait effectué un achat immobilier mais je n'ai aucune trace de cette acquisition.

Elle ouvrit le tiroir d'une armoire qui se trouvait à proximité.

— Il devrait se trouver par ici. Oui, le voilà.

Elle en sortit un dossier et l'ouvrit.

— En revanche, il va me falloir quelques minutes pour les photocopier et les faire homologuer. Je vais devoir vous les facturer.

— D'accord, pas de problème. J'ai simplement besoin de ces copies. Pouvez-vous me dire à quelle date a été signé l'acte de vente ?

Elle consulta le dossier.

— Le 24 mars de l'année dernière.

Elle se rendit à l'arrière pour faire les photocopies.

— Je sais pourquoi je n'ai retrouvé aucune trace de ces papiers.

Len se tourna vers Cliff pour voir son visage, attendant qu'il poursuive.

— C'est le jour où mon père est mort. Je suis sûr que Ruby et lui sortaient d'ici lorsqu'ils ont eu leur accident.

— Et que sont devenus ces papiers ?

— Il ne restait plus grand-chose de la voiture ni de l'arbre et je pense que personne ne s'est donné la peine de dresser un inventaire.

Len détourna le regard et changea silencieusement de position sur sa chaise.

Que puis-je bien lui dire pour le réconforter ? ... 'Je suis désolé' serait très loin de faire l'affaire .

Il patienta donc en silence jusqu'à ce que la jeune femme revienne avec les photocopies.

— J'ai fait certifier l'acte de vente par un notaire, pour qu'il ait une valeur officielle. L'achat a été enregistré il y a un an.

Elle jeta un coup d'œil à la paperasse.

— Les taxes de l'année dernière ont été réglées au moment de la signature de l'acte. Mais l'impôt foncier de cette année doit être réglé dans les deux mois. Vous vous y êtes pris au bon moment.

Cliff sortit son portefeuille mais elle l'arrêta.

— Ce n'est pas la peine.

Ils la remercièrent à nouveau, quittèrent le bureau et se dirigèrent vers le camion. Au moins, le mystère de l'argent disparu était résolu.

— Pourquoi Ruby était-elle avec lui au moment de la signature ?

Cliff déverrouilla son camion et ouvrit sa porte.

— Je pense qu'on ne le saura jamais. Mais, au moins, nous allons éclaircir un point : on va enfin découvrir ce qu'il a acheté ce jour-là.

Len attacha sa ceinture pendant que Cliff parcourait les papiers que l'on venait de lui remettre. Il laissa échapper un sifflement.

— Putain ! Il a acheté la ferme des Henderson. Il a tout acheté : terrains et bâtiments compris, trois cent vingt acres, même la maison. Et tout ça pour deux cent cinquante mille dollars.

Cliff posa les papiers et démarra le moteur. Il sortit du parking et prit la route de la ferme.

— Dépose-moi à la grange et va y faire un tour, suggéra Len.

Cliff resta silencieux durant le trajet du retour et Len se plongea dans ses pensées. Quelques minutes plus tard, ils arrivèrent à la ferme et Len descendit du camion. Cliff se pencha au-dessus du siège passager et ouvrit la fenêtre.

— Merci Len.

— Je t'en prie, dit-il en souriant, je suis content d'avoir pu t'aider.

Cliff remonta la fenêtre et Geoff salua Len d'un signe de la main. Ce dernier fit de même avant de retourner dans la grange pour se changer et manger son déjeuner avant de se remettre au travail.

Le soleil se couchait lorsque Len, exténué, rangea ses outils et fit rentrer les chevaux, les installant dans leur box pour la nuit avec de l'eau fraîche et du foin. Il rentrait le dernier cheval quand il entendit une voiture se garer dans la cour. Il jeta un coup d'œil et crut apercevoir le camion de Cliff. Une fois qu'il finit, il s'assura que toutes les stalles étaient bien verrouillées avant de refermer la grange et de retourner à sa voiture.

— Len.

Cliff s'avança vers lui dans le jardin. Il remarqua d'autres voitures garées dans l'allée.

— Veux-tu te joindre à nous pour un verre ?

Il reconnut la voiture de Janelle. Il avait fait de son mieux pour l'éviter mais accepta l'offre à contrecœur.

— Avec plaisir.

Il suivit Cliff à l'intérieur de la maison, vivante et pleine de monde. Janelle l'aperçut et se rua vers lui, le prenant par le bras et le présentant à ses sœurs, Victoria et Mari ainsi qu'au mari de Victoria, Dan. Victoria était enceinte et Dan ne la quittait pas d'une semelle. Une fois qu'elle termina les présentations, Janelle flirta avec Len.

— Ça fait un moment que j'attends que tu m'appelles.

— Je suis désolé, j'ai été très occupé à la ferme ces derniers temps et je suis épuisé.

À l'inverse de la dernière fois, il s'abstint de l'inviter à dîner à nouveau et Cliff vola à son secours.

— Len, veux-tu une bière ?

— Oui, merci.

Cliff lui en servit une et Len s'installa sur le sofa, à une certaine distance de Janelle. Cliff entama son discours.

— Je vous ai tous conviés ici ce soir parce que, avec l'aide de Len, j'ai découvert ce qu'il était advenu de l'argent que papa avait emprunté. Il s'en est servi pour acheter la ferme des Henderson.

Janelle se pencha en avant sur sa chaise.

— Alors ça veut dire qu'on est chacun propriétaire d'un quart de la ferme ? On devrait la revendre et récupérer l'argent.

Cliff s'assit.

— Non, ça veut dire que le terrain et la maison des Henderson font maintenant partie de la ferme. Papa a hypothéqué la ferme pour obtenir ce terrain donc ils ne forment plus qu'un.

— Alors pourquoi nous le dire ? Pour te faire mousser ?

C'était une nouvelle facette du caractère de Janelle que Len n'avait jamais vu auparavant et ce n'était pas beau à voir. Mari, la plus jeune sœur de Cliff, se mêla à la discussion.

— Ça suffit, Janelle ! Cliff, qu'essaies-tu de nous dire ?

— Simplement que Papa et Ruby venaient de signer l'acte de vente lorsqu'ils ont eu leur accident.

— Et que vas-tu faire ?

— Je n'en sais rien, je voulais simplement partager ce que j'ai appris aujourd'hui avec vous.

Janelle ne se calmait pas.

— Ce n'est pas juste.

Mari se leva, l'air furieux.

— Et pourquoi donc ? Cliff rembourse ce prêt depuis plus d'un an et en héritant de ce terrain, il a aussi hérité de la dette. Veux-tu travailler sur la ferme des Henderson pour rembourser toi-même le prêt?

— Non, mais…

— C'est bien ce que je pensais, l'interrompit Mari avant de se tourner vers Len. Je suis désolée que vous deviez assister à ces querelles de famille.

— Ce n'est rien, je suis heureux d'avoir pu contribuer à résoudre ce mystère.

— Nous vous sommes tous reconnaissants.

Mari jeta un œil vers la cuisine puis en direction de Cliff.

— Je vais aller préparer le dîner. Je suis sûre que Geoff et lui n'ont pas mangé un repas correct depuis des mois. Joignez-vous donc à nous.

— Merci.

— Janelle, viens-donc nous donner un coup de main !

Len observa Janelle qui arborait désormais un sourire forcé et qui suivit Mari dans la cuisine.

— Wen !

Geoff traversa la pièce à toute vitesse et se jeta sur les genoux de Len.

— S'val.

Il lui montra son cheval en plastique.

— S'val.

— C'est un beau cheval. Il ressemble à Belle, non ?

Geoff hocha la tête avec entrain et fit un câlin à Len avant de redescendre et se diriger directement vers la cuisine.

— Tata Mari, Tata 'Nell ! S'val ! S'val !

Len n'était pas à l'aise parmi la famille de Cliff et n'avait aucune de la manière dont il devait se comporter. En observant Cliff, assis en face de lui, le regard plongé dans sa bière, il eut l'intuition qu'il en allait de même pour lui.

Ils dînèrent calmement dans la cuisine, Mari, Cliff et Dan assurant la majeure partie de la conversation. Len intervint à plusieurs reprises et Janelle, assise à côté de lui, se contenta de fusiller son frère du regard ou de murmurer dans l'oreille de Len. À mesure que le dîner progressait, le ton de la conversation s'allégea et la tension se dissipa quelque peu.

Après le dîner, Janelle demanda à Len de la raccompagner à sa voiture et les autres convives prirent congé à leur tour. Après l'avoir saluée, Len referma la portière de sa voiture et Janelle quitta les lieux.

— On dirait qu'elle t'apprécie vraiment.

Len fit volte-face et regarda Cliff.

— Nous ne sommes que des amis

— Je ne crois pas que cela lui suffise.

Len put percevoir le ton légèrement protecteur dans la voix de Cliff.

— Elle a beau être chiante, elle est quand même ma sœur.

— Je sais et je n'ai aucunement l'intention de lui faire du mal. Mais nous ne serons jamais rien de plus que des amis, je ne lui ai jamais fait miroiter quoi que ce soit d'autre. On a dîné plusieurs fois ensemble mais je ne l'ai jamais touchée ni même embrassée.

A cette pensée, Len réprima un frisson.

— Y a-t-il quelque chose qui cloche entre vous ? Tu as pourtant l'air de vraiment lui plaire.

— Oui… On peut dire ça.

Len passa sa main sur sa nuque. Il n'avait plus le choix, c'était le moment de tout lui avouer.

— Cliff, je suis gay.

Len attendit que Cliff réagisse. Le renverrait-il sur le champ à coup de pieds aux fesses ? Le frapperait-il ? Aurait-il la même réaction qu'au lycée ? Il le regarda droit dans les yeux, dans l'attente d'une quelconque réaction, quelle qu'elle soit.

— Ah ! Euh… Eh bien, à demain.

Cliff fit volte-face et prit la direction de sa maison, refermant la porte doucement derrière lui.

Len resta figé sur place et fixa du regard la porte fermée. Complètement abasourdi, il marcha jusqu'à sa voiture et rentra chez lui. Le lendemain, il ne se souvenait absolument pas comment il était rentré.

VIII

TROIS JOURS. Len se réveilla par la sonnerie de son réveil et se leva comme par réflexe. Trois jours, cela faisait trois jours qu'il avait avoué son homosexualité à Cliff. Trois jours que Cliff restait cloîtré chez lui, l'évitant soigneusement, faisait mine de ne pas le voir. Il comprenait sa réaction mais cela faisait aussi trois jours qu'il interdisait à Geoff de sortir de la maison, du moins lorsqu'il était là. Même ne serait-ce que pour rendre une petite visite aux chevaux. Rien. Len ne savait littéralement plus quoi faire. Une partie de lui l'incitait à continuer à faire profil bas et bosser, ce qu'il avait fait par la suite. Bon Dieu ! C'était ce qu'il avait fait durant toute sa vie.

Une fois levé, il se dirigea d'un pas lourd vers la salle de bain pour prendre sa douche avant de s'habiller. Il prit ensuite le chemin de la cuisine en silence, où il trouva sa mère qui l'attendait, tranquillement assise à table.

— Pourquoi t'es-tu levée si tôt ?

— Je voulais te parler de quelque chose, dit-elle en tirant une chaise et Len s'assit. Je me sens responsable de ce qui t'arrive.

Len se servit une tasse de café.

— Pourquoi ?

— C'est moi qui t'ai poussé à tout dire à Cliff.

Len glissa sa main sur celle de sa mère.

— Non, tu avais raison. Il se peut que je perde mon emploi et une personne qui était en train de devenir un ami, mais tu avais tout de même raison.

Il lui caressa la main et se leva pour préparer son petit déjeuner.

— Je ne pouvais plus vivre dans le mensonge.

Len ouvrit le réfrigérateur et se saisit de la bouteille de lait, puis sortit un bol du placard et se servit des céréales.

— Je ne suis pas le premier à qui cela arrive et je ne serais sans doute pas le dernier. Un jour, Tim m'a dit que faire son coming-out était libérateur mais que cela avait un prix. Je comprends mieux ce qu'il voulait dire.

Len versa du lait dans son bol et commença à manger.

— Maintenant que tu en parles… commença sa mère avant de se lever pour aller chercher un petit bout de papier dans le salon. Un certain

78

Tim a téléphoné hier soir. Il m'a laissé un numéro pour que tu puisses le rappeler dès que tu en aurais l'occasion.

Elle lui tendit le bout de papier.

— Il m'a dit qu'il se levait tôt et que tu pouvais l'appeler avant qu'il ne parte au bureau.

Elle se leva, se dirigea vers sa chambre, puis elle se retourna et sourit en voyant Len qui se dépêchait de terminer.

Une fois son petit déjeuner fini, il mit son bol dans l'évier, jeta un coup d'œil à sa montre et souleva le combiné. Ses doigts tremblèrent et il dut s'y reprendre à deux fois avant de réussir à composer le numéro correctement.

— Tim, c'est Len.

— Len, j'attendais ton appel, dit-il, son sourire s'entendant dans sa voix. Comment vas-tu ? Travailles-tu toujours à la concession ?

— J'ai été licencié. Désormais, je m'occupe d'une grange dans une ferme de la ville. Je me plais là-bas.

Len essaya de ne pas paraître trop confus.

— Mais… Je travaille pour Cliff Laughton.

Il ne savait pas si Tim se rappellerait de lui.

— Le Cliff Laughton qui t'a embrassé derrière la grange au lycée ?

Il n'avait pas oublié.

— Lui-même, répondit Len en laissant échapper un léger soupir. Il s'est marié il y a quelques années et a eu un petit garçon, Geoff. Mais il a perdu sa femme dans un accident de voiture l'année dernière.

— Alors il est disponible.

— Je suppose, oui… Mais je n'en suis pas sûr. Dès qu'il est près de moi, mon cœur s'emballe et à chaque fois que nous travaillons ensemble, j'ai l'impression qu'il me jette des coups d'œil.

Len n'était plus sûr de rien, surtout après ce qu'il s'était passé les trois derniers jours.

— Lui as-tu dit quelque chose ?

Len entendit Tim se déplacer dans son appartement et supposa qu'il devait se préparer pour aller travailler. Il accéléra son débit.

— C'est là que se trouve le fond du problème. Sa sœur et moi sommes amis et Cliff pense qu'elle aimerait que nous soyons plus que ça.

— Calme-toi, Lenny, ce n'est pas grave.

Len prit une profonde inspiration.

— Pour qu'il arrête de spéculer, j'ai dit à Cliff que j'étais… gay.

Il avait hésité avant de prononcer le dernier mot.

— Tant mieux. Comment t'es-tu senti ensuite ?

Len réfléchit avant de répondre.

— Perdu, effrayé, mais également libéré. Un peu tout à la fois.

— C'est une bonne description. Et comment a-t-il réagi ?

— Bizarrement. Il m'a dit 'à demain' et il est rentré chez lui. C'était il y a trois jours et je ne l'ai pas revu depuis. Je crois qu'il m'évite.

Le trouble qui habitait Len depuis sa confession revint l'assaillir cruellement.

— Les autres employés l'ont brièvement aperçu mais, pour ma part, je ne l'ai plus revu. Ni lui ni Geoff.

Il entendit Tim rire doucement à l'autre bout de la ligne.

— Ça n'a rien de drôle.

— Excuse-moi. Laisse-moi simplement comprendre une chose... Ton cœur s'emballe parce que tu es à proximité d'un homme gay ? C'est ton gaydar qui s'active ! C'est une sorte de capacité instinctive à reconnaître quelqu'un qui est du même bord que toi. Il se déclenche lorsque tu es à proximité d'un gay.

— Mais Cliff a épousé ma meilleure amie.

— Ça ne veut rien dire, surtout quand la société pousse les individus à se conduire de manière 'normale'. Voilà ce que j'en pense : patiente encore quelques jours et attends de voir comment ce Cliff réagit. Il va falloir que tu laisses faire les choses. Je sais que c'est compliqué mais sois patient et occupe ton esprit autrement.

Len se rendit compte de son impolitesse ; il monopolisait la conversation avec ses propres problèmes.

— Merci pour le conseil. Comment ça se passe à Chicago ? As-tu rencontré quelqu'un ?

— À vrai dire, oui. Il s'appelle Charlie et il est un peu plus jeune que moi. Nous sommes sortis ensemble un soir et il m'a invité à sortir de nouveau ce week-end.

— Ce doit être une bonne personne.

— Il l'est.

Len entendit Tim s'activer à l'autre bout de la ligne.

— Je suis désolé, je dois y aller ou je vais être en retard. Je suis content de t'avoir eu au téléphone. Je te rappellerai bientôt, je veux savoir ce qu'il va se passer avec Cliff.

— D'accord, merci encore pour tes conseils.

— Je t'en prie, tu sais que je serai toujours là pour toi.

Len avait le sourire aux lèvres en raccrochant le téléphone. Il vérifia l'heure, attrapa son déjeuner et le mit dans sa glacière avant de se rendre à sa voiture.

Comme il s'y attendait, la ferme était toujours endormie lorsqu'il arriva. Les nuits se réchauffaient et, sur les conseils de Nicole, Len laissait la plupart des chevaux passer la nuit dans les pâturages. Il s'assura que toutes ses bêtes allaient bien et profita de ce moment de répit pour nettoyer le dernier box. La grange était désormais presque pleine et accueillait seize chevaux et un poney. Il ne restait plus qu'un box à poney de libre.

Il était en train de balayer la grange quand les gars arrivèrent.

— Salut Fred... Randy.

— Salut Len.

Ils jetèrent tous deux un œil à la grange et prirent une profonde inspiration. La grange sentait bon et respirait la fraîcheur et la propreté. Enfin, autant qu'une grange puisse sentir bon. Len prit la parole.

— Je suis débordé de boulot ici. Comment c'est de votre côté ?

Fred répondit.

— Si tu savais ! Avec les champs de la ferme Henderson, on ne sait plus où donner de la tête. Nous devons avoir fini de tout semer d'ici la fin de la semaine et nous nous demandions si tu voudrais bien nous aider. Je crois qu'il va falloir qu'on trime jour et nuit pour y arriver, à condition qu'il ne pleuve pas, bien sûr.

— Si vous m'apprenez à conduire votre engin, je vous aiderais avec plaisir.

Fred et Randy sourirent tous deux, manifestement soulagés. Fred sortit une feuille de papier de sa poche.

— Voilà le plan, il faut que nous ayons terminé dans dix jours.

Il prit le temps de tout expliquer à Len en détail tandis que Randy s'activait en sortant le tracteur du hangar, remplissant le réservoir, allumant le moteur et finissant par prendre la direction de la route. Fred poursuivit.

— Randy va commencer sans nous et, après le déjeuner, on te montrera ce qu'il faut faire et comment conduire le tracteur, dit-il avant de replier le plan et de le remettre à Len. Je me suis dit que tu serais le plus à même de noter nos progrès.

Fred se dirigea vers son camion.

— Si jamais tu as besoin de moi, je serai dans les champs. Il y a quelques barrières à réparer.

81

Il fit un signe de la main à Len et grimpa dans son camion. Tandis qu'il quittait la cour, Len ne put s'empêcher de regarder en direction de la maison. Les fenêtres étaient ouvertes et il put entendre Geoff faire *vroum vroum* en jouant aux petites voitures. Il fit un pas en direction de la porte de la cuisine puis s'arrêta net. Il ne pouvait pas forcer Cliff à l'accepter tel qu'il était et il signerait son arrêt de mort s'il essayait. Tournant les talons, il marcha en direction de la grange et s'occupa des chevaux qui étaient restés dans leurs box.

LEN FUT occupé comme jamais durant les deux jours suivants. Il travaillait dans la grange le matin et passait la majeure partie de l'après-midi sur le tracteur à labourer les champs et à semer les graines. Acre après acre, tout passait sous son tracteur et il ne rentrait pas à la ferme avant que le soleil ne soit couché. Sur la feuille que Fred lui avait confiée, il cochait chaque champ à mesure que son travail avançait. La lumière disparaissait rapidement et il se retourna pour s'assurer que le semoir fonctionnait normalement. Tout semblait bien fonctionner lors de son dernier passage dans le champ. Il releva la herse à la dernière seconde, avant de reprendre la route.

— Parfait timing, pensa-t-il en roulant à toute vitesse en direction de la ferme ; le champ qu'il venait de labourer était l'un des plus éloignés de la ferme.

Il commençait à pleuvoir lorsque Len rangea le tracteur dans le hangar. Avec la herse attachée à l'arrière, l'engin n'était pas complètement couvert par le hangar, mais les gars étaient déjà rentrés à la ferme et l'aidèrent à le recouvrir d'une large bâche et à positionner des tendeurs. Fred et Randy s'abritèrent ensuite dans la maison et Len se dirigea vers la grange. Il ouvrit les portes donnant sur les pâturages, menant les chevaux à leurs box, et referma la porte derrière lui. Alors que le dernier cheval pénétrait dans la grange, le ciel s'agita et de grosses gouttes vinrent s'écraser sur le toit.

— Ça va aller, j'ai du foin frais et des friandises pour vous.

Les chevaux n'étaient pas tranquilles mais la voix de Len sembla les calmer. Il mit du foin dans toutes les mangeoires et donna à chaque bête une carotte, leur caressant le museau et leur chuchotant à l'oreille. Une fois tous les chevaux nourris et installés, il s'assura que toutes les portes étaient vérouillées et éteignit la lumière. Debout sur le pas de la porte, il observa les éclairs qui illuminaient le ciel.

— Hé ! Len !

Il regarda en direction de la maison et vit Cliff sur le pas de sa porte. Il fit signe à Len de venir s'abriter et celui-ci poussa un soupir, ferma la porte de la grange et courut en direction de la maison.

— Entre avant d'être trempé.

Cliff lui tint la porte et Len se rua dans l'escalier puis dans la maison. Il enleva ses chaussures trempées et mit sa veste à sécher sur le porte-manteau. Il n'arrivait pas à regarder Cliff dans les yeux et se sentit très mal à l'aise. Au moins jusqu'à ce qu'il entende les petits pas de Geoff se ruant vers lui, son petit corps se collant contre lui et ses petits bras entourant ses jambes.

— Salut, Geoffy.

Il l'observa de ses grands yeux et se mit à parler à toute allure. Len ne put comprendre un seul mot mais saisit tout de même son excitation.

— On s'est installés dans le salon.

Cliff traversa la cuisine et Len prit Geoff dans ses bras. Le tout-petit le gratifia d'un câlin pendant que Len le portait vers l'autre pièce.

— Assieds-toi, Len.

Cliff lui tendit une tasse et Len s'assit sur le canapé, Geoff sautant à ses côtés. Cliff leva les yeux de sa tasse et prit la parole.

— Comment avance l'ensemencement ?

Randy et Fred regardèrent Len. Celui-ci posa sa tasse et sortit le plan dont il se servait pour noter leurs progrès.

— Les semailles sont terminées dans tes champs. Nous avons labouré les terres des Henderson et nous procéderons à leur ensemencement dès que nous pourrons retourner aux champs. Nous aurons certainement terminé d'ici un jour, un jour et demi au plus.

Len ressentit le besoin de s'exprimer de manière solennelle, comme s'il prononçait un discours présidentiel.

Cliff siffla doucement.

— Eh bien, vous avez été rapides.

Len amorça une réponse mais Randy fut le plus rapide.

— On a montré à Len comment se servir du tracteur et il refuse de rentrer avant qu'il ne fasse complètement nuit. Pour te dire, je l'ai même aperçu en train de dîner sur son tracteur hier soir pour ne pas avoir à s'arrêter.

Len baissa les yeux au plancher ; il ne put apercevoir le regard admiratif de Cliff.

— Il arrive à tenir la grange à jour et à nous aider avec les semailles en même temps.

Len leva les yeux quand Geoff se mit à faire rouler un camion sur son bras. Il se tourna vers lui et fit à son tour rouler le modèle réduit sur le ventre du petit garçon, au plus grand bonheur de ce dernier.

Fred et Randy se levèrent et Len reporta alors son attention sur eux.

— On va y aller.

Fred donna un petit coup de coude amical à Randy.

— Ce grand gaillard à rendez-vous avec Shell ce soir.

Randy sourit sans rien dire mais il était de toute évidence heureux. Ils s'en allèrent tous les deux, posant leurs tasses dans l'évier en sortant.

Len se leva pour prendre congé à son tour, il ne se sentait pas à l'aise. Au moins, Cliff lui adressait de nouveau la parole, ou était-ce seulement parce que Fred et Randy avaient été dans les parages ? Geoff sauta du canapé et se précipita dans la cuisine, sautillant près de la table. Cliff se leva également et le rejoignit.

— Il faut que je lui prépare à manger.

Len les suivit et posa sa tasse dans l'évier, s'apprêtant à partir.

— Veux-tu rester dîner ? Je vais le faire manger, mais on pourra parler dès qu'il sera couché.

Len acquiesça et regarda Cliff dans les yeux. Il connaissait ce regard, il l'avait vu des semaines auparavant. Au moins, cette fois, il aurait droit à un dernier repas.

— Veux-tu bien emmener Geoff dans le salon le temps que je prépare le dîner ? Je ne serai pas long.

Len réprima un soupir et prit Geoff par la main, le jeune garçon le tirant vers ses jouets. Geoff s'assit par terre et fit rouler ses camions sur le tapis. Au bout de quelques minutes, il leva les yeux en direction de Len, comme pour lui demander : 'Pourquoi tu ne joues pas ?'. Avec un sourire, Len s'assit à ses côtés et joua avec lui jusqu'à ce qu'il entende Cliff annoncer que le dîner était prêt. Geoff ne tint pas compte de l'appel de son père et Len le prit dans ses bras, le faisant voler jusque dans la cuisine, provoquant chez le tout-petit des rires et des hoquets de joie. Len l'installa dans la chaise haute.

— Pas bébé, g'and garçon.

Len regarda en direction de Cliff, qui souriait.

— Il veut une chaise normale plutôt que sa chaise haute.

Cliff s'approcha de son fils et s'adressa directement à lui.

— Tu as besoin de ta chaise haute, au moins jusqu'à ce que tu manges proprement.

Len vit le garçonnet baisser la tête de déception et Cliff lui installa son plateau, où se trouvaient un plat de pâtes au fromage et un verre pour bébé. Geoff se mit à manger immédiatement et Len remarqua qu'il s'appliquait à ne rien renverser. *Il doit vraiment avoir envie d'utiliser une chaise normale.*

Len tourna le regard en direction de Cliff, l'air impressionné.

— Il déteste sa chaise haute mais il fait n'importe quoi dès qu'on l'installe sur une chaise normale.

Cliff posa deux assiettes sur la table, l'une devant son convive, l'autre devant lui. Len prit une bouchée de son plat et son appétit reprit entièrement ses droits dès qu'elle atteignit son estomac.

— C'est toi qui as préparé ça ?

Il désigna les côtes de porc rôties dans son assiette.

— Non, Mari. Elle m'aide un peu à l'occasion.

Cliff servit le café et ils dînèrent en silence. Len se demanda pour quelle raison Cliff voulait lui parler. Bien qu'il ne soit pas sûr d'être renvoyé, il ne voyait pas ce qu'il pourrait avoir d'autre à lui annoncer. La voix de Cliff le tira de son inquiétude et de ses tourments.

— Je me disais que ce serait une bonne idée d'augmenter notre troupeau de bétail, pour profiter de nos nouveaux pâturages. Nous pourrions sans problème ajouter au moins cent cinquante têtes mais nous aurions besoin de stocker davantage de grains pour cet hiver.

— Pourquoi ? Tu possèdes assez de céréales pour nourrir le troupeau existant, non ?

Cliff hocha la tête en mangeant et Len poursuivit.

— La ferme des Henderson ne possède-t-elle pas de silos ? Tu pourrais les utiliser. Après tout, ils t'appartiennent.

Len coupa un bout de sa viande.

— Si, mais ils sont à l'autre bout de la ferme, à l'opposé de l'endroit où se trouvent les bêtes.

Len déglutit.

— Mais tu pourrais toujours t'en servir jusqu'à ce que tu aies les moyens de les amener ici, d'autant plus qu'ils ont l'air neufs.

— Ils le sont. Ils les ont fait construire il y a seulement quelques années.

Cliff continua de réfléchir tout en mangeant puis dit :

— Ce n'est pas une mauvaise idée. Maintenant que je sais où se trouve l'argent de papa et que j'ai toutes ces terres supplémentaires à disposition, je devrais réussir à engranger assez d'argent pour pouvoir rembourser le prêt. Nous devrions pouvoir les déplacer d'ici un an ou deux.

Geoff interrompit leur conversation en tapant du poing sur son plateau, rigolant quand ils se tournèrent tous deux vers lui.

— Tu voulais juste qu'on s'occupe de toi, hein ?

Cliff se pencha vers son fils et l'embrassa sur la joue.

— Il faut que tu finisses de manger.

Geoff se tourna vers son père et lui fit un bisou baveux avant de replonger dans son assiette. Cliff rit de bon cœur et s'essuya le visage en reprenant son dîner. La suite du repas fut plutôt silencieuse, Geoff captant la plupart de l'attention. Quand il termina de manger, Cliff le débarbouilla et le libéra de sa chaise haute. Le petit garçon courut au salon et bientôt les *vroum vroum* et autres bruits de freins se firent entendre jusque dans la cuisine. Len et Cliff terminèrent de manger et Cliff déposa les couverts dans l'évier.

— Il faut que j'aille le coucher, j'arrive tout de suite.

Len regarda Cliff soulever Geoff dans ses bras et le mener à l'étage. Seul dans le salon, Len se promena de cadre en cadre, jetant un œil aux photos sur les murs et faisant de son mieux pour garder la tête froide. Même s'il était à peu près sûr que Cliff ne le renverrait pas, il ne savait toujours pas de quoi il voulait lui parler. Il s'arrêta devant une photo de famille. Cliff et Ruby posaient ensemble, le père de Cliff à leurs côtés tenant dans ses bras le petit Geoff. *Peut-être va-t-il me demander de ne plus approcher Geoff ?* Il entendit des pas dans l'escalier et se détourna de la photo.

— Tout va bien ?

— Oui, il s'est endormi immédiatement.

Cliff descendit les escaliers et s'approcha de Len.

— Je...

Ils avaient tous les deux parlé en même temps et Cliff leva la main.

— Len, je suis désolé.

Len eut l'impression que Cliff n'avait pas fini de parler. Peut-être allait-il *réellement* le renvoyer.

— Je suis désolé de t'avoir tourné le dos l'autre jour et de t'avoir ignoré cette semaine.

Ce n'était pas du tout le discours auquel Len s'attendait et il dut s'assurer qu'il n'était pas resté bouche bée. Il bredouilla, essayant de comprendre ce que Cliff voulait lui dire.

— Ce n'est pas grave.

— Si, ça l'est. Ce que tu as fait demande beaucoup de courage. M'avouer que tu es gay a dû te demander énormément de cran. Un cran que j'aimerais aussi avoir. Je te dois des excuses. Je suis désolé de t'avoir tourné le dos et, plus que tout, je suis désolé de t'avoir fait attendre cinq ans.

— Pour quoi ?

En guise de réponse, Cliff se pencha vers lui et l'embrassa. Ses lèvres furent d'abord hésitantes, comme si Cliff n'était pas sûr de la réaction de Len mais le baiser se prolongeant, Len laissa échapper un léger gémissement et embrassa Cliff à son tour. Puis, il sentit les bras de Cliff l'étreindre, sa main caressant ses cheveux tandis que le baiser gagnait en intensité et Cliff pressa entièrement son corps contre le sien, des orteils aux lèvres, en passant par le torse. Len n'arrivait pas à croire qu'il était en train de vivre ce dont il avait rêvé depuis cette soirée derrière la grange. Cliff Laughton était en train de l'embrasser ! Bon Dieu ! Il ne se contentait pas de l'embrasser, on aurait dit qu'il s'employait à faire court-circuiter son cerveau. Mais déjà, il sentit la pression contre ses lèvres s'estomper et Cliff fit un pas en arrière, ses yeux plongés dans ceux de Len. Len haletait, perdu dans ses pensées, et gardait ses yeux fixés sur Cliff.

— Ne me fais pas attendre cinq autres années, d'accord ?

Cliff bredouilla.

— Je n'en ai pas l'intention.

Puis il l'embrassa à nouveau. Cette fois-ci, leur baiser dura plus longtemps et fit frissonner Len de tout son corps. Ses sens s'emplirent du parfum de Cliff tandis qu'il inspirait profondément, de sa saveur tandis que leurs langues s'entremêlaient, de la sensation de son corps ferme et puissant contre le sien. Sa tête commença à lui tourner dans un ballet d'arômes de sueur, de foin et d'homme tandis que Cliff le guidait à travers le salon jusque sur le canapé. Ses sens s'embrouillèrent davantage lorsqu'il sentit le corps ferme de Cliff sur le sien. Bon Dieu ! Il était en train de rouler des pelles à Cliff sur son canapé ! C'était tout ce dont son cerveau enfiévré avait toujours rêvé.

— Papa.

Len tira son chapeau à Cliff : il ne se jeta pas hors des bras de Len en faisant mine que rien ne se passait. Il se contenta de lever la tête et de jeter un coup d'œil derrière le sofa. Il donna un dernier baiser rapide à Len puis se remit sur ses pieds et se leva.

— J'arrive tout de suite.

Avant d'aller retrouver son fils, il tendit sa main à Len et l'aida à se relever.

— Il faut que tu t'occupes de Geoff, je vais y aller. À demain.

— Papa.

Ils n'apercevaient que le bas des jambes de Geoff toujours posté en haut des escaliers. Cliff hocha la tête et donna à Len un dernier baiser.

— Merci.

Puis il se dirigea vers l'étage où Geoff l'attendait. Len l'observa monter l'escalier, attendant qu'il disparaisse avant de rentrer chez lui.

Des gouttes de pluie dégoulinèrent de ses cheveux et coulèrent dans son dos lorsqu'il s'installa dans sa voiture et referma la porte. Len arrivait à peine à réaliser ce qu'il venait de se passer. Cliff l'avait embrassé ! Et il ne s'agissait pas d'un simple baiser, non, il l'avait assailli. Len sentait toujours la chaleur et la douceur salée de sa peau sur sa langue. *Waouh.* S'arrachant à sa rêverie, il sortit ses clefs de sa poche et démarra la voiture, prenant la direction de sa maison.

IX

— Salut, maman.

Len referma la porte, isolant la maison du bruit de la pluie à l'extérieur. Elle détourna son regard de la télévision et lui sourit.

— Comment s'est passée ta journée ?

Elle n'avait pas l'air inquiet mais Len remarqua qu'elle avait jeté un coup d'œil à sa montre.

— Tu rentres tard, ce soir.

— Cliff m'a invité à dîner.

Len retira sa veste et la mit à sécher.

— J'imagine que vous avez dû discuter.

Len sourit béatement.

— On peut dire ça, oui.

Il n'avait vraiment pas envie de rentrer dans les détails avec sa mère.

— Alors tout va mieux entre vous ?

Quand Len ne répondit pas, elle se retourna sur sa chaise. Len tourna le regard vers sa mère à son tour et sourit, avant de fixer son attention sur la télévision sans prononcer un mot.

— À demain.

Len gagna sa chambre, décidé à tout garder pour lui alors qu'il refermait la porte. Il s'assit à l'extrémité de son lit, retira ses chaussures et s'allongea sur le matelas, les yeux fermés.

Cliff était à nouveau là, il pouvait sentir le poids de son corps, ses lèvres s'ouvrirent doucement, ressentant encore l'érection de Cliff contre sa cuisse.

— Putain…

Le pantalon de Len était étroit, douloureusement étroit. Sans réfléchir, Len baissa sa braguette, lui procurant une sensation de soulagement incommensurable. Glissant sa main le long de son estomac, il passa ses doigts sur son sexe et exposa son excitation à l'air libre. Il se remémora la scène du canapé dans son esprit, l'embellissant davantage, à sa convenance. Dans son imaginaire, Geoff ne faisait pas irruption, il n'y avait plus que lui et Cliff. Leurs vêtements disparurent par magie et il pouvait sentir le corps de Cliff, caresser sa fermeté, glisser ses mains sur le bas de son dos et sur ses fesses fermes. Il avait déjà joué cette scène maintes et maintes fois dans son esprit mais, maintenant, elle était bien plus riche, bien plus réelle.

— Cliff…

Len gémit doucement en jouissant. La respiration encore lourde, il s'écroula sur son lit. Retirant son tee-shirt, il s'essuya et s'immergea une dernière fois dans la chaleur de son fantasme avant de se déshabiller complètement. Après avoir enfilé son peignoir, il gagna d'un pas lourd la salle de bain et lança la douche.

L'eau chaude avait un effet relaxant sur ses muscles endoloris tandis que ses mains frottaient sa peau frissonnante. Il ne pouvait s'empêcher de s'imaginer que c'était les mains de Cliff qui caressaient sa peau.

— Len !

Il entendit sa mère l'appeler à travers la porte.

— Janelle au téléphone.

Le fantasme de Len s'évanouit instantanément.

— J'arrive tout de suite.

Se rinçant en toute hâte, il arrêta l'eau et passa une serviette autour de ses hanches avant de se diriger vers le téléphone.

— Salut, Janelle.

— Salut, Len, j'espère que je ne te réveille pas.

— Non, j'étais sous la douche.

Janelle se tut à l'autre bout de la ligne et il frissonna malgré la chaleur ambiante.

— Je me demandais si ça te dirait de venir avec moi voir la pièce de théâtre du lycée vendredi. Ils jouent *Camelot* alors je me disais que ça pourrait être sympa. Ça commence à vingt heures.

Sa voix était sans aucun doute plus grave qu'à l'accoutumée.

Il eut un instant d'hésitation.

— D'accord. Je travaille tard donc je te rejoindrai sur place.

Il dégouttait partout sur le plancher.

— Il faut que j'y aille, on se voit vendredi, vers dix-neuf heures quarante-cinq.

— D'accord, à vendredi.

Elle raccrocha et Len regagna la salle de bain. Après s'être séché, il termina son rituel du soir et se dirigea dans sa chambre, grimpant dans son lit. Il s'endormit dès que sa tête toucha l'oreiller.

SON RÉVEIL sonna à l'heure habituelle mais, ce matin-là, Len se sentit en pleine forme. Il avait dormi comme un bébé et fait des rêves merveilleux ; des rêves qu'il espérait voir se réaliser un jour. Après avoir ouvert ses rideaux, il jeta un œil par la fenêtre et vit que le soleil s'apprêtait à se lever sur une journée sans nuage. Vingt minutes plus tard, propre et habillé, son déjeuner empaqueté et son café ingurgité, il se dirigea vers la ferme, chantant du Culture Club avec la radio. Une fois à la ferme, il gara sa voiture et se dirigea directement vers la grange. L'endroit était loin d'être calme, les chevaux ne tenaient pas en place et l'un d'eux frappait la porte de son box.

— Ça suffit, Haven. Calme-toi.

Len s'approcha du cheval en lui parlant, faisant de son mieux pour le calmer. L'animal s'arrêta de taper et Len jeta un coup d'œil dans le box. Il y découvrit un des chats de la grange, étendu sans vie contre le mur du fond. Cela expliquait la nervosité ambiante dans l'écurie.

— Chut, ce n'est pas grave mon garçon, on va te faire sortir.

Len passa d'une main experte le licol autour du cou du cheval et se dirigea doucement vers l'arrière du box avant d'ouvrir la porte. Prudemment, il mena le cheval encore nerveux à l'extérieur.

— Qu'est-ce que c'est que tout ce tintamarre ?

— Salut Nicole.

Il jeta un œil vers le box.

— Venez-donc voir par vous-même.

Elle s'exécuta et soupira.

— Pauvre bête, elle a dû prendre un coup de sabot.

— Oui, pas étonnant qu'ils soient aussi nerveux.

Len s'empara de la pelle et ramassa le chat inerte ainsi que la litière tachée de sang qui l'entourait et l'emporta à l'extérieur. Il creusa un trou à l'écart et enterra le tout avant de retourner à la grange. Le bâtiment était à nouveau silencieux et l'odeur de sang s'était évaporée.

Nicole avait déjà commencé à sortir les chevaux.

— Je dois donner un cours tout à l'heure, ceux-là peuvent rester à l'intérieur.

Elle désignait quatre chevaux. Len acquiesça et termina de faire sortir les chevaux. Les gars arrivèrent et ils se retrouvèrent à l'extérieur, où le soleil brillait. Fred fit un tour derrière la grange puis revint.

— On devrait pouvoir aller aux champs cet après-midi. Le sol a l'air suffisamment dur, il faut juste qu'il sèche encore un peu.

Avant qu'il n'ait pu continuer, la porte de la maison s'ouvrit et Len vit Cliff en sortir, Geoff dans les bras. Il le reposa une fois les marches du perron descendues et le tout-petit se mit à courir le plus vite possible.

— Wen !

Une fois arrivé à sa hauteur, il se jeta dans ses bras, riant à gorge déployée.

— Salut Geoffy.

Fred lui tapa dans la main, suivi de Randy. Ils gardèrent le sourire jusqu'à ce que Cliff se joigne au groupe.

— Randy, lance le tracteur, il reste des champs à labourer et à ensemencer. Fred, occupe-toi du bétail. Et Len…

Cliff fit une pause en le regardant avant de poursuivre :

— Je suis sûr que tu as des box à nettoyer.

Eh bien, qu'est-ce qui lui prend bordel ?

— Cliff… Fred nous disait que nous ferions mieux d'attendre cet après-midi avant de s'attaquer aux champs, pour être sûrs qu'ils soient suffisamment secs. Ce serait bête que le tracteur s'embourbe.

Cliff était furieux mais Len n'en tint pas compte.

— Randy et Fred peuvent s'atteler à plein d'autres tâches d'ici là. Quant à moi, je dois nettoyer les box et m'occuper du manège avant le début du cours de Nicole.

Len essaya d'adopter un ton neutre, dénué de tout défi. Cliff le fusilla du regard et Len le lui rendit. Fred prit la parole pour apaiser la tension en tournant son regard vers lui. Tout ceci mit un terme à l'impasse dans laquelle ils se retrouvaient.

— Qu'est-ce que vous avez prévu pour aujourd'hui, patron ?

— Je vais essayer de trouver un moyen de continuer à payer les factures.

Dans 'les factures', Cliff sous-entendait également les salaires de chacun. Fred toussota et s'éloigna. Randy l'accompagna pour qu'ils se mettent au travail. Len reposa Geoff à terre et Cliff le prit par la main pour le ramener à la maison. Le petit garçon, confus, jeta de fréquents coups d'œil derrière lui. Une fois tout le monde parti, Len prit une profonde inspiration avant de se remettre au travail.

Pendant les heures qui suivirent, il passa le râteau dans le manège pour aplanir la surface et nettoya quelques box, s'assurant bien de désinfecter celui où le chat avait trouvé la mort. Nicole passa par la grange au moment où il était en train de terminer et il lui demanda si elle accepterait de lui donner quelques cours de remise à niveau.

— J'ai appris à monter mais je n'ai pas pratiqué depuis des années et j'aimerais bien faire faire de l'exercice aux chevaux.

— Je donne un cours demain après-midi. Joignez-vous à nous. Nous vous accueillerons avec plaisir.

Son offre et son sourire avaient l'air sincère.

— Merci, ce sera avec plaisir.

— Très bien. Le cours commence à quatorze heures.

Des gens commencèrent à arriver et Len se dirigea vers la sellerie avant de monter au grenier. Une fois en haut, il commença à jeter des bottes de foin à travers la trappe.

— Ne remets jamais en question mon autorité devant les autres.

Len se retourna et trouva Cliff, qui le fusillait du regard. Il n'était pas décidé à se laisser faire.

— Alors ne te comporte pas comme un abruti.

Len faillit sourire en voyant l'air surpris de Cliff. Il ne s'attendait certainement pas à cette réaction de sa part.

— Fred et Randy font tourner cette ferme depuis un an sans aucune aide de ta part et ils savent parfaitement ce qu'ils ont à faire. Ils n'ont certainement pas besoin qu'on vienne leur crier des ordres comme s'ils étaient des gamins irresponsables.

Cliff arbora un regard féroce en s'approchant de lui.

— Tu as beau être le propriétaire de cette ferme, continua Len, tu n'es pas le roi du…

Len fut totalement pris par surprise lorsque Cliff l'embrassa avec fougue. Bon Dieu ! Que c'était bon ! Len sentit son indignation s'évanouir tandis que les lèvres de Cliff partaient à l'assaut des siennes, ses dents frottant légèrement contre sa lèvre inférieure. Les mains de Cliff ceinturèrent la taille de Len qui passa ses mains dans le dos de Cliff, saisissant ses fesses et l'empêchant de bouger, ramenant ses hanches contre lui et collant son corps contre le sien. Len ferma les yeux tandis que la pression montait dans le bas de son dos et bientôt il chercha à la soulager en se pressant contre le corps et les lèvres de Cliff. S'il ne le faisait pas, il savait qu'il serait frustré pour le reste de la journée. Cliff fit un pas en arrière, ses yeux plongés dans ceux de Len, qui dut secouer la tête pour mettre fin à ce moment.

— … monde. Tu n'es pas le roi du monde. Ces gars-là aiment cette ferme autant que toi.

Cliff leva les mains dans un geste de capitulation.

— Ce n'est pas vrai ! Je pensais qu'en t'embrassant j'arriverais à te faire taire.

— Eh non, il te faudra bien plus qu'un baiser.

Len fit un clin d'œil à Cliff et sourit.

— Sérieusement, ils ont pris soin de la ferme pendant que tu pleurais dans ton coin et t'occupais de ton fils. Ils ont vraiment fait un excellent boulot.

— Si j'admets que tu as raison, te tairas-tu pour m'embrasser ?

Cliff saisit Len par le ceinturon et l'attira à lui, écrasant à nouveau ses lèvres contre les siennes. Len, pressé contre les lèvres de Cliff, inclina la tête et toutes ses pensées, à l'exception de celles concernant le moment présent, s'envolèrent de son esprit. Il gémit légèrement, la chaleur de Cliff se répandant à travers ses vêtements. Cliff rompit le baiser mais leurs corps étaient toujours serrés l'un contre l'autre.

— Papa m'a toujours dit que je m'y prenais comme un manche pour gérer les employés de la ferme.

— On dirait qu'il avait raison.

Len ne fit rien pour se libérer de son étreinte, il n'avait pas envie que ce moment prenne fin, il appréciait vraiment de se retrouver dans les bras de Cliff. Il finit par ajouter :

— Il faut que l'on fasse attention.

Len jeta un œil vers l'escalier et fit un léger pas en arrière, rompant leur étreinte.

— Je sais.

Len vit Cliff déglutir et baisser son regard vers le plancher.

— Il faut que j'y aille.

Len ne sut pas comment interpréter la soudaine réticence et timidité de Cliff mais hocha la tête et l'observa descendre les marches. L'avait-il blessé ? Bon Dieu ! Ce n'était pas du tout son intention ! Il voulait seulement lui signifier qu'ils devaient être discrets et s'embrasser dans le grenier n'était pas nécessairement la meilleure des idées. Len se perdit dans ses pensées en finissant de jeter le foin vers le niveau inférieur et referma la trappe une fois qu'il termina. S'il y avait bien une chose qu'il souhaitait plus que tout, c'était de trouver quelqu'un à qui se confier. Mais sa confidente de toujours avait été Ruby et elle n'était plus là. Len se figea en haut de l'escalier.

— Et merde, ça doit bien être lié.

Il fallait juste qu'il trouve un moyen d'aborder le sujet. Il descendit doucement les marches. Le foin était empilé dans l'allée centrale de la grange et Len l'entreposa à proximité des box pour d'évidentes raisons pratiques.

— Len.

Il releva les yeux et vit Fred traverser la grange dans sa direction.

— Est-ce que tout va bien ? Je viens de voir Cliff qui m'a dit que j'avais raison et qu'il valait mieux attendre cet après-midi pour continuer l'ensemencement.

— Tu as raison, dit Len, pour clôturer la polémique.

— C'est juste qu'en général, Cliff ne change jamais d'avis.

Len haussa les épaules et changea le sujet.

— Eh bien cette fois, si.

— As-tu bientôt terminé ?

Len acquiesça et jeta un œil autour de lui pour s'en assurer.

— Dans ce cas, allons nous occuper des champs restants. Il est censé pleuvoir ce soir, il faut que nous ayons terminé les semailles avant.

— D'accord, j'arrive dans dix minutes.

— Retrouve-moi à mon camion.

Fred prit la direction du hangar et Len s'assura de tout fermer à clef avant de le rejoindre. Ils grimpèrent tous deux à l'intérieur et prirent la direction de l'ancienne ferme des Henderson.

— Len, puis-je te demander quelque chose ?

Len se tourna vers Fred.

— Bien sûr.

— Que se passe-t-il entre Cliff et toi ?

— Qui a dit qu'il se passait quelque chose ?

— Personne. J'ai simplement remarqué la manière dont il te regarde et dont tu le regardes.

Fred expira profondément.

— Cliff aimait Ruby mais il ne l'a jamais regardée de cette manière. C'est encore plus évident lorsqu'il te regarde quand tu es occupé à faire autre chose. Et quant à toi, tu lui rends bien ses regards.

Len regarda par la fenêtre, ne sachant pas s'il devait répondre.

— Tu n'as pas besoin de m'en parler. Tout ce que tu as besoin de savoir, c'est que je n'ai aucun problème avec cela.

La tête de Len fit brusquement volte-face pour le regarder. Avait-il bien entendu ? Il bredouilla des paroles incompréhensibles, le ventre noué, se demandant s'il n'allait pas être malade. Fred s'arrêta au bord d'un champ et Len prit de grandes inspirations, faisant son possible pour calmer ses nausées.

— Je connais Cliff depuis bientôt dix ans et j'ai vu cet homme traverser plus d'épreuves que quiconque. Je sais qu'il ne l'admettra pas mais il n'a jamais vraiment aimé les filles. J'ai été un peu surpris lorsqu'il est tombé amoureux de Ruby, mais ils étaient heureux et c'est tout ce qui m'importait.

Len ne put en croire ses oreilles.

— Tout cela ne te dérange pas ?

— Non, et je ne crois pas que ça dérange Randy non plus. Ni toi ni Cliff n'avez à craindre quoi que ce soit de nous, sauf si tu lui fais du mal. Il en a beaucoup bavé. Son père était un homme bien mais il n'y avait pas personne plus bornée et étroite d'esprit. Il ne se gênait pas pour partager ses opinions, si tu vois ce que je veux dire.

Fred sortit du camion et Len fit de même, ne sachant quoi répondre. Il opta pour la réponse la plus simple :

— Merci.

— Je t'en prie. Maintenant, allons voir si les champs sont prêts pour le semis.

Ensemble, ils descendirent le talus vers les terres cultivées.

— C'est suffisamment ferme, nous devrions pouvoir le faire aujourd'hui.

— Tant mieux, allons chercher le tracteur et semons ces graines pour que la pluie puisse faire son travail.

Ils remontèrent dans le camion et reprirent la direction de la ferme. Après avoir pris son déjeuner, Len démarra le tracteur et le conduisit au champs, consacrant le restant de sa journée à l'ensemencement du dernier lopin de terre. Il faisait presque nuit lorsqu'il ramena le tracteur à la ferme ; il le rangea dans le hangar et couvrit la herse avec une bâche. La ferme était silencieuse et personne ne semblait se trouver dans les parages. Len jeta un œil en direction de la maison et vit Cliff à la fenêtre. *Patience, Len, tu dois être patient.* Il le salua d'un signe de la main et Cliff fit de même. Puis Len monta dans sa voiture pour rentrer chez lui.

X

— GARDEZ BIEN vos pieds orientés vers le bas.

Nicole était debout au centre du manège, s'adressant à ses élèves.

— Regardez comment fait Len, sa position est parfaite.

Len sourit intérieurement. Il n'était plus monté à cheval depuis trois ans mais tout lui était revenu dès qu'il s'était installé sur le dos de Belle. *Il faut vraiment que je fasse ça plus souvent.*

— Vous vous en sortez tous très bien. Maintenant, tout le monde au trot et, souvenez-vous, gardez le même rythme que votre cheval.

Len se pencha en avant et Belle se mit à trotter. Il n'eut aucun mal à s'accorder à son rythme et ils trottèrent autour du manège.

— C'est très bien, Len. Allez, encore quelques minutes.

Ils continuèrent à trotter jusqu'à la fin de la leçon, puis Nicole leur demanda de descendre de cheval et de les promener autour du manège pour les reposer.

— Wen !

Il connaissait cette petite voix. En regardant en direction de la grange, il vit Cliff qui retenait Geoff par les épaules, le garçonnet pointant son doigt vers le manège. Len sourit et s'approcha avec Belle.

— Tour de s'val.

— Ça fait une demi-heure qu'il vous observe, dit Cliff.

Len se remit en selle et Cliff lui tendit Geoff. Nicole prit les rênes et guida Belle et ses deux cavaliers autour du manège. Geoff riait et criait de bonheur, caressant la jument de temps à autre.

— Zentil s'val.

Deux tours de manège suffirent. Len rendit Geoff à son père et descendit à son tour du cheval. Il ramena Belle à son box, retira sa selle et son tapis et la brossa gentiment.

— Tu montes vraiment très bien.

Cliff et Geoff l'observaient par-dessus la porte du box.

— Pourrait-on faire une balade demain matin ?

— Ce serait avec plaisir. Mais qui va garder un œil sur le petit Geoff ?

Il se pencha et chatouilla le petit garçon en question.

Cliff retourna Geoff et souffla contre son ventre.

— Tata Mari va venir s'occuper de lui demain matin, elle a besoin de passer un peu de temps loin de Tata Janelle.

Il avait parlé comme s'il s'adressait à un nouveau-né mais ses mots étaient en vérité destinés à Len.

— En parlant de Janelle, nous allons assister à la pièce donnée par le lycée vendredi soir. Vous joindrez-vous à nous, Geoffy et toi?

Il chatouilla le ventre du petit garçon et entendit un petit rire en récompense. Len finit de s'occuper de Belle et sortit du box, refermant la porte derrière lui.

— Je la retrouve juste au lycée pour aller voir la pièce.

Cliff eut un regard suspicieux.

— Cliff, on est juste amis, rien de plus.

— Oh, je n'en doute pas, c'est pour elle que je me fais du souci.

Len savait que Cliff avait toujours pensé qu'il y avait plus que de l'amitié entre sa sœur et lui.

— Mais ce sera une bonne occasion de sortir de la maison.

Len ne put s'empêcher de sourire, peu importe combien il résistait.

— Bien.

Len ne voulait pas les quitter mais il savait qu'il le devait. Il avait encore du travail à faire et s'il ne le faisait pas, personne ne s'en chargerait à sa place.

— J'essaie de monter des projets pour la ferme et je me demandais si tu accepterais d'y jeter un coup d'œil avec moi ? J'espère que je les aurais terminés d'ici la fin de la journée et ton aide serait la bienvenue, histoire de m'assurer que je n'ai rien oublié.

— Avec plaisir. Peut-on s'en occuper demain, après notre balade ?

Il sentit son estomac se serrer. Peut-être allaient-ils faire plus que s'occuper de la comptabilité ? Son attention se focalisa sur les lèvres de Cliff. Bon Dieu ! Il voulait les sentir à nouveau contre les siennes. Il se souvenait parfaitement de tous les détails de leurs baisers de la veille et espérait vivement que cela se reproduirait, peut-être lors de leur balade le lendemain. Len dut réprimer son excitation. Peut-être iraient-ils plus loin le lendemain matin ?

— Bien sûr.

Ils se tenaient debout dans la grange, se souriant comme des imbéciles, ne se quittant pas du regard. Des bruits de pas vinrent briser la magie de l'instant et Fred fit irruption dans l'écurie. L'expression de Cliff changea brusquement et Len eut l'impression de voir un jeune enfant prit la main dans la boîte de cookies. Il quitta la grange précipitamment, sans prononcer un mot.

— As-tu terminé pour la journée ?

— Ouais.

Len vit l'expression entendue sur le visage de Fred et s'appliqua à effacer l'air réjoui qu'il arborait.

— Randy et moi aussi. Nous pensions aller boire une bière en ville, veux-tu te joindre à nous ? Randy semble vouloir aller chez Steve, ce qui veut dire que Shell doit travailler et qu'il a envie de la voir.

— Oui, pourquoi pas ? Il faudra juste que je repasse ici ce soir avant de rentrer chez moi, il va faire froid cette nuit et je ne veux pas laisser les chevaux dehors.

— Tu peux monter avec moi, je te déposerai sur le chemin du retour.

Len hocha la tête et fit une dernière inspection visuelle avant de suivre Fred à son camion.

LEN ARRIVA très tôt à la ferme le lendemain matin. Le soleil pointait à peine au-dessus de l'horizon quand il ouvrit la porte de la grange. La matinée était encore fraîche mais la radio avait annoncé une journée ensoleillée. Il guida les chevaux vers les pâturages, ne laissant que Belle et Éclair dans la grange. Fred lui avait discrètement confié la veille qu'Éclair était le cheval préféré de Cliff. Après un nettoyage complet des box, il vida la brouette et se mit à brosser les chevaux. Alors qu'il s'apprêtait à les seller, il entendit une voiture se garer dans la cour et supposa que ce devait être Nicole. Quelques instants plus tard, il entendit de lourds bruits de pas approcher.

— Cliff ?

— Oui, c'est moi.

Len sentit monter en lui l'excitation qu'il s'était employé à refouler.

— J'ai déjà brossé Éclair, tu n'as plus qu'à le seller.

— Merci.

Len vit Cliff jeter un coup d'œil dans le box de Belle en se dirigeant vers la sellerie et quelques instants plus tard, il revint les bras chargés de harnachements en tous genres. Len finit de brosser la jument et quitta son box pour aller chercher ses harnais. Il ne lui fallut pas longtemps pour la seller et qu'elle soit prête à y aller. Len vint rejoindre Cliff dans le jardin.

— Voulais-tu aller à un endroit en particulier ?

Len caressa Belle en se tournant vers Cliff, qui enfourchait déjà sa monture, et Len put se régaler de la vue de son derrière ferme moulé dans son jean.

— Oui, j'aimerais te montrer un endroit, si tu es d'accord.

Len enfourcha son cheval, le cuir craquant tandis qu'il s'installait sur la selle.

— Ouvre la marche, nous te suivons.

Cliff contourna les prés et traversa le champ derrière la grange, Len sur ses talons. Le soleil était déjà plus haut dans le ciel et réchauffait rapidement l'air. À l'autre bout de la pâture, le bois était très épais et le passage difficile. Cliff les mena sur un chemin à travers les arbres.

— Quand j'étais gamin, je prenais tout le temps ce chemin.

Cliff ralentit son allure pour que Len et Belle puissent se rapprocher.

— L'été, il n'y a rien de plus agréable que l'air frais sous ces arbres.

Ils suivirent la piste, qui était toujours visible, même si elle n'avait pas été empruntée depuis un certain temps.

— Il y a un ruisseau un peu plus loin. Cela ne devrait pas poser de problème aux chevaux mais fais quand même attention.

Len entendit le bruissement de l'eau avant de l'apercevoir et Cliff prit à droite, suivant la piste qui menait à une petite falaise qui surplombait le ruisseau.

— L'été, c'est là que nous venions jouer pour nous rafraîchir.

Cliff sourit et reporta son attention sur la piste devant lui.

— Nous ne sommes plus très loin.

Len n'avait aucune idée de l'endroit où Cliff voulait l'emmener mais il acquiesça et le suivit. Aux arbres succéda une clairière bordant le ruisseau. Cliff s'arrêta en plein milieu et descendit de son cheval ; Len l'imita. Ils attachèrent leurs chevaux à un arbre et Cliff sortit une couverture qu'il étendit sur le sol avant d'inviter Len à s'asseoir. Cliff s'assit à côté de lui et se tourna dans sa direction de façon à lui faire face. Il pensa que Cliff s'apprêtait à lui parler mais en fin de compte il se pencha vers lui et l'embrassa prudemment. Len caressa sa joue et l'embrassa passionnément, goûtant pleinement à la bouche de son amant. Il le gratifia d'un léger gémissement et glissa ses doigts dans sa douce chevelure pendant que son autre main glissait le long de son jean.

Cliff recula légèrement.

— Len, je ne sais pas quoi faire, je veux dire…

Len vit Cliff déglutir avec difficulté et décida de prendre le contrôle de la situation, réunissant à nouveau leurs lèvres tout en se retournant sur la couverture. Son jean était bien trop étroit et se resserrait davantage à chaque seconde qui passait. Le corps de Cliff était à fleur de peau. Se servant de son poids, il retourna Cliff dans l'autre sens, l'installant confortablement sur la couverture tout en continuant à se régaler de sa bouche. Il sentit les mains de Cliff sur son dos, le caressant par-dessus son tee-shirt et il glissa sa main sous le sien, se délectant de la peau lisse et douce de son amant.

Il sentit l'excitation de Cliff contre sa cuisse tandis que leurs corps s'entremêlaient doucement, leurs baisers déterminant le tempo. C'est ce que Len avait toujours espéré, voulu et attendu. Cliff était là, dans ses bras, en train de l'embrasser et il pouvait sentir le grain de sa peau sous ses mains, doux et chaud, bouillant contre son corps. Cependant, il ne comptait pas s'arrêter là. Dans sa passion enfiévrée, il voulait sentir Cliff contre lui, sa peau bouillonnante glisser contre la sienne.

— J'en ai tellement rêvé ! J'en rêve depuis si longtemps.

Len fixa Cliff du regard, s'apprêtant à prendre à nouveau sa bouche, mais ce qu'il vit mit fin à ses ardeurs et il se releva doucement, laissant Cliff respirer.

— Est-ce que tout va bien ?

Cliff ne pouvait soutenir son regard.

— Oui, ça va.

Len savait que Cliff mentait, probablement pour ne pas le blesser, mais il avait déjà vu ce regard des dizaines de fois, il le connaissait intimement. Après tout, son miroir lui avait rendu ce même regard tellement de fois qu'il ne pourrait les compter. Le mot en C. Le fameux mot en C qui l'avait hanté chaque jour avant qu'il ne rencontre Tim. La fameuse Culpabilité qui l'avait dévoré vivant jusqu'à ce qu'il s'accepte tel qu'il était. Aujourd'hui, il pouvait voir ces même sentiments, ce même regard, dans les yeux de Cliff.

Cliff laissa échapper un grognement et se rassit sur la couverture, alors que Len se relevait.

— Pourquoi est-ce que tu t'arrêtes, tu n'en as pas envie ?

Alors que Cliff s'apprêtait à se relever, Len posa une main sur sa cuisse.

— Bien évidemment que j'ai envie de te déshabiller complètement et de caresser chaque parcelle de ton corps. J'ai envie de passer mes mains sur ton torse et de goûter chaque centimètre carré de toi jusqu'à ce que tu me supplies d'arrêter. J'ai envie de t'embrasser, de sentir ta peau contre

101

la mienne, de te tenir dans mes bras et de contempler l'expression sur ton visage lorsque tu ne seras plus capable de retenir ton plaisir.

Les mots lui avaient échappé avant qu'il ne puisse les retenir mais cela lui importait peu, c'était la vérité. Len se rassit et attendit de voir comment allait réagir Cliff, pensant l'avoir un peu effrayé.

— J'ai honte de moi. J'aime le contact de ta peau sur la mienne et j'aime ce que tu me fais ressentir, mais je n'arriverai jamais à chasser ces pensées de mon esprit, peu importe combien j'essaie.

— Quelles pensées ?

Le soupir de Cliff fit s'évanouir en lui toute l'excitation du moment passé.

— Je n'arrête pas de me dire que je suis infidèle à Ruby.

La tristesse lui serra la gorge.

— Elle était mon amie, la meilleure que je n'ai jamais eue, tu sais ?

— Est-ce qu'elle était au courant pour toi ? Le lui avais-tu dit ?

Len acquiesça.

— Oui, elle le savait, sans que je n'aie besoin de lui avouer. Elle l'avait deviné. Le jour de votre mariage, pendant que nous dansions, elle m'a souhaité de trouver quelqu'un qui me rende heureux.

Il caressa la joue de Cliff de ses doigts, il n'avait pas besoin d'en dire plus.

Cliff murmura, presque pour lui-même.

— Elle ne me l'a jamais dit.

— Elle m'avait promis de respecter ma vie privée et, il faut bien le dire, elle tenait toujours parole. Si elle promettait de garder un secret, même la CIA n'aurait pas pu lui tirer les vers du nez.

Len sourit en se remémorant son amie. Cliff sourit à son tour, mais son sourire s'évanouit rapidement.

— Je l'aimais énormément mais il y avait toujours une partie de moi qui était à la recherche de plus. Je ne lui ai jamais avoué et j'ai toujours fait de mon mieux pour ignorer mon penchant parce que je ne voulais pas nous faire de mal, ni à elle ni à moi. Mais il me manquait toujours quelque chose que je n'arrivais pas à décrire et je me sens tellement coupable.

Il ravala sa salive et Len lui laissa quelques instants pour se remettre de ses émotions.

— Elle savait que tu l'aimais et tu l'as rendue heureuse. Je ne l'ai jamais vue plus heureuse que le jour où elle m'a annoncé qu'elle était enceinte ou la première fois que je l'ai vue avec Geoff.

Cliff déglutit de nouveau avec difficulté.

— Mais que penserait-elle de ça ? Moi, nous…

Len resta silencieux, réfléchissant à la meilleure manière de répondre à une question dont personne ne pouvait prétendre connaître la réponse, du moins pour l'instant.

— Cliff, elle le sait maintenant et j'ai une petite idée de ce qu'elle en penserait, mais je ne peux pas y répondre à ta place. C'est une question à laquelle tu devras répondre par toi-même. Tout ce que je peux te dire c'est qu'elle avait toujours, toujours voulu mon bonheur et qu'elle souhaitait la même chose pour toi.

Len plongea son regard dans celui de Cliff, perdu, triste, écartelé par ses sentiments.

— Lorsque vous étiez mariés, lui as-tu toujours été fidèle ?

Cliff hocha la tête.

— Et l'aimais-tu ?

Il acquiesça de nouveau.

— Mais…

— Tu lui as donné tout l'amour que tu avais et c'est tout ce dont elle aurait pu rêver.

Len se leva doucement et se tint debout au bord de la couverture. Il voulait embrasser Cliff, effacer cette expression de son visage, mais il craignait d'ajouter davantage à sa confusion. Il fallait qu'il laisse à Cliff le temps de comprendre ses sentiments. Oh, il aurait probablement pu allonger Cliff sur la couverture et lui faire oublier tout ce qu'il ressentait dans un brouillard de désir, mais ce n'était pas ce qu'il voulait. Il ne convoitait pas seulement le désir de Cliff, il voulait son amour, sa passion. Tendant la main, il l'aida à se relever.

— On devrait y aller, tu ne crois pas ? demanda Cliff.

Cliff ramassa la couverture et Len détacha Belle.

— J'ai attendu cinq ans pour que tu m'embrasses à nouveau, je peux bien attendre un peu plus longtemps pour…

— Tu as dit quelque chose ?

Le cuir craqua lorsque Len remonta à cheval, faisant tout son possible pour cacher sa frustration.

— Non.

Cliff enfourcha à son tour sa monture et ils retournèrent en silence à la ferme, chacun profondément plongé dans ses pensées.

Dans la grange, Len dessella Belle et l'emmena aux pâturages pendant que Cliff dessellait Éclair.

— On se retrouve à l'intérieur ? suggéra Cliff, mais Len dut paraître confus car il se sentit obligé d'être plus spécifique. Tu ne te souviens pas ? Tu m'avais promis de m'aider avec mes projets ?

— Je n'ai pas oublié, je te rejoins dès que j'ai terminé.

Cliff s'arrêta et regarda Len. Il ouvrit la bouche et s'apprêta à dire quelque chose mais il se ravisa et fit volte-face avant de quitter la grange. En le regardant quitter l'écurie, Len se demanda ce que Cliff avait voulu lui dire. Il secoua la tête puis partit installer Éclair dans son box avant de sortir de la grange à son tour.

Len entra par la porte de derrière, prit soin de retirer ses bottes dans l'entrée et gagna la cuisine.

— Salut, Len.

— Salut, Mari. Comment ça va au boulot ? J'ai été surpris que tu puisses prendre un jour de congé.

Elle lui sourit.

— Je devais en prendre un et Cliff m'a dit qu'il avait besoin d'aide. Les enfants sont tout excités par les vacances qui arrivent, cela ne leur fera pas de mal de torturer quelqu'un d'autre plutôt que moi, pour changer !

Elle sourit à nouveau et se remit à sa vaisselle.

— Cliff est dans son bureau, l'informa-t-elle.

Len jeta un coup d'œil alentour, se demandant où se trouvait Geoff.

— Merci.

Il traversa le salon et toqua à la porte du bureau. Geoff jouait dans le bureau et Cliff pestait contre son travail et la paperasse devant lui.

— Salut, Wen.

— Salut, Geoff. Ouf !

Il poussa un grognement quand le tout-petit vint s'écraser contre ses jambes. Cliff leva les yeux de ses papiers, pestant toujours.

— Geoff, va jouer avec Tante Mari, s'il te plaît.

— D'accord, papa.

Geoff lâcha Len et sortit en courant du bureau. Quelques secondes plus tard, des rires s'élevèrent de la cuisine.

— Que puis-je faire pour t'aider, Cliff ?

Cliff était toujours de mauvaise humeur.

— Ferme la porte.

Len s'exécuta et son patron lui tendit une feuille de papier où étaient notées toutes les dépenses et ce à quoi elles correspondaient.

— J'ai parcouru cette feuille une bonne dizaine de fois et je n'arrive pas à trouver la moindre erreur !

— Et tu penses qu'il y en a une ?

— J'espère bien, sinon cela voudrait dire qu'il faut que je trouve dix mille dollars pour que nous puissions tenir jusqu'aux moissons. L'année dernière, j'ai dépensé tout ce qu'il restait de mon compte-épargne et des liquidités de la ferme. Si seulement j'avais pu découvrir l'acte de propriété de la ferme des Henderson l'année dernière. Même en tenant compte des revenus générés par la location des box pour les chevaux, cela ne suffit pas.

Le premier instinct de Len fut de rassurer Cliff mais il décida de s'asseoir et de passer les chiffres au peigne fin, ligne par ligne, mais tout lui sembla juste.

— On va revoir tous les éléments, les revenus comme les dépenses, et on discutera de chaque poste. Peut-être te rappelleras-tu de quelque chose.

Cliff hocha la tête et Len s'assit au bureau. Ensemble, ils passèrent en revue tous les comptes au peigne fin, revenus comme dépenses. Ils se rendirent compte que Cliff avait fait une erreur en estimant le coût de l'essence mais cela ne les mena à rien puisqu'il avait oublié de prendre en compte les frais de maintenance du tracteur. Ils n'étaient pas plus avancés qu'au début.

— Donc, il n'y a pas d'erreur dans les dépenses et les rentrées ne fluctueront pas avant l'automne. Que pouvons-nous faire pour engranger plus de profits ?

Quelqu'un frappa à la porte et interrompit Len dans sa réflexion. Mari passa la tête par l'entrebâillement de la porte.

— Le repas sera prêt dans une heure et je dois être en ville pour treize heures.

— Merci, Mari, répondit Cliff de manière absente avant de s'adresser de nouveau à Len. On à déjà mis à contribution toutes nos ressources.

— N'y a-t-il pas quelque chose que tu pourrais vendre ?

— Il y en a bien une mais ce n'est pas très réaliste. Lorsque papa a acheté la ferme des Henderson, il a tout acheté, maison comprise. Je me disais qu'on pourrait peut-être la vendre mais cela pourrait prendre des mois et, avec les taux d'intérêts actuels, qui pourrait se l'offrir ? Papa n'a pu contracter le prêt qu'à travers les aides gouvernementales pour les fermes familiales.

— Tu vas vendre la maison des Henderson ?

Cliff comme Len se tournèrent vers Mari, se sentant mal d'avoir oublié qu'elle se trouvait dans la pièce.

— J'y réfléchissais, oui. Pourquoi ?

— Janelle me rend folle et je comptais te demander si je pouvais m'installer là-bas. Elle n'est pas très grande et je pourrais la remettre en état.

Len la regarda et une idée lui vint.

— J'ai mieux… Tu pourrais l'acheter !

Cliff et Mari regardèrent Len comme s'il était devenu fou.

— Écoute-moi. La grange est loin de la maison, donc tu pourrais avoir un très joli jardin.

Mari esquissa un sourire.

— Je sais comment est la maison, elle est très jolie, mais je n'en ai pas les moyens.

Len regarda Cliff et Mari.

— Cliff pourrait te vendre directement le terrain, tu n'aurais qu'à lui verser un acompte. Plutôt que de verser de l'argent à la banque, tu paierais Cliff directement. Cela te permettrait de profiter un taux d'intérêt de neuf pour cent plutôt que de seize pour cent avec la banque. Cliff n'aurait plus de problème de trésorerie et tu aurais ta propre maison.

Cliff et Mari échangèrent un regard et Len perçut pour la première fois une lueur d'espoir dans leurs yeux.

— Vous auriez besoin d'un notaire pour vous aider à rédiger le contrat et j'engagerais quelqu'un pour estimer la maison afin d'être sûr que le prix est correct. Cela résoudrait tous les problèmes.

— Il me reste l'argent de l'assurance-vie de papa. J'avais l'intention de te le prêter mais cette solution est bien meilleure. J'aurais ma propre maison et tu diminuerais tes dépenses et engrangerais plus d'argent chaque mois, le tout sans prêt bancaire.

Len se rejeta sur sa chaise, souriant intérieurement tandis que Cliff et sa sœur discutaient d'un arrangement et de ce qu'ils pouvaient faire. Ils étaient tous les deux si excités qu'ils ne le virent même pas quitter le bureau. Len retrouva Geoff dans le salon en train de jouer avec ses camions miniatures. Après lui avoir dit au revoir, il chaussa à nouveau ses bottes et retourna travailler. Il y avait toujours des box à nettoyer. Len s'empara de la brouette et commença le nettoyage de l'une des stalles.

— Len.

Il sursauta en entendant une voix derrière lui.

— Excuse-moi, je ne voulais pas te surprendre. Je voulais t'inviter à déjeuner avec nous, pour te remercier.

Cliff entra dans le box.

— Je n'arrive pas à croire que tu n'es là que depuis un mois ! Je ne pensais pas que tout pourrait s'arranger de cette façon.

Cliff s'approcha de Len et l'embrassa, leurs lèvres s'explorant mutuellement. Cliff fit un pas en arrière, sourire aux lèvres.

— On mange dans un quart d'heure.

Len hocha la tête, souriant lui aussi.

XI

— HÉ ! MAMAN, veux-tu venir assister à la pièce avec nous ?

Il venait juste de rentrer chez lui et se préparait à sortir à toute allure.

— C'est à dix-neuf heures trente, on retrouve Cliff et Geoff au Dairy Barn pour dîner.

Elle se retourna sur sa chaise.

Je ne sais pas.

— Qu'est-ce que tu as de mieux à faire ? Regarder la télé toute la soirée ? Allez viens, ça sera amusant.

Len était déjà à moitié dans la salle de bain.

— Comment dois-je m'habiller ?

Il pouvait l'entendre gagner sa chambre.

— On va au Dairy Barn puis au lycée, habille-toi normalement, ça fera l'affaire.

Elle rit et il prit ses vêtements avant d'entrer dans la salle de bain. Len ouvrit le robinet et se mit sous le jet d'eau. Il était heureux et avait envie de chanter. Il se lava rapidement et sortit de la douche, se séchant avant de se raser au-dessus du lavabo. Il voulait vraiment être à son avantage ce soir. Il avait l'impression d'être à nouveau au lycée, sauf qu'à l'époque il n'avait jamais été aussi nerveux. Il rinça ce qui restait de mousse à raser sur son visage et se coiffa. Puis il enfila son pantalon et sa chemise, et se rendit compte qu'il s'était retourné pour regarder ses fesses dans le miroir.

— Je suis en train de me transformer en fille, maugréa-t-il.

Il s'assura quand même que son pantalon épousait bien la forme de ses fesses. Enfin, il se dirigea dans sa chambre pour finir de s'habiller. Une fois prêt, il descendit au salon où sa mère l'attendait.

— Suis-je belle ?

— Tu es parfaite, maman.

C'était vrai, elle était resplendissante.

— On y va ?

Il tendit sa veste à sa mère et ils quittèrent la maison, se mettant en route vers le restaurant.

Le parking du Dairy Barn était plein et Len se gara sur la dernière place de libre. Par chance, Cliff et Geoff étaient déjà arrivés et le petit garçon, debout sur sa chaise, surveillait leur arrivée. Il se mit à sauter quand il les vit.

— Wen ! Wen !

Avant que Cliff n'ait pu faire quoi que ce soit, il sauta de sa chaise et courut dans leur direction. Len le souleva alors que Geoff riait. Il le porta à table, l'installant sur le siège à côté de Cliff.

— Cliff, je te présente ma mère.

Cliff tendit la main.

— Ravi de faire votre connaissance, Madame Parker.

— Tout le plaisir est pour moi ; et vous pouvez m'appeler Lorna.

— Et ce petit monstre, c'est Geoff.

Ils s'assirent et la serveuse leur apporta la carte en leur demandant ce qu'ils voulaient boire.

— Que veux-tu manger ? demanda Len à Geoff qui jouait avec ses couverts.

— Des f'ites.

Cliff l'assit dans sa chaise et lui retira les couverts des mains.

— Tu peux manger des frites mais seulement si tu restes assis et que tu es sage.

Geoff, du haut de sa chaise surélevée, laissa son regard se balader dans tout le restaurant.

La serveuse revint avec les boissons et prit leurs commandes avant de se diriger vers la table d'à côté.

— J'ai le sentiment de vous avoir déjà vue quelque part, Lorna. Où travaillez-vous ?

— À l'hôpital. Mais il me semble vous avoir déjà vu plusieurs fois au supermarché avec Geoff.

— J'imagine que dans une ville comme celle-ci, tout le monde se connaît de vue.

Alors, comment vont les affaires à la ferme ?

Cliff sourit et Len admira l'expression de son visage souriant.

— Bien mieux. Mon père avait racheté la ferme des Henderson juste avant sa mort et ma sœur a décidé d'acheter la maison. Nous avons rencontré un notaire aujourd'hui qui va s'occuper des différents contrats et de la division du terrain pour finaliser la transaction. Il dit que tout devrait être terminé d'ici un mois.

L'expression détendue sur le visage de Cliff était comme une bouffée d'air frais. Len ne l'avait jamais vu comme cela auparavant et il ne put s'empêcher de sourire lui aussi, ayant contribué à faire apparaître ce sourire sur le visage de Cliff.

La serveuse revint avec leurs plats et disposa leurs assiettes devant eux.

— Avez-vous besoin d'autre chose ?

Cliff avait déjà commencé à manger et Len répondit.

— Non, merci.

Elle sourit et repartit aussi vite qu'elle était venue.

— Eh bien, ils n'arrêtent pas ce soir.

Cliff donna des frites à Geoff et celui-ci les enfourna dans sa bouche l'une après l'autre, au point de ressembler à un hamster.

— Mâche bien avant d'avaler, lui ordonna Cliff.

Len regarda sa mère et ils sourirent tous les deux avant de continuer leur repas. Quand vint le moment de régler la note, Len s'en empara avant que Cliff n'ait pu esquisser le moindre mouvement et se dirigea vers la caisse. Il s'apprêtait à payer quand il entendit derrière lui :

— Que penses-tu faire, exactement ?

Len se retourna et regarda Cliff dans les yeux.

— Je règle la note. Tu m'as suffisamment invité à dîner ces dernières semaines, maintenant, c'est mon tour.

Len paya l'addition et retourna à table. Il remarqua que Cliff avait laissé un pourboire. Ils ramassèrent leurs affaires, quittèrent le restaurant et prirent la direction du lycée.

ILS SE retrouvèrent devant le gymnase qui avait été transformé, pour l'occasion, en auditorium.

— Salut, Len.

Janelle s'approcha de lui, arborant un sourire rayonnant. Il s'effaça quelque peu lorsqu'elle se rendit compte qu'il n'était pas venu seul.

— Salut, Janelle.

Il fit les présentations, acheta les billets et le groupe se fraya un chemin à l'intérieur. Le gymnase/auditorium ressemblait exactement à ce qu'il avait été cinq ans plus tôt lors de leur représentation de *Grease*. Ils s'avancèrent jusqu'à une rangée vide et prirent place. Au grand désarroi de Janelle, Geoff insista pour être assis entre Len et son père. Janelle était un peu de mauvaise humeur mais Len remarqua que sa mère semblait plutôt contente. Avant qu'ils n'aient pu échanger davantage, les lumières se tamisèrent et l'orchestre joua l'ouverture. Len aida Cliff à garder un œil sur Geoff, qui sembla apprécier la musique. Ils avaient pensé qu'il s'endormirait mais Geoff passa la majeure partie du premier acte à écouter la musique et à admirer les acteurs dans leurs costumes brillants.

À l'entracte, Len s'excusa et alla acheter des boissons et des biscuits pour Geoff. En revenant vers le groupe, il vit Cliff et Janelle en pleine discussion. Ils s'interrompirent lorsqu'ils le virent arriver et, à en croire l'expression de Janelle, elle n'était pas très heureuse de ce qui s'était dit.

— J'ai acheté à boire et des biscuits au fromage pour toi, Geoff.

Il tendit un verre à chacun, Geoff prit le paquet et Cliff sortit un verre pour bébé de son sac. Les lumières se tamisèrent de nouveau et le deuxième acte débuta. Cliff rangea ce qu'il restait des biscuits et Geoff s'installa sur ses genoux, s'endormant quasiment immédiatement. Quelques instants plus tard, Cliff signifia à Len qu'il devait se lever et Len prit Geoff. Le tout-petit passa ses bras autour de son cou et posa sa tête contre son épaule, se rendormant immédiatement. Len se décala d'un siège pour que les pieds de Geoff n'écrasent pas la robe de Janelle. Cliff revint s'asseoir et sourit à Len, qui concentra à nouveau son attention sur la pièce. Mais il ne put le faire longtemps. Bientôt, il sentit la main de Cliff contre la sienne. Il le regarda et vit Cliff sourire dans l'obscurité. Sa peau était chaude et douce et son contact si agréable et normal. Il ne dura pas longtemps mais réchauffa tout de même le cœur de Len.

À la fin de la pièce, tout le monde applaudit et les lumières se rallumèrent. Geoff s'agita et Len rendit le petit garçon à son père avant de quitter leur rangée.

— Merci Len, j'ai passé un bon moment, dit Janelle sur un ton neutre, bien qu'elle soit à l'évidence encore contrariée.

— Moi aussi.

Elle sourit et se joignit à la foule avant que Len ne puisse lui offrir de la raccompagner chez elle.

— Ne t'en fais pas, Len.

Il sentit une main se poser sur son épaule.

— Elle s'en remettra.

Il se retourna et vit Cliff qui tenait Geoff dans ses bras.

— Il faut que je le ramène à la maison. À demain, pour notre balade matinale.

Len et Lorna suivirent Cliff à sa voiture et l'aidèrent à installer Geoff dans son siège avant de rentrer à la maison.

— Tu sais, Janelle a des sentiments pour toi.

Len ne quitta pas la route des yeux.

Nous ne sommes que des amis.

— Selon toi, peut-être, mais elle en attend davantage. Je pense que son frère à essayé de lui faire comprendre qu'elle était dans l'erreur et c'est pour ça qu'elle était si froide durant le reste de la soirée.

Il sentit la main de sa mère lui caresser le bras.

— Si j'étais toi je m'éloignerai d'elle quelques temps, elle devrait comprendre.

Len se contenta de hocher la tête, il n'avait pas envie de parler de Janelle. Son esprit était obsédé par une certaine main contre la sienne.

LES CHEVAUX étaient sellés et prêts à être montés lorsque Len arriva à la ferme le lendemain matin.

— D'habitude c'est toi qui t'en occupes, je me suis dit que je te devais te retourner la faveur. En plus, Mari est arrivée hier soir, elle va loger à la maison le temps que Janelle se calme.

— Cela a-t-il un rapport avec votre conversation d'hier ?

— Oui, dit Cliff, puis il s'assura que personne ne pouvait les entendre. Mais je n'ai pas très envie de parler de Janelle, d'accord ?

Len hocha la tête et ils montèrent chacun sur leur cheval.

— Où est-ce que nous allons aujourd'hui ?

— Je pensais que nous pourrions retourner à la clairière près du ruisseau.

Cliff éperonna son cheval et Éclair démarra au quart de tour. Ils galopèrent à travers les pâturages, Cliff riant et défiant Len de le suivre. Il n'était pas aussi à l'aise que Cliff et se contenta de traverser le champ au petit galop, le rejoignant à l'orée du bois.

Le soleil brillait à travers la canopée, tachetant le sol de lumière et réchauffant l'air de la forêt tandis qu'ils cheminaient vers le ruisseau. Le bruit familier de l'eau se fit bientôt entendre alors qu'ils bifurquaient et suivaient le cours. Ils ne parlèrent pas lors de cette balade, ce que Len ne trouva ni gênant, ni inhabituel, mais il remarqua tout de même la couverture attachée à l'arrière de la selle de Cliff. Arrivés dans la clairière, ils descendirent de cheval et Len attacha leurs montures à un arbre d'où ils pourraient paître pendant que Cliff disposait la couverture sur l'herbe douce. Cliff s'assit sur la couverture et Len l'y rejoignit. Il suspecta que Cliff voulait lui parler mais, au lieu de cela, il se servit des lèvres qui fascinaient tant Len pour l'embrasser. Cliff caressa les cheveux de Len et l'allongea sur la couverture.

— Es-tu sûr ?

Len sentit que Cliff ouvrait sa chemise, bouton par bouton.

— Oui, très. Cela fait des jours que je me torture l'esprit en me demandant ce qu'en penserait Ruby et la nuit dernière j'ai eu ma réponse.

La chemise de Len était entièrement déboutonnée à présent et les mains brûlantes de Cliff caressaient son torse. Len se cambra sous ses caresses, désirant sentir ses mains contre sa peau.

— Comment ?

Il commença à son tour à déboutonner la chemise de Cliff mais il se figea, ses mains toujours sur sa poitrine. Il caressa un téton entre ses doigts rendus rugueux par le travail et Cliff émit un petit gémissement.

— Tout ce qu'il me reste d'elle, c'est Geoff, et il t'aime.

Cliff se pencha en avant, mordillant doucement le cou de Len.

— Et je sais qu'elle voudrait que je sois heureux et toi… tu me rends heureux.

Len avait tant de questions à poser mais elles s'envolèrent de son esprit lorsque Cliff posa ses lèvres contre les siennes. Questions, craintes et pensées rationnelles, tout cela disparut tandis qu'il avait la sensation d'atteindre le septième ciel. Leurs langues s'entremêlèrent et Len sentit le corps de Cliff s'appuyer contre le sien. Il passa ses bras autour de la taille de son amant, posant les mains sur ses fesses fermes.

— Tu me rends heureux aussi.

Et comment !

Len glissa ses mains sous la chemise de Cliff, ses doigts et ses paumes glissant le long des muscles fermes de son amant. Cliff releva la tête et Len lui retira entièrement sa chemise. Il faillit jouir en sentant pour la première fois la peau de Cliff contre son torse. Il en rêvait depuis si longtemps ! Leurs lèvres se perdirent dans de fougueux baisers, leurs torses se frottant l'un contre l'autre. Len avait toujours pensé qu'il pourrait mourir heureux s'il avait un jour la chance de voir Cliff de cette manière mais, maintenant que c'était le cas, il en voulait encore davantage. Il en voulait plus, avait besoin de plus et il laissa ses mains prendre l'initiative ; elles glissèrent le long du dos de Cliff, puis à l'intérieur de son jean, le long de ce fessier à la fois ferme et doux.

— Len.

Cliff semblait presque le supplier alors il caressa son derrière en guise de réponse tandis que leurs baisers se poursuivaient. De petits bruits musicaux montaient désormais aux oreilles de Len, une musique passionnée, exaltante, amoureuse. Doucement, il retira ses mains du jean de Cliff et leurs corps roulèrent sur la couverture. Cliff se trouvait désormais sous lui, son corps offert.

— Tu es magnifique, encore plus que je ne l'avais imaginé, et Dieu sait combien je l'ai imaginé.

Len baissa la tête sur la poitrine de Cliff, capturant son téton entre ses lèvres.

— J'ai rêvé de ton corps, de ta saveur.

Sa langue tourbillonna autour du téton qui pointait, excité.

— Des bruits que tu ferais.

Cliff gémit doucement et Len sourit. Il retira sa chemise et porta de nouveau son attention et ses mains sur son amant, les faisant glisser jusqu'à la bosse comprimée dans son pantalon.

— Len, je ne peux pas…

Pris de pitié, Len déboutonna le pantalon de Cliff et le lui enleva, glissant ses mains le long de son sexe. Il observa les muscles du ventre de Cliff se contracter et sa respiration devenir haletante.

— Presque…

Cliff gémit.

Len continua ses attentions sur la verge de Cliff et se pencha au niveau de son oreille.

— Laisse-toi aller, donne-moi tout ce que tu as.

Un long gémissement haletant résonna à travers la clairière lorsque Cliff s'exécuta, jouissant sur la main de Len et le bas de son ventre. Il reposa ensuite sa tête contre la couverture et son corps se détendit.

— C'était magnifique. J'ai adoré que tu plonges ton regard dans le mien lorsque tu as joui.

Cliff se pencha en avant et Len lui donna un baiser, aux anges d'avoir pu offrir tant de joie à Cliff. Leurs baisers se poursuivirent et Len sentit les mains de son amant défaire son pantalon avant de pénétrer timidement à l'intérieur de son caleçon. Quelques instants plus tard, il sentit l'air frais contre sa verge et le toucher timide de Cliff, comme s'il n'était pas sûr de ce qu'il faisait.

— Fais ce qui *te* paraît agréable, murmura Len.

Doucement la main de Cliff commença à s'activer et Len sentit des frissons lui parcourir l'échine. Len était déjà si excité qu'il savait qu'il ne pourrait pas tenir longtemps. Et il avait raison ; il rejeta la tête en arrière en jouissant, le souffle coupé.

— Cliff !

Quand il reprit ses esprits, Len s'allongea sur la couverture, respirant comme un sprinter. Ils restèrent allongés l'un à côté de l'autre, face à face, leurs mains entremêlées et leurs lèvres se touchant. Ils n'échangèrent pas un mot, ils n'en eurent pas besoin, profitant simplement de ce moment privilégié. Ce fut le bruit des chevaux s'agitant à côté d'eux qui les ramenèrent à la réalité. Cliff soupira doucement.

— Nous devrions y aller.

Il était évident qu'il n'avait pas le cœur à partir. Son cœur était juste ici. Len soupira à son tour.

— Je sais. J'ai du boulot et je ne voudrais pas que mon patron pense que je me tourne les pouces.

Il sourit malicieusement et Cliff lui donna une légère tape sur le bras.

— J'ai envie de rester ici avec toi.

Ils s'embrassèrent et roulèrent à nouveau sur la couverture. Enfin, Len s'assit, ses mains et ses yeux reposant sur le corps de Cliff.

— Nous devrions vraiment y aller cette fois. Bon sang…

Doucement il se remit sur ses pieds, son pantalon flottant sur ses chevilles et sa chemise gisant dans les parages. Cliff n'était pas dans un meilleur état : son jean était accroché sur des buissons. Ils rirent tous deux devant leur exubérance et se rhabillèrent. Cliff se servit d'un coin de la couverture pour faire une petite toilette puis détacha les chevaux. Avant qu'ils ne remontent à cheval, Len donna à Cliff un dernier baiser puis ils se mirent en route vers la ferme, un sourire radieux aux lèvres.

XII

D'APRÈS LES Anderson, originaires de Maumee, Ohio, le prix du maïs a augmenté de dix cents le boisseau, terminant à deux dollars quarante cents alors que l'on redoute des sécheresses prolongées dans les plaines et le centre du pays.

Le présentateur-radio continua son énumération de l'évolution des prix des matières premières agricoles tandis que Len était en chemin vers la ferme.

Le temps aujourd'hui devrait être en partie nuageux, avec des risques d'orages sporadiques.

— Ça fait une semaine que tu nous dis ça et toujours rien !

Len éteignit la radio de dépit en se garant devant la ferme. Cliff sortit de la maison, Geoff sur ses talons.

— Putain de merde ! Si seulement il pouvait pleuvoir. Ils n'arrêtent pas d'annoncer des putains d'orages mais rien !

Cliff était à l'évidence remonté, même si Len avait une ou deux idées pour le calmer. Ils n'avaient pas pu passer du temps seuls ces derniers jours. Ces dernières semaines, ils partaient en balade quelques jours par semaine, toujours vers la clairière, que Len commençait à considérer comme la *leur*. Mais personne n'avait été disponible pour garder Geoff dernièrement et ils n'avaient pas pu s'isoler depuis une semaine. Avec la sécheresse qui menaçait en plus, Cliff devenait de plus en plus irritable. Alors que Cliff s'approchait, Len vit Geoff trébucher dans le gazon.

— P'tain de me'de !

Le juron du tout-petit raisonna près d'eux.

Len vit Cliff jeter un regard noir à Geoff et posa une main sur son épaule pour le calmer tout en se couvrant la bouche de l'autre pour éviter de rire. Cliff tira Geoff sur ses pieds, décidé à lui mettre une fessée.

— Ce n'est pas nécessaire, Cliff. Il ne sait pas ce qu'il dit, il s'est contenté de répéter ce qu'il t'a entendu dire il y a deux secondes.

Le regard de Cliff aurait pu fendre du béton.

— Si j'avais dit ça devant mes parents, ils m'auraient lavé la bouche au savon.

Len haussa les sourcils.

— Tu n'as pas vraiment retenu la leçon à ce que j'entends.

Cliff finit par sourire et aida Geoff à se remettre sur ses pieds.

— Qu'est-ce qui t'a mis de si mauvaise humeur ?

— Je suis juste inquiet, c'est tout.

Tous les fermiers avaient leurs soucis, Len le savait, après tout ils étaient à la merci d'un élément aussi incontrôlable que la météo.

— Je sais, mais cela ne fait qu'une petite semaine, je suis certain qu'il pleuvra bientôt.

Devant l'attitude de Cliff, il n'était pas difficile de comprendre qu'il n'était pas prêt à prendre sa parole pour argent comptant. Len s'assura que Geoff était occupé. Le petit garçon s'était installé dans son bac à sable et jouait joyeusement.

— Viens, j'ai quelque chose à te montrer.

Len mena Cliff à l'intérieur de la grange puis dans la sellerie. Il le tira à l'intérieur et referma la porte derrière eux. Dès qu'il entendit le loquet se refermer, il prit le visage de Cliff entre ses mains et l'embrassa avec fougue.

— Len, on ne peut pas faire ça, pas ici.

Il n'y avait aucune volonté dans sa voix et Len se servit de cet avantage, glissant sa langue le long des lèvres de Cliff, ce qui lui rapporta un léger gémissement.

— Cela m'a manqué.

— À moi aussi.

Len serra fortement Cliff dans ses bras, s'employant à l'embrasser avec le plus de fougue possible.

— Allons nous balader cet après-midi, je crois que nous en avons tous les deux besoin.

Cliff acquiesça, incapable de prononcer un mot en passant sa langue sur ses lèvres humidifiées par les baisers.

— Hier, Mari m'a dit qu'elle pourrait garder un œil sur Geoff pendant quelques heures.

Le regard surpris de Cliff ravit Len.

— Tu lui as demandé ?

— Elle s'est portée volontaire, elle m'a dit que tu avais bien besoin de te changer les idées.

Len relâcha Cliff de son étreinte et rouvrit la porte de la sellerie, alors qu'un Cliff tout-sourire retournait auprès de son fils.

Len se mit au travail mais eut du mal à se concentrer ; il ne pouvait s'empêcher de penser à Cliff. Ils avaient commencé à se voir régulièrement, si l'on pouvait dire, ces dernières semaines, mais ils ne parlaient jamais de rien d'autre que de la ferme. Len espérait que leurs sentiments étaient réciproques et que ce n'était pas que charnel pour Cliff. Il en serait étonné, mais Cliff n'était pas du genre à s'épancher et lorsqu'il le faisait, c'était en général pour hurler.

— Hé, Len ! Salut !

Il tourna la tête et vit Randy qui se tenait debout près du box qu'il était en train de nettoyer.

— Où étais-tu ? Cela fait deux fois que je t'appelle et tu ne répondais pas.

— Excuse-moi.

Il ne s'était pas rendu compte qu'il était plongé aussi profondément dans ses pensées.

— On dirait qu'il va faire chaud encore aujourd'hui.

Il regarda vers la porte de la grange.

— J'espère qu'il va enfin pleuvoir.

La pluie était sur toutes les lèvres.

— Ils ont annoncé qu'il devrait pleuvoir mais c'est ce qu'ils disent tous les jours.

Len s'essuya le front, plus par frustration que pour essuyer la sueur.

— Avec le prix du maïs qui augmente et la sécheresse dans les plaines, la ferme sera dévalisée si la moisson est bonne.

Len savait que cela calmerait nombre des peurs de Cliff, améliorant son humeur au passage.

— Si tu as besoin d'aide, appelle-moi. Je vais aller faire un tour du côté du bétail, voir s'ils ont de l'eau. Fred ne bosse pas aujourd'hui.

Len sourit et hocha la tête.

— Tu peux m'appeler aussi en cas de besoin.

Il se remit au travail, chargeant le fumier dans la brouette.

— Len…

Il sursauta en entendant son prénom. Pourquoi tout le monde le prenait-il par surprise aujourd'hui ?

— Salut, Janelle.

Il retint un grognement. Elle avait pris l'habitude de passer à l'improviste à la ferme pendant ses heures de travail et il redoutait de plus en plus sa présence.

— Comment ça va ?

Il s'employa à garder un ton courtois. Ils étaient amis après tout, mais il commençait à se rendre compte que Cliff avait raison et qu'elle avait des sentiments pour lui.

— Ça va. Je suis allée au magasin ce matin et j'ai vu qu'ils organisaient un festival d'été à Ludington. Je sais que c'est un attrape-touristes mais cela pourrait être sympa d'y aller. Je me suis dit qu'on pourrait peut-être y aller tous les deux. Je sais que Cliff te laisserait prendre ta journée.

— Je ne peux pas, dit-il en souriant parce que, cette fois, il avait vraiment autre chose de prévu. Cliff emmène Geoff à la plage et je leur ai promis de les accompagner.

Il était hors de question qu'il brise une promesse qu'il avait faite à Geoffy. Il avait été tellement mignon lorsqu'il lui avait demandé de venir, qu'il n'avait pas pu refuser. *Wen, tu viens à la p'age avec nous ?*

— Tu préfères accompagner un gamin de deux ans à la plage plutôt que de passer du temps avec moi ?

Janelle était hors d'elle. Len posa sa fourche contre le mur et se tourna vers elle. Il s'était employé à éviter cette confrontation mais il ne pouvait plus se défiler.

— Janelle, je t'aime beaucoup et tu es une très bonne amie. Mais c'est tout. Je crois que tu tiens plus à moi que je ne tiens à toi.

Il comprit qu'elle saisissait la teneur de ses propos quand ses yeux commencèrent à s'humidifier.

— Je n'ai jamais voulu te faire du mal mais je pensais que tu avais compris qu'on ne serait que des amis.

Merde, merde, merde ! Ce n'était pas l'endroit pour le lui annoncer mais elle ne lui avait plus laissé le choix.

— Je pensais que… dit-elle en s'essuyant les yeux avant de prendre une profonde inspiration. C'est de ma faute.

Elle pouvait bien dire ce qu'elle voulait, son regard blessé trahissait ses sentiments.

— Je n'ai jamais voulu te laisser croire qu'il y aurait autre chose que de l'amitié entre nous mais si je l'ai fais, j'en suis désolé.

Len ne savait pas quoi ajouter mais heureusement Janelle n'ajouta pas un mot. Elle se contenta de hocher doucement la tête et sortit de la grange. Quelques minutes plus tard, Len entendit le moteur de sa voiture démarrer puis les pneus crisser dans la cour alors qu'elle quittait la ferme.

Len se sentit mal pour elle, il avait l'impression que tout cela était de sa faute. Cliff avait raison, il aurait dû l'écouter. Il se prit à espérer qu'elle pourrait s'en remettre et qu'ils puissent redevenir amis, mais il n'en était pas convaincu. Se résignant à accepter la perte de son amie, il ramassa ses outils et se remit au travail.

Randy le rejoignit à midi et ils déjeunèrent ensemble.

— Tu es bien silencieux aujourd'hui. Si j'avais mangé tout seul, cela aurait été pareil.

— Je suis désolé, j'ai eu quelques soucis aujourd'hui.

Il n'arrivait pas à penser à autre chose qu'à Janelle. Il lui avait fait du mal et, même si cela n'avait pas été intentionnel, il ne pouvait pas s'empêcher de le regretter. Randy termina son déjeuner et remballa ses restes.

— S'il pleut, nous pourrons moissonner le foin d'ici une semaine à dix jours. Nous aurons besoin de main d'œuvre pour nous aider. Le foin doit être coupé puis séché durant trois jours, ensuite nous en ferons des bottes et nous les entreposerons dans le grenier. C'est un sacré travail.

— J'ai aidé à entreposer le foin quand j'étais petit mais c'est tout ce que j'ai fait. Je n'ai aucune idée quant au reste de la manœuvre.

Randy eut un sourire malicieux.

— Vu que tu t'en es bien sorti dans les champs l'autre fois, tu pourras t'occuper de la moisson.

— J'imagine que c'est encore un de ces boulots où l'on doit passer des heures assis dans un tracteur ?

— Comment as-tu deviné ?

— Tu es bien trop heureux de me laisser le faire.

Randy détestait être assis dans le tracteur. Il préférait se servir de ses mains plutôt que de passer des heures à cultiver les champs.

— Allez viens, il faut qu'on se remette au boulot. Et juste parce que c'est toi, je vais te laisser le conduire.

Randy lui donna une tape dans le dos et lui sourit avant de quitter la grange.

Alors que l'après-midi s'écoulait, la température et l'humidité continuèrent de grimper. Len s'était débarrassé de toutes les tâches ardues en début de journée et maintenant il tournait en rond dans la grange, nettoyant ce qui avait besoin de l'être et s'assurant que tout était prêt avant de rentrer Éclair et Belle des pâturages et de les seller pour sa promenade avec Cliff.

— J'ADORE CET endroit.

Le ruisseau murmurait doucement à proximité tandis qu'ils se reposaient sur la couverture, dans cette clairière qui était devenue leur jardin secret. La douce brise faisait danser les feuilles mortes et Len était couché sur le dos, Cliff à ses côtés. Jusqu'à présent, Len avait toujours été l'initiateur de leurs parties de jambes en l'air et si l'on regardait les choses en face, de *tout* ce qui avait un rapport avec leur relation. Mais il espérait qu'en étant patient, Cliff prendrait enfin une initiative.

— Moi aussi. J'ai beaucoup de souvenirs dans cette clairière. Je venais ici lorsque je voulais me cacher de mon père. Une fois, j'ai teint son cheval en bleu et je m'étais caché ici pendant des heures, le temps que mon père se calme.

Len glissa sa main sur la jambe de Cliff.

— Et ça a marché ?

— Tu plaisantes ? Il m'a infligé une de ses corrections ! Et pendant un an, il a montré à tout le monde ce que son imbécile de fils avait fait. Il y a encore des membres de ma famille qui me chambre avec ça.

— Quel âge avais-tu ?

Cliff prit l'air malicieux, comme s'il préparait quelque chose.

— J'avais douze ans et j'étais un gamin.

Len attendit.

— Mais grâce à moi le cheval a participé à la parade du Quatre Juillet.

C'en était assez, Len éclata de rire.

— Tu plaisantes ?

— Non, c'est la seule année où il y a eu un cheval bleu dans la parade de la ville. Je l'ai monté à côté d'un cheval blanc et d'un cheval roux, c'était très patriotique.

Len s'apprêtait à rire mais l'envie lui passa lorsqu'il sentit des lèvres se poser sur son cou. Penchant sa tête en arrière, il sentit les lèvres de Cliff remonter jusqu'à ses oreilles puis à sa bouche. Len lui rendit son baiser avec fougue mais garda ses mains solidement ancrées à la couverture.

— Tu sens si bon, murmura Cliff.

Len sentit une main se glisser sous son tee-shirt et glisser sur son ventre, caressant doucement sa peau.

— J'ai envie de te déshabiller.

Len sourit contre les lèvres de Cliff.

121

— Alors déshabille-moi.

Cliff leva la tête et Len vit le désir qui habitait son regard.

— Prends ce que tu veux, tout ce que tu veux, je suis à toi.

Les lèvres de Cliff s'écrasèrent contre les siennes, son baiser était dur et possessif. C'était ce qu'il avait espéré, Cliff prenait enfin l'initiative et partageait ses sentiments, lui faisant comprendre qu'il lui appartenait. Cliff éloigna ses lèvres de celles de Len le temps qu'ils retirent leurs chemises et leurs baisers reprirent, Cliff prenant ce qu'il avait envie de prendre, sa langue dévorant la bouche de Len. Ses mains déboutonnèrent le pantalon de Len, bouton par bouton, puis le baissèrent sur ses hanches.

— J'ai envie de toi Len, j'ai tellement envie de toi.

— Alors fais-moi l'amour Cliff.

Ses lèvres se figèrent et Len sentit le corps de Cliff se raidir, ses yeux plongeant dans ceux de Len. *Et merde, je suis allé trop loin.* Mais Cliff l'embrassa de nouveau, encore plus vigoureusement. Len retira complètement son pantalon, il était désormais allongé entièrement nu sous le corps ferme de Cliff qui se releva, défit son pantalon, ses yeux brillants à la vue du corps de Len offert à lui.

— Est-ce vraiment ce que tu veux ?

Len posa son regard sur celui de Cliff.

— Oui, si toi aussi tu le veux. Je ne veux pas te forcer la main ni te faire dire ce que tu ne penses pas.

Il l'observa faire tomber son pantalon au niveau de ses chevilles. Deux petits pas plus tard, Cliff était entièrement nu, son corps faisant pression contre celui de Len sur le sol doux. Ils joignirent leurs lèvres et Len sentit l'ardeur de Cliff contre sa hanche et sa peau brûlante glisser contre la sienne.

— Cela fait très longtemps que j'attends que tu me fasses l'amour, glissa Len à l'oreille de Cliff. J'ai des sentiments pour toi depuis le lycée et ils se sont transformés en amour depuis ces deux derniers mois.

— C'est vrai ?

Len hocha la tête contre les lèvres de Cliff, pendant qu'il continuait de le caresser. Soulevant ses jambes, il les enroula autour des hanches de Cliff, s'offrant à lui, lui faisant savoir qu'il était prêt à lui offrir ce qu'il avait de plus privé, de plus intime. Les yeux de Cliff brillèrent, comprenant l'invitation tacite et Len crut déceler également de l'amour dans son regard.

Les mains de Cliff glissèrent le long des cuisses de Len jusqu'à ce qu'il caresse son ouverture. La touche légère le mit dans tous ses états et il frissonna contre le corps de Cliff, s'agrippant à lui fermement, comme s'il n'aurait l'occasion de vivre cela qu'une seule fois. Il avait avoué à Cliff ce qu'il ressentait, lui avait dit qu'il l'aimait. Et même si Cliff n'avait rien répondu, son corps et ses mains en disaient long. Cliff baissa légèrement la tête et sa langue décrivit de petits cercles autour de son téton, provoquant sa chair de la manière la plus subtile qui soit.

— Cliff, s'il te plaît, supplia-t-il en sachant qu'il geignait mais il ne s'en souciait guère. Ne me fais pas languir.

— Je n'ai rien. Ça ne va pas te faire mal ?

Sa langue décrivit un nouveau cercle autour de son téton, cette fois-ci avec un peu plus d'ardeur.

— Tiens.

Len lui tendit un petit tube de lubrifiant qu'il avait dans la poche.

— J'ai besoin de toi Cliff. Besoin de te sentir en moi.

— Je n'ai jamais fait ça.

La voix de Cliff était douce, pleine d'inquiétude et de peur face à l'inconnu.

— Commence avec tes doigts.

Cliff acquiesça et, quelques secondes plus tard, Len sentit un long doigt épais s'introduire doucement en lui, décrivant de petits cercles, forçant le muscle et s'enfonçant plus profondément.

— Sens-tu une légère bosse ? Caresse-la doucement.

Len sentit un frisson lui parcourir le dos.

— Est-ce que ça va ?

Cliff commença à retirer son doigt.

— Oui, plus que bien ! Recommence !

Cliff s'exécuta et Len sentit ses yeux se révulser.

— C'est bon, hein ?

— Oui, très bon. Essaye avec un deuxième doigt.

Cliff acquiesça et un second doigt rejoignit le premier. La légère douleur s'évanouit rapidement pour faire place au plaisir tandis que Cliff continuait de masser le même endroit.

— Oui, Cliff, s'il te plaît !

Puis les doigts quittèrent son corps, bientôt remplacés par Cliff lui-même, qui le pénétra doucement et intensément.

— Cliff, tu es si épais.

Il sentit Cliff dépasser son muscle et glisser plus profondément en lui.

— C'est si bon.

Il gémit doucement tandis que Cliff le pénétrait complètement, l'emplissant jusqu'à la garde. Quand son amant s'apprêta à se retirer, Len posa une main sur sa cuisse pour l'arrêter.

— Pas encore.

Cliff hocha la tête, attendit un peu et se retira lentement avant de le pénétrer à nouveau.

— Oui !

Encouragé par les cris et halètements de Len, Cliff commença à effectuer un mouvement de va-et-vient plus agressif, s'enfonçant profondément alors que les cris de Len emplissaient la clairière.

— Je suis à toi, Cliff, je suis à toi.

Cliff rua en lui.

— Tu es à moi, rien qu'à moi !

Len attendait ces mots depuis très longtemps. Ils allèrent directement de ses oreilles à son cœur et son corps ne put s'empêcher de réagir : il répandit sa passion en de longs filets blancs sur son estomac et Len sentit la terre trembler sous lui. Cliff atteignit à son tour son apogée et se répandit profondément dans son amant.

Len, encore tout hébété par la passion, plongea ses yeux dans le regard de Cliff tandis que la terre tremblait à nouveau.

— As-tu entendu ?

Cliff hocha doucement la tête.

— Je pensais que c'étaient le son des battements de mon cœur.

Les vibrations se répétèrent, suivies d'un bruit sourd, et Cliff sourit en se retirant du corps de Cliff.

— Pas mal comme bénédiction, non ?

Len lui retourna son sourire et se leva doucement, avant de se rhabiller.

— Reste avec moi ce soir.

Len se figea sur place, une jambe dans son jean.

— Tu es sûr ?

Le regard de Cliff ne lui permit pas de douter.

— Oui. J'ai envie de dormir à tes côtés, de te tenir dans mes bras et de t'aimer toute la nuit.

Len hocha la tête et sourit en enfilant son pantalon, sentant sa peau se réchauffer sous le regard de Cliff. Une fois habillés, ils rangèrent la couverture et remontèrent à cheval, rentrant aussi vite que possible.

Lorsqu'ils arrivèrent à la ferme, le ciel s'était assombri et était menaçant. Randy avait déjà rentré la plupart des chevaux et ils l'aidèrent à faire entrer les derniers dans la grange tandis que les premières gouttes de pluie, synonyme de vie, commencèrent à tomber.

XIII

— Tu t'en sors à merveille avec les chevaux, tu le sais ?

Len se retourna vers son amant, qui caressait les naseaux de Belle. Ils étaient seuls dans la grange et l'orage de l'après-midi était déjà passé.

— Ils ont l'air de vraiment te faire confiance.

— Je pense que c'est parce que je leur donne des friandises.

Cliff s'approcha de lui.

— Je pense que c'est parce que tu les aimes et qu'ils le sentent.

Il appréciait cela. Il aimait sentir Cliff près de lui et il adorait le regard possessif et sexy sur son visage.

— C'est vrai, tu as un grand cœur et tu es généreux. Pourquoi crois-tu que Geoffy t'aime autant ?

Il fit encore un pas vers Len et celui-ci riva son regard au sien.

— Tu vas me le faire dire, n'est-ce pas ?

— Oui, Cliff. Même si tu ne me le dis plus jamais, je comprendrais, mais tu dois me le dire au moins une fois. J'ai besoin de l'entendre. Mais seulement si c'est sincère.

Cliff s'approcha davantage, ses pieds frôlant ceux de Len, la chaleur émanant de son corps se répandant entre eux. Il était suffisamment près pour qu'il puisse sentir la respiration de Cliff contre son visage.

— Bien entendu que c'est sincère. C'est pour ça que c'est si difficile à dire, parce qu'une fois dit, on ne peut plus revenir en arrière.

Les lèvres de Cliff étaient si proches de celles des siennes qu'il put sentir leur chaleur.

— Je t'aime, Len Parker.

Un bruit émanant du jardin brisa leur moment d'intimité et ils se séparèrent à contrecœur, soupirant tous les deux, mais ni l'un ni l'autre n'étaient prêt à exposer leur relation au grand jour. Len se tourna vers la porte avant que Cliff ne lui chuchote.

— Il faudra que nous en reparlions.

Len acquiesça en observant un groupe d'enfants – les élèves de Nicole – faire irruption dans la grange, riant et criant tandis qu'ils se mettaient à s'occuper de leurs chevaux. Len ne fut pas surpris de voir que

Nicole les suivait de près. Elle se dirigea directement vers lui car elle avait remarqué son air confus.

— Je n'ai pas eu le temps d'annuler la leçon, l'orage est venu trop rapidement. Mais je me suis dit qu'ils pourraient passer un peu de temps à s'occuper de leurs chevaux et à préparer leurs harnachements pour la foire du mois prochain.

— D'accord. Je me suis dit que le manège serait trop inondé pour l'instant, mais cela devrait aller demain.

Il mena Nicole à travers la grange, regardant furtivement en direction de Cliff.

— J'ai réparé le problème lié au drainage, dit-il en pointant une section du manège du doigt. C'est en meilleur état maintenant. S'il ne pleut pas cette nuit, vous pourrez vous en servir demain sans problème.

— Je ne pense pas. Ils ont annoncé d'autres orages pour cette nuit et j'ai annulé tous mes cours de demain matin. Padgett m'a appelée, il est en train de reconstruire sa grange. Il m'a indiqué que nous pourrions y remettre nos chevaux dès le mois prochain.

L'annonce lui fit l'effet d'un choc car il ne s'était pas rendu compte que son contrat avec Nicole n'était que temporaire.

— Je lui ai dit que nous restions ici. La grange est si propre et vous vous occupez tellement bien des chevaux ! On ne peut rêver d'un meilleur endroit.

Len ne put s'empêcher de sourire alors qu'elle se penchait vers lui.

— De plus, entre vous et moi, je n'ai jamais vraiment aimé le vieux Padgett. Il est trop étroit d'esprit, si vous voyez ce que je veux dire.

Len n'en était pas sûr mais il espérait avoir compris ce qu'elle voulait dire. Il voulut lui demander confirmation mais l'un de ses élèves la tira par la manche avant qu'il n'en ait l'occasion. Il retourna à l'intérieur de la grange, où Cliff se trouvait toujours.

— Mari s'apprête à partir. Elle m'a dit que Geoff l'avait rendue chèvre toute la journée en te réclamant toi et un 'tou' de s'val'.

L'imitation de Geoff par son père fit sourire Len.

— Est-ce que tu peux te libérer ? demanda Cliff.

Len rit.

— Oui, bien sûr. Je peux m'occuper de lui. Je n'ai pas dessellé Belle après notre promenade.

Bon Dieu ! Le sourire sur le visage de Cliff valait le détour.

— Je vais aller le chercher, dit-il. Merci.

127

Cliff jeta un coup d'œil dans la grange et vit le monde qui grouillait, il se pencha vers Len en murmurant.

— Je te remercierai personnellement plus tard.

Len dut se retenir de trembler et de baver d'anticipation en regardant Cliff s'éloigner, ses fesses bien serrées dans son jean.

— C'est un sacré bonhomme, hein ?

Il se retourna, le regard fixé dans celui de Nicole. Et merde ! Elle l'avait vu le déshabiller du regard et il ne savait pas quoi répondre. Elle se contenta de lui sourire et lui tapota l'épaule en criant à ses élèves.

— Retrouvez-moi dans la sellerie dans dix minutes.

— Geoff, va moins vite ! s'exclama Len lorsqu'il vit le tout-petit se ruer dans la grange.

Cliff était sur ses talons et rayonnait de joie. Bon Dieu ! Son sourire se répercuta droit entre ses jambes.

— Wen, tour de s'val !

Len prit Geoff dans ses bras et le petit garçon rit de tout son cœur.

— Oui, on va aller faire un tour de cheval.

— Oui !

Geoff fit une sorte de danse de la joie en se tortillant dans les bras de Len qui tendit le petit garçon à Cliff.

— Je vais aller chercher Belle puis on ira faire un tour dans le jardin. As-tu un appareil photo ? Je veux prendre une photo de vous deux.

— Je vais aller le chercher.

Cliff emporta Geoff avec lui et Len ouvrit le box de Belle et l'emmena dans le jardin. Cliff le retrouva, son fils dans ses bras et l'appareil photo dans sa main. Il posa Geoff à terre et mit l'appareil autour du cou de Len avant de monter sur Belle et de s'installer sur la selle. Len lui tendit Geoff et attendit qu'ils soient installés avant de faire le tour du jardin. Geoff était heureux, il criait de joie, riait et souriait.

— Va, s'val, va.

Après les avoir menés à la barrière, Len s'arrêta et tendit les rênes à Cliff. Il fit quelques pas en arrière, ouvrit l'appareil et prit quelques clichés du père et son fils sur le cheval.

— Tu l'imagines un peu plus âgé, sur son premier P-O-N-E-Y ?

Cliff sourit.

— J'ai eu un P-O-N-E-Y à l'âge de cinq ans, pour mon anniversaire. Elle s'appelait Douce, il n'y avait pas plus gentille qu'elle, je l'aimais plus que tout. La nuit où on me l'a offert, je voulais dormir avec elle, pour ne pas qu'elle 'se sente seule'.

Au grand désarroi de Geoff, Cliff souleva le tout-petit du dos de Belle et le tendit à Len.

— Prends les rênes, c'est à mon tour de vous promener.

Len monta sur le cheval et Cliff mit Geoff dans ses bras, qui se calma immédiatement. Cliff prit quelques clichés d'eux avant de continuer leur promenade à travers le jardin.

— Salut, les garçons ! Voulez-vous que je prenne une photo de vous trois ?

Len se retourna et vit Mari sortir de la maison.

— Je pensais que tu étais partie.

— J'allais partir quand j'ai vu que vous vous promeniez avec Geoff.

Cliff se tourna vers sa sœur.

— Veux-tu faire un tour avec lui ?

— D'abord, je vous prends en photo tous les trois.

Cliff tendit les rênes à Len, prit la pose à côté de Belle, et Mari prit quelques clichés. Puis ils échangèrent tous leurs places et Len mena Mari et Geoff à travers le jardin tandis que Cliff rentrait pour préparer le dîner. Alors qu'il promenait Mari et Geoff, une pensée lui vint à l'esprit. Cliff l'aimait et Geoff aussi. Étant gay, il n'aurait jamais pensé avoir une famille à lui. Certes, c'était davantage la famille de Ruby, mais au fond de son cœur, il sut qu'elle ne s'en serait pas formalisée. En fait, elle serait même heureuse que quelqu'un de cher à ses yeux prenne soin de sa famille. Après quelques tours dans le jardin, Mari et Geoff descendirent du cheval.

— Merci, je n'étais pas montée à cheval depuis des lustres.

— Pourquoi tu ne les monterais pas ? Les chevaux ont besoin d'exercice, tu n'as qu'à me demander et j'en préparerais un pour toi.

— Montes-tu souvent ?

— Cliff et moi partons en promenade trois à quatre fois par semaine.

Il n'allait certainement pas lui dire où ils allaient ni lui raconter ce qu'ils faisaient. Et encore moins l'inviter à les rejoindre.

— Je sais, dit Mari avec un regard étrange. Cliff et toi êtes toujours très heureux et… détendus lorsque vous revenez de vos balades.

Elle arbora un petit sourire en coin et Len dut se convaincre qu'il était impossible que Mari sache ce qu'ils faisaient et qu'elle se contentait que le taquiner, mais il se sentit soudain mal à l'aise.

— Je vais y aller.

Elle rejoignit sa voiture et partit très vite. Len ramena Belle à son box, la dessella et la prépara pour la nuit.

Une fois son travail terminé, il se dirigea vers la maison et toqua à la porte. Cliff apparut presque immédiatement et ouvrit.

— Tu n'as pas besoin de frapper, entre.

Len fit un pas dans la maison et referma la porte-moustiquaire derrière lui.

— Il faut que j'appelle chez moi, pour prévenir ma mère que je ne rentre pas.

— Que vas-tu lui dire ? demanda-t-il, paraissant soudain très inquiet.

— La vérité : je rentrerai demain matin. Elle sait que j'aime les hommes et ce que je ressens pour toi.

— Ah bon ?

Le regard surpris qu'arbora Cliff n'avait pas de prix.

— Oui, je le lui ai dit il y a quelques années. Elle m'a beaucoup aidé, elle est très compréhensive. En y réfléchissant, je ne sais pas pourquoi je craignais tant qu'elle ne me comprenne pas. Elle a toujours été une mère formidable et je me suis demandé plus tard si j'avais vraiment cru qu'elle ne serait plus cette mère extraordinaire sous prétexte que j'étais gay.

La peur nous fait faire des choses idiotes.

Cliff se remit à sa cuisine.

— Si seulement j'avais eu ton courage…

— Tout s'est déroulé pour le mieux. Tu as connu Ruby et puis maintenant tu as Geoff grâce aux choix que tu as faits. Tu t'en sors plutôt pas mal.

— J'imagine, oui.

Len glissa ses bras autour de la taille de Cliff, appuyant son torse contre son dos.

— Oui, tu as raison, j'ai de la chance.

Le son des *vroum vroum* provenant du salon interrompit leur interlude romantique et Len mordilla l'oreille de Cliff avant de le relâcher et de retrouver Geoff dans le salon. Les voitures, camions, chevaux et blocs, tous les jouets avec lesquels Geoff s'était amusé étaient éparpillés dans tout le salon.

— Personne ne t'a jamais appris à ranger tes jouets une fois que tu as terminé ?

Geoff leva ses grands yeux vers lui et secoua la tête.

— Eh bien, on va ranger tes jouets dans la boîte, comme ça tu sauras où les trouver.

Len commença à ramasser les blocs et les rangea dans leur sac avant de le mettre dans la boîte.

— Je te parie que je peux ramasser plus de voitures que toi.

Len se mit à parcourir le salon, ramassant les petites voitures et les rangeant dans la boîte. Geoff l'imita et se mit à courir à son tour, ses petites jambes volant presque.

— Je vais en ramasser plus que toi.

Des cris et des rires s'élevèrent dans la pièce.

— Non, ze vais te bat' !

Il continua de se dandiner sur ses petites jambes. Len remarqua que Cliff se tenait dans l'entrebâillement de la porte, se retenant de rire en regardant Len amener Geoff à ranger ses jouets par la ruse.

— Le dîner sera prêt dans dix minutes.

Len sourit en regardant Geoff ranger ce qu'il restait des voitures dans leur boîte.

— Et maintenant, au tour des chevaux de rentrer à l'écurie.

Il ramassa un sac de toile qui contenait encore quelques chevaux et le tendit à Geoff, qui courait dans tous les sens pour ramasser les animaux restants et les ranger. Ils venaient juste de terminer quand Cliff les appela pour dîner.

Geoff se précipita dans la cuisine. Cliff l'installa sur sa chaise haute et plaça devant lui son plateau avant de tendre à Len une assiette débordant de nourriture. Ils venaient juste de commencer à dîner lorsque le téléphone sonna. Cliff répondit et tendit le combiné à Len.

— C'est ta maman, dit-il sur un ton coquin, sous-entendant que Len allait avoir des ennuis.

— Salut, maman.

— Rentres-tu pour dîner ?

— Excuse-moi. J'ai du travail par-dessus la tête à la ferme et j'ai oublié de t'appeler. Je rentrerai dans la matinée.

Elle resta silencieuse… Était-elle en colère ?

— Oh, eh bien il était temps ! À demain matin, alors.

— Merci maman, je t'aime.

— Je t'aime aussi, dors bien.

Il l'entendit rire en raccrochant le téléphone. Len rendit le combiné à Cliff qui raccrocha.

131

— Est-ce que tout va bien ?

Len sourit.

— Oui, pas un nuage à l'horizon.

Geoff se mit à parler très rapidement pour leur raconter sa journée, mais ils ne comprirent pas tout. Cela n'avait pas beaucoup d'importance de toute façon.

— Il y a du nouveau pour la maison de Mari, on signe le contrat la semaine prochaine.

Cliff semblait soulagé et heureux, sa mauvaise humeur de la matinée totalement estompée.

— C'est super. Ça veut dire que tu t'en sortiras jusqu'aux moissons ?

— Oui et avec l'envolée des prix du maïs, on va peut-être même réussir une belle année.

— J'espère bien.

Ils levèrent leurs verres d'eau, Geoff levant son verre pour bébé, et ils trinquèrent dans la joie et la bonne humeur.

Après le dîner, Cliff emmena Geoff à l'étage et lui fit prendre un bain avant de l'habiller pour aller au lit. Len s'installa devant la télévision et prit une émission en cours de route. Il n'y avait que deux ou trois chaînes mais il était inutile d'en demander davantage.

— Len !

Cliff l'appela du haut des escaliers.

— Geoff voudrait que tu lui lises une histoire.

Len sourit et éteignit la télévision. Une fois à l'étage, il suivit Cliff dans la chambre de Geoff. Il était déjà bordé dans son lit, tenant contre lui une souris en peluche, les yeux brillants d'impatience à la perspective que Len lui lise une histoire.

— Quelle histoire veux-tu entendre ce soir ?

Un berceau trônait toujours dans un coin de la pièce, ce qui fit penser à Len que Cliff avait dû changer le garçonnet de lit très récemment.

— Geo'ge.

Cliff lui tendit l'exemplaire préféré de Geoff, *Curious George,* et Len s'assit au bord du lit et commença sa lecture. Quand il eut terminé l'histoire, Geoff était endormi. Cliff embrassa affectueusement son fils sur le front avant d'éteindre la lumière et de quitter la pièce en compagnie de Len.

— Il faut que je ferme la maison à clef, j'arrive tout de suite.

Cliff sortit de sa chambre et descendit l'escalier. Len s'installa sur le bord du lit et attendit patiemment. Quelques minutes plus tard, il l'entendit remonter. Cliff apparut à la porte, séduisant comme jamais et l'instant d'après il était dans les bras de Len, l'embrassant avec ardeur et l'étendant sur le matelas.

LEN SE réveilla en entendant l'orage gronder au loin, un vent fort faisant voler les rideaux de la chambre à coucher. Un éclair s'abattit dans un vacarme assourdissant qui fit vibrer la terre elle-même.

— Ça va ?

— Oui, j'ai été réveillé par l'orage.

Cliff se racla bruyamment la gorge et se rapprocha de Len, leurs jambes s'entremêlant et leurs lèvres se retrouvant. Un nouvel éclair s'abattit non loin de là, suivi d'un coup de tonnerre encore plus fort que le précédent.

— Papa !

La porte de la chambre, que Cliff n'avait pas fermée entièrement pour pouvoir entendre Geoff, s'ouvrit en grand.

— Papa ?

— Oui, Geoff.

Il traversa la pièce de ses petits pas et grimpa sur le lit. Les deux hommes se jetèrent sur leurs sous-vêtements et se rhabillèrent précipitamment sous la couette tandis que garçonnet, sa souris dans les bras, s'installait entre eux.

— Bonne nuit Papa, 't'aime.

Len entendit Geoff embrasser son père sur la joue puis se retourner.

— Bonne nuit Len, ' t'aime.

Puis il sentit le bisou de Geoff contre sa joue et le petit garçon se coucha sur le côté, sa souris en peluche blottie contre lui. Len sourit et étendit le bras au-dessus de la tête de Geoff et sentit la main de Cliff qui se glissait dans la sienne.

XIV

Il FAISAIT frais quand le soleil se leva ce matin-là, une petite bise s'engouffrant dans la pièce à travers la fenêtre ouverte et la lumière du jour pointait à peine au-dessus de l'horizon. L'horloge interne de Len le réveilla à l'heure convenue et il prit immédiatement la direction de la salle de bain. Une fois lavé, il reprit le chemin de sa chambre d'un pas lourd pour s'habiller puis gagna la cuisine. Il tomba sur sa mère en chemin.

— Je vois que tu es rentré hier soir.

Elle passa le bras autour de son épaule en se dirigeant vers la cuisine.

— Je ne suis resté chez Cliff que quelques jours.

Il aurait voulu passer la nuit chez Cliff plus souvent, mais il ne voulait surtout pas abuser de son hospitalité. Particulièrement parce qu'une relation avec Cliff signifiait également une relation avec Geoff et il n'avait aucune envie de lui faire du mal de quelque manière que ce soit.

— Je sais, je suis contente que tu aies trouvé ton bonheur. J'espère juste que tu ne te précipites pas trop.

Elle alluma la cafetière et se pencha sur le plan de travail.

— Je ne veux pas qu'on te fasse du mal. Nous vivons dans un endroit merveilleux mais les gens ne sont pas tous bienveillants et s'ils apprennent ta relation avec Cliff, cela pourrait avoir des conséquences dévastatrices pour toi.

— Je sais mais on en reparlera le jour où ce sera le cas. Fred le sait déjà et je suis quasiment sûr que Randy aussi.

Il était également persuadé que Mari et Nicole se doutaient de quelque chose mais aucune d'elles n'avaient abordé le sujet directement.

— Je ne dis pas que tout le monde te détesterait. Il y en a qui vous accepteront tels que vous êtes sans problème, mais la haine peut parfois mener à la violence.

Elle servit deux tasses de café et en tendit une à Len.

— Tu seras toujours mon fils et je m'inquiéterai toujours pour toi.

— Je sais, maman.

Len se baissa et l'embrassa sur la joue avant de retourner à sa chambre pour terminer de se préparer afin d'aller travailler. Son café en main, il finit

134

de s'habiller et prépara son sac pour l'après-midi. Cliff et Geoff l'avaient invité à aller à la plage et il était impatient d'y être : du sable chaud, du soleil, Geoff qui s'amuserait et Cliff dans son maillot de bain trempé. Voilà un programme qui valait la peine de se lever tôt.

Une fois prêt, il finit son café, saisit son sac, sortit de sa chambre, déposa sa tasse dans l'évier, embrassa sa mère et quitta la maison. Il démarra la voiture et alluma la radio, comme à son habitude. *Un accident mortel a fait deux victimes et un blessé sur l'autoroute US-10. En attente de l'identification des corps, la police n'a pas encore révélé le nom des victimes.* Le présentateur enchaîna sur un tout autre sujet. *La sécheresse dans les plaines continue de faire grimper le prix des matières premières. D'après les dires des Anderson, originaires de Maumee, Ohio, le prix du maïs a augmenté de cinq cents le boisseau, terminant à deux dollars quatre-vingt-quinze cents. Et le bœuf a augmenté de quatre cents le kilo.* Les informations continuèrent mais Len avait déjà entendu ce qui l'intéressait. Il éteignit la radio et conduisit en silence jusqu'à la ferme.

Une fois arrivé, il se mit immédiatement au travail dans la grange. Il s'efforçait de nettoyer les box tous les jours pour ne jamais se retrouver avec une charge de travail excessive, mais avec le temps clément des derniers jours, les chevaux passaient la majeure partie de leur temps à l'extérieur, ce qui signifiait qu'il n'avait que peu de travail dont il devait s'occuper dans l'immédiat.

— Salut, Len ! Prêt à couper du foin ?

Randy s'approcha de lui, l'air plus heureux que jamais, bientôt suivi par Fred, qui avait l'air tout aussi content de lui.

— Tu souris parce que ce n'est pas toi qui va t'en charger ?

— Oui, je vais réparer des barrières aujourd'hui.

Len préférait de toutes les façons conduire le tracteur plutôt que de réparer les barrières et ne vit aucune raison de protester. Les deux tâches étaient aussi difficiles et harassantes l'une que l'autre.

— Je t'ai sorti le tracteur, je peux te montrer ce que tu as à faire dès que tu seras prêt.

— Merci, dit Len avant de se tourner vers Fred. Et toi, qu'est-ce qui te rend si heureux ?

Randy lui donna un coup de coude dans les côtes.

— Il a un rencard avec Susie Cooper ce soir.

— Ne te moques pas trop de lui. Il ne t'a pas trop chambré quand tu as commencé à voir Shell, tu te rappelles ?

135

Randy prit un air penaud et ils passèrent en revue leurs tâches pour la journée.

— Je ne serai pas là cet après-midi. Cliff et moi emmenons Geoff à la plage.

Randy et Fred échangèrent un regard avant de jeter un coup d'œil autour d'eux puis de se tourner à nouveau vers Len. Randy demanda à mi-voix.

— Alors, vous deux, c'est du sérieux ?

— Je crois, oui.

Randy hocha la tête mais n'ajouta pas un mot.

— Voulais-tu me demander autre chose ?

— Non, je voulais juste te dire que ma cousine est lesbienne et elle est géniale.

Randy se mit à s'agiter et Fred prit le relais.

— Ce qu'on veut dire, c'est que nous comprenons tous les deux et que cela n'a pas d'importance à nos yeux. Mais ça n'engage que nous, faites quand même attention.

Ils s'égarèrent quelque peu dans leur discours, ne sachant que dire, et Len les tira de leur embarras.

— Merci, ça compte beaucoup pour moi.

C'était vrai. Len s'était attendu à beaucoup de complications – peut-être pas venant de Fred et Randy, vu le discours que Fred lui avait déjà tenu – mais même Mari n'avait pas semblé s'en offusquer en y faisant allusion. Cliff et lui devaient vraiment avoir une discussion à ce sujet.

Fred les remit au travail.

— Il faut qu'on s'y mette.

Randy montra à Len comment se servir de la faucheuse et ils se mirent en chemin vers les champs. Len passa les huit heures suivantes à faucher de grandes bandes de foin pour les laisser sécher après son passage. Malheureusement pour Len, le tracteur ne disposait pas de l'air conditionné et il suait à grosses gouttes. Il revêtit une chemise à manches longues ainsi qu'un chapeau pour éviter les coups de soleil. C'était un travail aussi épuisant que salissant. À seize heures, il remit le tracteur à sa place dans le hangar et éteignit le moteur.

— Est-ce bien Len ou un monstre de poussière a-t-il pris les commandes de mon tracteur ?

Cliff s'approcha de lui et sauta sur l'un des pneus du tracteur, se penchant pour l'embrasser.

— Ça s'est bien passé ?

— Oui, ça va. Tu as l'air heureux, que se passe-t-il ?

— Je le suis. Mari et moi avons signé l'acte de vente aujourd'hui, le prix du maïs et celui du bœuf sont en hausse, et nous allons sûrement réaliser une grande année.

Cliff ne put s'empêcher de lever les yeux vers le ciel.

— Tant qu'il ne pleut pas avant qu'on ait rentré le foin.

— D'abord tu veux qu'il pleuve, puis ensuite l'inverse, il faudrait savoir ce que tu veux !

Len sourit et Cliff lui donna un baiser.

— Es-tu prêt à y aller ?

— Il me reste des champs à faucher mais je me suis dit que je m'en occuperais en rentrant.

— Tu pourras le faire demain.

Cliff, en posant sa main sur sa cuisse, lui fit presque perdre le fil de ses pensées.

Len secoua la tête.

— Non, demain il faut que je retourne le foin que j'ai fauché aujourd'hui, pour qu'on puisse tout faire sécher correctement et le rentrer la semaine prochaine. Je ne veux pas risquer de le ruiner avec la pluie. Ils en annoncent pour le milieu de la semaine prochaine et je veux en avoir terminé avec le foin d'ici-là.

Len se leva de son siège et sentit ses jambes plier légèrement sous son poids.

— Fais attention en descendant, tu es assis depuis longtemps.

Cliff l'aida à descendre et Len alla chercher ses affaires dans sa voiture avant de les déposer dans le camion de Cliff. Quelques instants plus tard, Cliff et Geoff sortirent de la maison, le tout-petit trépignant d'excitation derrière son père, une pelle et un seau à la main. Geoff se précipita dans le camion et Cliff l'installa dans son siège, le petit garçon n'attendant plus qu'une seule chose : que son père l'attache dans son siège et qu'ils partent.

— Tout le monde est prêt ? demanda Cliff.

Des 'oui' enthousiastes s'élevèrent dans l'habitacle et Cliff démarra, direction le lac.

— Je me suis dit que nous pourrions aller au parc national. L'eau sera plus chaude au lac Hamlin qu'au lac Michigan.

— Ça marche ! N'est-ce pas Geoffy ?

Il chatouilla le ventre du petit bonhomme qui rit de tout son cœur. Geoff s'émerveilla de tout ce qui passait sur la route, montrant du doigt les merveilles qu'il avait devant les yeux.

— Un s'val, Len ! Des cos'ons, Papa ! Regarde ! Regarde !

Ses petites mains pointaient en direction de tous les animaux de ferme qu'ils apercevaient.

En arrivant au parc national, Cliff acheta un ticket et ils prirent la direction du lac. Geoff ne tenait plus en place quand ils arrivèrent sur le parking et ils virent des parents et des enfants éparpillés sur la plage. Cliff porta toutes leurs affaires et Len sortit Geoff de son siège et le porta jusqu'à la plage.

— Pourquoi est-ce que c'est moi qui suis obligé de tout porter ? demanda Cliff de manière taquine en posant leurs affaires sur le sable.

— Demande à Geoff, c'était son idée.

Geoff avait insisté pour que ce soit Len qui le porte jusqu'à la plage, laissant Cliff s'occuper de leurs affaires. Len déposa Geoff sur le sable et le garçonnet s'empara immédiatement de sa pelle et de son seau et se mit à creuser.

— Va te changer, je reste ici avec Geoff, offrit Len.

— D'accord, je reviens vite, et ensuite tu pourras y aller, dit-il avant de se pencher vers son oreille. Je suis impatient de voir tes fesses dans ton maillot de bain.

Merci, Cliff ! Il serait désormais impossible pour Len de s'afficher en maillot de bain. Chaque fois que Cliff adoptait ce ton avec lui, Len sentait monter son excitation à la vitesse de l'éclair.

Cliff se dirigea vers les cabines et Len badigeonna Geoff de crème solaire après lui avoir retiré son tee-shirt. Puis Cliff revint et prit son fils dans ses bras.

— Veux-tu aller dans l'eau avec Papa ?

Geoff hocha la tête et rit alors que Cliff l'emmenait jusqu'à l'eau. Len prit son maillot de bain et fila se changer. La plupart des bâtiments du parc national de Ludington avaient été construits dans les années trente et quarante ; c'était aussi le cas des vestiaires. L'une des caractéristiques les plus remarquables de ces vestiaires était qu'une bouche d'aération reliait le vestiaire des hommes au vestiaire des femmes et l'on pouvait entendre tout ce qu'il se passait de l'autre côté. Pendant qu'il se changeait, Len put entendre des voix provenant de l'autre côté. Il n'y aurait pas prêté attention si une des voix ne s'était pas démarquée. Il l'avait déjà entendue quelque part. Len entra dans une cabine et se changea précipitamment.

Il sortit des vestiaires et alla retrouver Cliff et Geoff au bord de l'eau.

— Wen, zoue avec nous.

Len s'agenouilla dans le sable et commença à aider à la construction du château de sable qu'ils étaient en train d'édifier.

— Janelle est ici.

Cliff arrêta de travailler l'espace d'une seconde.

— Et alors ?

— Il faut qu'on parle.

— J'ai l'impression que je ne vais pas aimer ce que tu as à me dire.

— Ce n'est pas ça, mais il faut que je te dise quelque chose.

Cliff leva les yeux et sourit.

— D'accord.

Ils s'installèrent sur la couverture, d'où ils pouvaient garder un œil sur Geoff. Il était très occupé à creuser le sable de toute façon.

— Alors, quel est le problème ?

— Ce n'est pas vraiment un problème, je voulais juste te dire que les gens commencent à se rendre compte qu'il se passe quelque chose entre nous. Fred et Randy m'en ont parlé aujourd'hui.

Len vit de la peur traverser le regard de Cliff.

— Qu'est-ce qu'ils ont dit ?

— Rien de mal. Ils m'ont demandé si ça devenait sérieux entre toi et moi. En fait, ça ne leur pose absolument aucun problème.

— C'est vrai ?

Cliff ne pouvait pas en croire ses oreilles.

— Oui, ce sont des gars bien et ils tiennent beaucoup à toi et à la ferme.

Cliff secoua doucement la tête.

— Eh bien, je n'aurais jamais cru entendre ça un jour.

— Et je crois que ta sœur, Mari, se doute de quelque chose. Elle a fait allusion au fait que nous rentrions toujours de bonne humeur de nos balades à cheval. Même Nicole Robinson m'en a parlé.

Le regard de Cliff s'obscurcit et Len savait ce qui l'attendait.

— Qu'essaies-tu de me dire ? Que tu ne veux plus qu'on soit ensemble ?

Sa voix s'était faite menaçante.

— Non, ce n'est pas du tout ce que j'ai voulu dire. Il faudrait simplement qu'on s'accorde sur la manière de gérer tout cela. Je n'ai honte ni de toi ni de t'aimer. Je ne mentirai jamais si on me posait des questions sur nous, j'ai suffisamment menti dans ma vie comme cela.

Le regard enflammé de Cliff disparut aussi vite qu'il était venu.

— Oh…

Len attendit la réaction de Cliff.

— Je suis d'accord avec toi.

Len n'en revenait pas, il s'était attendu à plus de résistance.

— C'est vrai ?

C'était presque trop facile.

— Oui, je n'ai pas honte de toi non plus. Je ne le crierai pas sur tous les toits mais je ne le nierai pas.

Len répondit, avec un sourire joueur.

— Tu sais, je t'embrasserais bien ici et maintenant, mais j'imagine que cela équivaudrait à le crier sur tous les toits, non ?

— Eh bien, si vous n'avez pas la belle vie !

Ils levèrent tous les deux les yeux et virent Janelle se diriger vers eux, accompagnée de Vicki, qui était maintenant enceinte jusqu'aux yeux. Len remarqua que Cliff ne répondit pas au ton provocateur de sa sœur.

— Salut les filles, vous êtes venues vous rafraîchir au bord de l'eau ?

Vicki commença à déplier la chaise qu'elle tenait entre les mains et Len se leva aussitôt pour l'aider à l'installer sur le sable avant qu'elle ne se laisse tomber en douceur.

— Je transpire comme un bœuf depuis que je suis enceinte et la chaleur n'aide franchement pas.

Len plongea la main dans la glacière qu'ils avaient emmenée et lui tendit un soda frais.

— Merci.

Elle fit rouler la canette sur son visage avant de l'ouvrir.

— Donc il n'y a rien d'anormal à ce que tu emmènes un de tes employés à la plage ?

Bon Dieu, quelle pétasse ! Len commença à se demander comment il avait pu ne pas s'en rendre compte auparavant. Il y avait dû y avoir des signes qui lui avaient échappé.

— Je t'ai dit la semaine dernière que j'avais promis à Geoff de l'emmener à la plage.

Geoff revint en courant vers eux à point nommé, le doigt pointé vers l'eau.

— Wen, nazer, dit-il en s'emparant de la main de Len avant de le tirer en direction de l'eau. Nazer, Wen, nazer.

Cliff prit Geoff par l'autre main pour attirer son attention.

— Est-ce que tu dois aller au pot ?

— Non, papa, répondit Geoff, une expression impayable sur le visage. Nazer.

Len se leva, prit Geoff dans ses bras et l'emmena en direction de l'eau. Des enfants les arrosèrent et Geoff tapa des mains dans l'eau pour les arroser à son tour. Len se baissa pour que seules leurs têtes dépassent de l'eau et sauta en l'air. Geoff rit et cria de joie lorsqu'il recommença. Leurs jeux prirent fin lorsque Geoff prononça le mot magique.

— Pot.

Len se rua hors de l'eau et alla retrouver Cliff, il lui tendit son fils et ils se dirigèrent tous deux vers les toilettes.

— Alors Len, tu apprécies de jouer au papa et à la maman ?

— Excuse-moi ? s'agaça-t-il, exaspéré par son attitude. Ce n'est pas la peine d'être méchante, Janelle. Je croyais qu'on était amis. Je suis désolé que tu aies été blessée mais je n'y suis pour rien.

Vicki, toujours assise dans sa chaise, leva les yeux et intervint :

— Oh non, Janie ! Ça va faire des mois que je t'ai dit que vous n'étiez que des amis. Il ne t'a jamais embrassé, bon sang ! Cela aurait dû te mettre la puce à l'oreille. Tu n'as aucune raison de t'énerver comme ça. En plus, le cousin de Dan serait très heureux de te rencontrer.

Vicki sirotait toujours son soda, agitant un livre pour avoir un peu d'air.

— Bon Dieu ! Qu'il fait chaud !

Vicki se sortit avec effort de la chaise.

— Allez viens Janelle, on rentre à la maison.

Elle replia sa chaise et retourna à sa voiture en se dandinant. Len regarda les deux femmes partir, Janelle suivant de près sa sœur, debout dans le sable. Il n'avait jamais été aussi heureux de voir quelqu'un partir. Alors qu'elles s'en allaient, il vit Cliff et Geoff sortir des vestiaires, Geoffy marchant en sautillant, un large sourire sur le visage. Cliff vit ses sœurs et les salua d'un geste de la main. Elles le saluèrent à leur tour et la voiture démarra.

— Je vois qu'elles sont parties.

— Oui. Je crois que Janelle se doute de quelque chose, elle m'a demandé si j'appréciais de jouer au papa et à la maman.

Geoff s'assit dans le sable à leurs côtés et s'empara de ses jouets pour reprendre son jeu.

— Ne te préoccupe pas pour ça, parfois elle peut vraiment faire ch… commença-t-il, se retenant tout juste de jurer. Mais c'est ma sœur et elle ne me ferait jamais de mal volontairement. Je crois que tu comptais beaucoup plus pour elle qu'elle ne veut bien l'admettre et elle est un peu blessée.

Cliff regarda Geoff. Ils se joignirent tous les deux à son jeu jusqu'à ce que le petit garçon étouffe un bâillement.

— On va y aller dans dix minutes, Geoff.

Le tout-petit ne leva même pas les yeux.

— D'acco', papa.

— Elle s'en remettra, il faut juste lui laisser un peu de temps.

Len espéra qu'il avait raison mais il ne pouvait s'empêcher de se demander comment Janelle réagirait si elle apprenait que l'homme qui lui plaisait était tombé amoureux de son frère. Bon Dieu ! Sa vie était en train de devenir un véritable feuilleton télévisé.

— Geoff, il est l'heure d'y aller.

Cliff emmitoufla son fils dans une serviette et le changea, puis ils marchèrent vers le camion, leurs affaires en main.

— On se changera à la ferme, si ça ne te pose pas de problème.

Len hocha la tête et ils rangèrent leurs affaires dans le coffre avant de quitter le parking.

— Combien de temps avant que tu finisses de faucher tous les champs ?

— Environ deux heures.

— Eh bien, lorsque tu auras terminé, passe à la maison. Après dîner, on pourra aller se laver.

Le regard de Cliff ne laissait aucun doute quant à ses intentions et Len dût changer de position pour ne pas que l'on puisse voir son excitation à travers son slip de bain mouillé. Il avala sa salive.

— D'accord.

— Papa, Len reste dîner ?

— Oui mais il a du travail. Tu seras déjà au lit quand il aura terminé.

— Mais ze veux qu'il me lise Geo'ge.

Geoff était sans aucun doute fatigué, il ne se plaignait jamais de la sorte.

— Si tu es toujours réveillé lorsque j'aurais terminé, je te lirai une histoire, sinon je te la lirai demain, d'accord ?

Geoff sembla apaisé, posa sa tête contre le dossier de son siège-auto et s'endormit bien avant qu'ils ne rejoignent la ferme. Une fois arrivés, Cliff emmena Geoff dans la maison et Len prit la direction de la sellerie, se changea et lança le tracteur. Il finit de faucher les derniers champs en deux heures et quand il revint, Cliff l'attendait sur le pas de la porte, une grande bouteille tout juste sortie du réfrigérateur à la main.

— Je me suis dit qu'une bière ne te ferait pas de mal.

— Merci.

Len l'ouvrit et prit une grande gorgée.

— Geoff est couché et le dîner est prêt. J'ai prévu quelque chose de spécial pour plus tard. J'ai déjà appelé Lorna pour la prévenir que tu ne rentrais pas. Elle a rit et nous a souhaité de bien nous amuser.

— Elle t'aime beaucoup, Cliff.

Il espérait qu'elle l'apprécie beaucoup, car lui-même était déjà bien au-delà de ça.

— Je le crois, oui.

Len finit sa bière et mit la bouteille dans la poubelle.

— Entre, que je te nourrisse et te donne de l'amour.

— J'aime ce que j'entends.

Il se pencha vers son amant et sentit les lèvres de Cliff contre les siennes.

XV

ILS DÎNÈRENT en silence, rien que tous les deux. Il faisait sombre dans la maison et la seule lampe allumée éclairait la table à manger.

— C'était très bon, dit Len.

— Juste des spaghettis et du pain à l'ail, rien de spécial.

— La nourriture n'a pas besoin d'être classe pour être bonne, tout comme les hommes.

— Il reste le dessert mais on pourra le manger tout à l'heure.

Cliff se pencha près de Len, ses lèvres effleurant à peine celles de son amant.

— Je crois qu'il va falloir qu'on te lave et qu'on détende ces muscles, ou tu vas avoir du mal à marcher demain.

Cliff recula sa chaise et mit ses couverts dans l'évier avant de s'occuper de ceux de Len.

— Monte prendre une douche. Je m'occupe de la vaisselle et je te rejoins.

Repu et trop fatigué pour répondre, Len se leva et monta les marches, traversa le couloir et entra dans la salle de bain à côté de la chambre de Cliff. Il alluma la lumière et referma la porte. Après avoir pris une grande inspiration, il retira doucement son tee-shirt, surpris de constater à quel point ses bras et ses épaules lui faisaient mal. Qui aurait pu croire que conduire un tracteur puisse être aussi physique ? Mais ses douleurs étaient bien réelles. Il plia son tee-shirt et le posa sur le meuble de la salle de bain, déboutonna son pantalon et le baissa avec ses sous-vêtements. Chacun de ses muscles le brûla lorsqu'il se baissa pour enlever ses chaussures avant de retirer complètement son pantalon.

Il se redressa, alluma la douche et laissa l'eau tiédir avant de se mettre sous le jet. L'eau lui procura un bien fou, lavant sa peau et relaxant ses muscles endoloris. Un léger soupir lui échappa quand il posa ses mains contre les parois et laissa l'eau couler le long de son corps. Le rideau de douche s'agita et Len sentit deux mains entourer sa taille et une peau brûlante se serrer contre lui.

— Salut, dit Cliff.

Ses mains glissèrent sur le torse et le cou de Len avant de poursuivre le long de son ventre.

— Salut, toi.

Un léger tremblement résonna dans le torse de Len tandis que les lèvres de Cliff lui dévoraient la nuque.

— Je crois qu'il va falloir qu'on te nettoie.

Cliff fit mousser ses mains avant de passer ses doigts glissants et coquins sur tout son corps, lavant la saleté et la terre au savon. Len laissa Cliff faire ce qui lui plaisait. Il était trop fatigué et endolori pour protester ou même retourner la faveur.

— Si tu continues comme ça, ça sera bientôt terminé, dit Len à Cliff qui s'occupait du seul muscle qui n'était pas douloureux, du moins pas à cause du travail.

— Pas avant que tu ne sois au lit. Détends-toi et laisse-moi prendre soin de toi.

Il avait dû s'accroupir car Len sentit ses mains glisser le long de ses jambes et de ses cuisses. Bientôt, ses fesses furent propres et les doigts de Cliff glissèrent le long de son pli. Sans réfléchir, Len fit un mouvement en arrière et Cliff glissa ses doigts près de son entrée.

— Cliff, mon Dieu !

— Détends-toi.

Ses mains remontèrent vers le haut de son dos et pétrirent les muscles de ses épaules.

— Laisse-moi te laver les cheveux.

Len acquiesça et bientôt Cliff passa du shampoing dans ses cheveux, malaxant son scalp, et Len frissonna.

— Rince-toi.

Len fit un pas en avant et l'eau s'écoula à nouveau le long de son corps et rinça le savon.

— Sèche-toi et va t'étendre sur le lit, j'arrive tout de suite.

Len hocha la tête et sortit de la douche. Il se sécha, enveloppa sa taille d'une serviette et s'allongea sur le lit de Cliff, couché sur le ventre. *Mon Dieu, que c'est bon !* Il avait retiré le couvre-lit et la sensation des draps contre son corps était sublime. Une rafale de vent pénétra par la fenêtre et le rafraîchit. Si Cliff ne revenait pas bientôt, il allait s'endormir. Le lit s'inclina légèrement et Len sentit qu'il tirait sur sa serviette et bientôt il se retrouva nu. Des mains parcoururent son dos et il sentit un poids contre ses jambes. Les muscles de son dos commencèrent à se détendre tandis que Cliff les massait avec ardeur.

— Pose ta tête sur l'oreiller.

Len s'exécuta sans réfléchir, son esprit s'envolant déjà. Les lèvres de Cliff se joignirent à ses mains et l'embrassèrent doucement en suivant le parcours de ses caresses. Sur ses épaules, dans sa nuque, le long de son dos, une petite morsure sur ses fesses… Il caressa et embrassa chaque partie de son corps.

— Retourne-toi.

Len se contenta d'exécuter les ordres. Les lumières étaient éteintes et ses yeux s'étaient fermés depuis longtemps. Puis les mains et les lèvres de Cliff se remirent à l'ouvrage ; son cou, ses bras, ses mains, il caressa puis embrassa chaque partie du corps de Len. Il goûta aux plaisirs de son torse et de ses mamelons et caressa son ventre et ses hanches. Len était presque endormi lorsque ses yeux se rouvrirent soudain lorsqu'il sentit une moiteur chaude l'envelopper comme un tunnel.

— Cliff !

— Détends-toi et donne-moi tout ce que tu as.

Puis le flot de paroles s'interrompit quand il s'engouffra à nouveau dans le tunnel.

— J'aime ta bouche.

Sa respiration devint saccadée et irrégulière quand il prit la tête de Cliff entre ses mains et la colla contre lui. Il n'avait plus du tout sommeil.

— Oui !

Il sentit monter la pression et retira ses mains, faisant de son mieux pour prévenir Cliff. Mais Cliff semblait comme possédé et à chaque signal, il ne faisait qu'accentuer ce qu'il faisait, rendant Len dingue jusqu'à ce qu'il ait l'impression de s'éparpiller de tous côtés.

— Cliff !

Il s'efforça de ne pas crier trop fort mais ne put s'en empêcher. Dieu merci, la porte était fermée. Puis son corps tout entier se détendit sur le lit, complètement vidé. Il sentit Cliff grimper le long de son corps, l'embrassant partout, jusqu'à ce que leurs lèvres se rencontrent. Maintenant qu'il était tout à fait éveillé, il était hors de question de laisser Cliff s'en aller. L'entourant de ses bras, il l'attira à lui.

— Je croyais que tu allais t'endormir.

— Tu m'as réveillé.

Len passa ses mains sur le dos de Cliff.

— Que veux-tu ?

— Toi ! Je te veux toi, pour toujours.

Cliff pivota sur le lit, souleva les jambes de Len et les appuya contre ses épaules.

— Qu'est-ce que tu fais ?

Sa langue chaude et humide glissa le long de son pli.

— Cliff…

Sa langue se concentra sur son entrée, décrivant des cercles et Len émit un léger gémissement. Il avait l'impression de se comporter comme une pétasse à deux dollars mais il n'en avait rien à faire. Cliff était en train de lui faire des choses qu'il n'aurait jamais imaginées et la dernière chose qu'il souhaitait était qu'il s'arrête. Cliff lui avait promis de lui donner de l'amour et il ne plaisantait pas. Sa langue s'éloigna et une secousse fit vibrer le lit. Puis il sentit Cliff pousser contre lui et son corps s'ouvrit, comme pour l'inviter, et Cliff le pénétra lentement, l'étirant et le brûlant, jusqu'à ce qu'il ne ressente plus que du plaisir.

— Je vais te faire l'amour comme on ne te l'a jamais fait, alors accroche-toi.

Cliff allait et venait avec une lenteur insupportable, s'appliquant à buter sur l'endroit qui, il le savait bien, rendait Len fou de plaisir. Chaque mouvement aliénait Len plus encore.

— Cliff, s'il te plaît.

Len serra les draps dans ses poings et ses supplications ne reçurent aucune réponse. Sa passion atteignit des hauteurs qu'il n'aurait jamais imaginées. Cliff se pencha en avant et l'embrassa avec fougue, sans briser son rythme.

— Je vais t'aimer comme tu mérites que l'on t'aime.

— Que je le supporte ou pas ?

La vue de Len se brouilla lorsque son regard plongea dans celui de Cliff, observant chaque mouvement, chaque geste, chaque fléchissement de ses muscles.

— Oh, tu vas le supporter, dit-il en se retirant et le pénétrant à nouveau. Je le sais parce que tu adores ça.

Finalement, au grand soulagement de Len, il sentit le rythme de Cliff s'accélérer légèrement et il s'agrippa à lui, bandant tous ses muscles. Il sentit Cliff frissonner et trembler et il recommença jusqu'à ce qu'il perde le contrôle et s'enfonce plus profondément.

— Oh oui, Cliff ! Donne-moi tout ce que tu as…

Les encouragements de Len eurent l'effet escompté et, comme il l'avait promis, Cliff lui offrit la chevauchée de sa vie.

— J'y suis presque.

— Moi aussi, j'attends ton signal.

Cliff commençait à perdre le contrôle.

— Maintenant Len.

Après quelques caresses, Len jouit et il sentit Cliff frémir en lui. La respiration haletante, Cliff se retira et s'étala sur le lit, avant de tirer Len à lui.

— Tu as été magnifique.

— Toi aussi.

Leurs lèvres se rencontrèrent et ils s'embrassèrent doucement, délicatement, leurs mains caressant leurs peaux brûlantes. Complètement épuisé, Len bâilla et ses yeux se fermèrent. Le lit remua légèrement et il entendit des bruits de pas aller et venir. Cliff passa un linge tiède sur son corps et s'allongea à ses côtés.

— Dors, mon amour.

Len était si fatigué qu'il entendit à peine ce que Cliff disait, mais même à travers les brumes de son cerveau endormi, il sourit légèrement et ce fut la dernière chose dont il se souvint avant de tomber dans les bras de Morphée.

QU'EST-CE QUE c'est que ce putain de bruit ? La lumière du jour filtrait à travers la fenêtre lorsque Len ouvrit les yeux mais il sut, avec certitude, que ce n'était pas ce qui l'avait réveillé. Il releva la tête et vit Cliff endormi à ses côtés. En jetant un œil au réveil, il vit qu'il n'était pas encore l'heure de se lever. Puis le bruit d'une porte claquant au premier étage le réveilla complètement.

— Cliff, il y a quelqu'un dans la maison.

— Hmm, quoi ?

Le corps de son amant gigota avant de se coller contre lui. Un ronflement s'éleva à nouveau.

— Cliff, j'ai entendu une porte se refermer en bas. Il y a quelqu'un dans la maison.

Cliff se redressa au bruit de pas montant l'escalier.

— Cliff, t'es réveillé ?

— Merde ! C'est Janelle ! Que fait-elle ici aussi tôt ?

Avant que l'un ou l'autre ne puisse sortir du lit, la porte de la chambre à coucher s'ouvrit et Janelle entra dans la pièce.

— Cliff, il faut que je te parle de la maison que tu as vendue…

Les mots moururent sur ses lèvres lorsqu'elle vit Cliff et Len allongés dans le même lit, nus tous les deux.

— Qu'est-ce qui se passe ici ?

Cliff tira les couvertures sur Len et s'assit dans son lit.

— Devine, Janelle ! On essaye de dormir ! Qu'est-ce que tu fous ici ?

— Je sais que tu te lèves tôt et je voulais te parler de la maison que tu as vendue à Mari, s'expliqua-t-elle en ne parvenant pas à quitter Len du regard, allongé dans le lit de Cliff. Mais ça peut attendre.

Elle fusilla Len du regard.

— Qu'est-ce que tu fous dans le lit de Cliff ?

Len regarda Cliff, puis Janelle.

— Je dors dans le lit de l'homme que j'aime.

La plainte qu'elle laissa échapper ressembla plus à un hurlement d'animal blessé qu'à aucun son réellement humain.

— Quoi ?

Len et Cliff entendirent un 'papa ?' puis des pleurs suivis d'un 'papa !' paniqué. Cliff rejeta les couvertures de côté et enfila un caleçon.

— Descends dans le salon Janelle, il est hors de question qu'on parle de ça dans ma chambre.

Elle croisa les bras sur sa poitrine.

— Je ne vais nulle part.

Cliff se retourna.

— Len, pourrais-tu t'habiller et appeler la police, s'il te plaît ? Préviens-les qu'un intrus s'est introduit dans la maison.

— Tu n'as pas le droit de me faire ça dans ma maison !

Son ton était plaintif et Cliff n'avait pas l'intention de céder.

— Tu n'es pas chez toi, Janelle, tu es chez *moi*.

— J'ai grandi ici.

— Cet endroit… est… ma… maison ! Maintenant descends ton gros cul au rez-de-chaussée ou j'appelle la police pour qu'ils t'arrêtent.

Il pointa le doigt en direction de l'escalier et attendit qu'elle bouge. En voyant qu'elle hésitait il ajouta :

— Ne me pousse pas à te jeter dans les marches parce que j'en meurs d'envie.

Len ne sut pas si ce fut la menace de Cliff, le ton de sa voix ou le feu dans son regard qui finit par la convaincre, toujours est-il qu'elle fit volte-face et descendit l'escalier. Cliff se tourna vers Len, le regard toujours empli de colère.

— Je suis désolé.

— Ce n'est pas ta faute.

Geoff pleurait toujours et ses pleurs redoublèrent d'intensité.

— Va consoler Geoff, je vais m'habiller et je te rejoins en bas.

Cliff secoua la tête.

— C'est à moi de m'occuper d'elle, pas à toi.

— On s'en occupera tous les deux, il est hors de question que je m'éclipse et que je te laisse subir ses foudres tout seul. Rappelle-toi, elle est vexée parce que tu m'as eu et pas elle.

Geoff fit son apparition à la porte de la chambre. Len enfila son pantalon pendant que Cliff prenait son fils dans ses bras pour le consoler.

— Je suis désolé, papa et tata Janelle se sont disputés.

— T'as qu'à di'e que t'es dézolé.

Tout était si simple quand on avait deux ans.

— Len va te remettre au lit et te lire *George,* d'accord ?

Geoff posa sa tête contre l'épaule de Cliff et hocha la tête tandis qu'il le portait hors de la pièce. Len suivit, s'assit sur la chaise et prit le livre pendant que Cliff réinstallait son fils dans son lit. Le petit garçon ne resterait pas éveillé longtemps mais Len ouvrit tout de même le livre et commença sa lecture. Cliff se pencha et l'embrassa tendrement dans le cou avant de se redresser.

— Descends dès que tu es prêt.

Len acquiesça et lut pour rassurer le garçonnet. Geoff s'endormit et Len mit le livre de côté. Il se leva, referma la porte et retourna à la chambre à coucher. Il retrouva la chemise qu'il avait portée la veille, l'enfila et descendit les marches.

Dans le salon, Cliff et Janelle se fusillaient du regard sans échanger un mot. Quand Len entra dans la pièce, Janelle se leva et voulut hausser la voix de nouveau, mais Cliff l'interrompit.

— Si tu te remets à hurler et que tu réveilles Geoff, je peux te jurer que je vais te foutre à la porte.

Il s'approcha d'elle avant d'ajouter :

— Et ne crois pas que ce ne sont que des paroles en l'air. D'accord ?

Elle acquiesça avec froideur.

— Bien, maintenant, peux-tu me dire ce que tu fais là ?

— Je voulais savoir pourquoi tu avais vendu la maison à Mari et pas à moi.

Elle sortit un mouchoir de son sac à main. La colère de Cliff n'avait pas diminué et il n'était certainement pas d'humeur à supporter ses caprices.

— Pour commencer, elle m'a dit qu'elle voulait la maison et nous sommes parvenus à un accord. Elle l'a payée au prix du marché, je suis propriétaire du terrain, c'est tout.

— Mais peut-être que je la voulais, moi aussi. Tu ne nous as rien demandé à Vicki et à moi.

Cliff prit une profonde inspiration.

— Cela ne m'a pas traversé l'esprit. Elle était intéressée par la maison et je la lui ai vendue, c'est tout. Bon, je pense qu'on a fait le tour de la question.

Len fut surpris par la manière dont Cliff menait la conversation mais comprit qu'il devait avoir une raison.

— Concernant ce qu'il s'est passé ce matin, je vais te le dire une seule et unique fois. Len et moi, nous nous aimons. On s'aime et il est le meilleur ami que j'ai jamais eu. Nous sommes ensemble depuis un mois maintenant et nous espérons que cela durera. Cela n'a rien à voir avec toi. Len t'a bien dit que vous n'étiez que des amis, non ?

— Oui, mais…

— Est-ce qu'il t'a embrassée, touchée ? A-t-il insinué qu'il voulait que vous soyez plus que ça ?

Elle secoua la tête.

— Non, mais…

— Mais quoi, Janelle ? Ça te pose un problème que je sois gay ?

Len était impressionné par la manière dont Cliff menait cette conversation : il faisait en sorte que Janelle reste sur la défensive et orientait les questions pour qu'elle ne puisse pas en poser d'autres. Ils remarquèrent tous les deux qu'elle ne répondit pas à la dernière question.

— C'est bien ça, n'est-ce pas ?

— Que suis-je censée penser ? Un garçon me plaît et j'apprends qu'il est gay et qu'il est en couple avec mon frère !

Len prit la parole pour la première fois.

— On ne peut pas répondre à ta place mais il faut que tu comprennes que je n'ai jamais voulu te faire de mal. Je suis désolé que tu aies de la peine mais nous n'aurions jamais pu être plus que des amis.

Elle renifla et s'essuya les yeux avec son mouchoir.

— Il y a une dernière chose à régler. Ici, c'est chez moi. D'accord, tu as grandi ici, tout comme Mari et Vicki, mais si tu refais irruption chez moi comme tu l'as fait ce matin, je ferais changer les serrures. Je te suggère fortement de partir maintenant. Si tu as une question ou si tu veux parler de quelque chose, nous serons ravis de te répondre, mais tu es priée de téléphoner avant de venir.

Len jeta un coup d'œil à sa montre.

— J'aimerais aussi que tu me laisses l'annoncer à Vicki et à Mari. Ce n'est pas de ta bouche qu'elles doivent l'apprendre.

On aurait presque pu voir les rouages tourner dans le cerveau de Janelle.

— Si tu voulais nous faire du mal, tu le pourrais, mais elles voudront m'en parler et je serais obligé de leur dire comment tu l'as appris. Alors, la sympathie que tu auras obtenue d'elle s'évanouira, tu le sais.

— D'accord, tu as raison.

— Je leur annoncerai cet après-midi. Maintenant, il est temps que tu partes, on a du travail. Je t'appellerai cet après-midi pour te dire comme cela s'est passé.

Sans ajouter un mot, elle se leva et se dirigea vers la porte. Elle ne leur accorda ni une parole ni même un regard alors que la porte se refermait derrière elle. Cliff soupira.

— Je vais nous faire du café, je pense que nous allons en avoir besoin. J'ai l'impression que cela va être une longue journée.

XVI

Len rentra chez lui pour se changer.

— Merde ! s'exclama-t-il alors qu'il donnait un grand coup de volant afin d'éviter un écureuil. Fais attention à ce que tu fais, Len !

Son esprit n'était pas du tout à ce qu'il faisait : Janelle l'avait surpris au lit avec Cliff. Il sourit malgré tout, et cela aurait même pu être amusant s'il n'avait pas peur d'elle désormais. Arrivé chez lui, il gara sa voiture à côté de celle de sa mère. Il éteignit le moteur et reposa sa tête sur le volant.

Il ouvrit la portière, sortit de sa voiture et entra dans la maison. Sa mère sortit de sa chambre et referma la porte derrière elle.

— Je ne m'attendais pas à te voir ce matin.

— Il me faut des vêtements propres.

Len remarqua qu'il y avait quelque chose de différent chez sa mère. Elle souriait et avait l'air heureux. Len jeta un œil dans le couloir, en direction de sa porte de chambre. Il se tourna vers elle, en souriant, et elle devint rouge comme une tomate.

— Maman, aurais-tu quelqu'un dans ta vie ?

Elle rougit davantage et hocha doucement la tête.

— C'est super ! Il te rend heureuse ? Il se comporte bien avec toi ?

Elle baissa la voix.

— Oui. C'est l'un des administrateurs de l'hôpital, nous nous fréquentons depuis quelques semaines.

Il baissa la voix à son tour.

— Pourquoi ne m'as-tu rien dit ?

— J'attendais d'être sûre que ce soit sérieux.

— Alors c'est du sérieux ?

Elle hocha la tête et Len sourit, avant de la prendre dans ses bras.

— Je suis très heureux pour toi.

— En parlant de bonheur, comment était ta soirée ?

— La soirée s'est très bien passée mais le réveil de ce matin était un peu bizarre. Janelle nous a tous les deux surpris au lit, vous avez dû l'entendre jusqu'ici !

Est-ce que vous étiez... occupés... à ce moment-là ?

Il remarqua qu'elle se retenait pour ne pas sourire.

— Non, on dormait quand elle a fait irruption dans la chambre.

Sa mère ne put se retenir et éclata de rire.

— Bien fait pour elle ! Elle a toujours été trop curieuse.

— Elle a laissé échapper un sacré hurlement ! On aurait dit un élan en rut.

Lorna ne put s'arrêter de rire, jusqu'à en avoir mal dans les côtes. Puis la porte de sa chambre s'ouvrit et un homme que Len ne connaissait pas entra dans le salon.

— Tout va bien, Lorna ?

— Oui, oui.

Elle parvint à reprendre le contrôle d'elle-même.

— Jerry, je te présente mon fils, Leonard. Len, Jerry Foster.

— Enchanté de faire votre connaissance. Lorna m'a beaucoup parlé de vous.

Il tendit sa main et Len la serra.

— Je ne voulais pas vous interrompre, il faut juste que je me change avant d'aller travailler. Je n'en ai que pour quelques minutes et je vous laisse.

Len prit congé et gagna sa chambre, refermant la porte derrière lui. Il se changea en vitesse et remplit un petit sac qu'il avait l'intention de laisser dans le coffre de sa voiture. Une fois prêt, il ouvrit la porte et se rendit dans la cuisine. Lorna l'attendait.

— Cela ne te pose pas de problème, pour Jerry et moi ?

Il la serra dans ses bras.

— Bien sûr que non. Tu mérites d'avoir quelqu'un qui te rende heureuse et il a l'air agréable. Allez, va le retrouver, à ce soir.

Il l'embrassa sur la joue et quitta la maison, le mélodrame qui s'était déroulé en début de matinée entre Janelle et Cliff temporairement oublié.

À la ferme, Cliff l'attendait, l'air très nerveux.

— Mes sœurs viennent pour déjeuner, je leur annoncerai à ce moment-là.

— Cliff, tu n'as aucune raison d'être nerveux. Il s'agit de tes sœurs, de ta famille, elles t'aiment. D'autant plus que je pense que Mari le sais déjà.

— Crois-tu que je devrais en parler à Fred et Randy ?

L'esprit de Cliff vagabondait.

— Ils sont déjà au courant, tu te rappelles ?

Len le raccompagna à la maison.

— Cliff, détends-toi ! Nous n'avons rien fait de mal.

— Je sais ! J'ai seulement peur qu'elles me détestent après ça.

— Elles ne te détesteront pas. Elles ne l'accepteront peut-être pas mais elles ne te détesteront pas. Quoi qu'il arrive, tu seras toujours leur frère. En plus, s'il devait y avoir quelqu'un à blâmer, ce sera moi.

— Toi ? Comment ça ?

— Elles me détesteront pour avoir corrompu leur frère.

Cliff lui lança un regard assassin et Len poursuivit :

— Je peux déjà entendre Janelle : 'Il n'était pas gay avant de te rencontrer', fit-il dans sa plus belle imitation.

— C'est n'importe quoi ! Pour autant que je m'en souvienne, j'ai toujours ressenti ces sentiments. Je me suis simplement voilé la face.

Len ouvrit la porte et accompagna Cliff à l'intérieur.

— Je sais et il faut que tu les aides à le comprendre. Mais, Cliff, je ne veux pas m'interposer entre toi et ta famille.

Cela briserait le cœur de Len que Cliff doive renoncer à sa famille pour lui et il ne permettrait pas que cela arrive.

— Qu'est-ce que tu veux dire ? Que si elles ne nous acceptent pas, tu me quitteras ?

Cliff se tourna vers lui, vert de rage.

— C'est ça ? Tu vas jouer les magnanimes et partir pour apaiser ma famille et ensuite quoi ? Tu veux me rendre malheureux et me laisser complètement seul ? Ne t'avise pas une seconde de me faire ça !

Le regard de Cliff était encore enflammé par la colère.

— D'accord ! Nous ferons face ensemble. Mais cela ne va pas être facile, j'espère que tu t'en rends compte.

— Rien n'est jamais facile.

— Ne panique pas. Ce que je vais dire est important. Sais-tu ce que cela va impliquer ? Certains de tes clients ne voudront plus faire affaires avec toi. Tu auras peut-être même du mal à trouver de l'aide lorsque tu en auras besoin. C'est une étape importante. Je ne dis pas qu'il ne faut pas que tu le fasses, je dis juste qu'il faut que tu réfléchisses bien avant de prendre cette décision.

Cliff se calma peu à peu.

— C'est fait, c'est tout réfléchi. Pour la première fois de ma vie, je sais ce que je veux vraiment : toi. Le reste du monde peut bien s'écrouler, je m'en fous. D'autant plus que ce n'est pas moi qui m'occuperais d'aller chercher de l'aide lorsque nous en aurons besoin, ce sera toi.

— Moi ?

Les yeux de Cliff brillèrent de joie.

— Oui, en tant que nouveau contremaître de la ferme, ce sera à toi de t'en charger. J'ai bien compris que j'étais incapable de discuter avec les employés, alors ce sera toi qui t'en occuperas désormais. Ce n'est pas comme si c'était nouveau pour toi, c'est déjà plus ou moins ce que tu fais depuis que tu es arrivé. Comme ça, ce sera officiel.

— Mais Fred et Randy travaillent ici depuis beaucoup plus longtemps que moi !

— Je leur en ai déjà parlé et quand je leur ai dit que j'étais à la recherche d'un contremaître, ils m'ont tous les deux suggéré que ce soit toi. Mais il faudra que tu te charges d'un petit truc en plus…

Les yeux de Cliff brillèrent à nouveau.

— Il faudra que tu organises un tournoi de poker les vendredi soirs, il semblerait que tu n'y aies pas encore pensé.

Cliff l'embrassa et des pleurs résonnèrent depuis le premier étage.

— On dirait que notre moment de répit est terminé. Il faut que je m'y mette de toute façon…

Len l'embrassa à nouveau et sortit tandis que Cliff montait l'escalier pour aller chercher Geoff.

— Retrouve-moi avant le déjeuner et ne passe pas ta journée sur le tracteur.

Il disparut à l'étage avant que Len n'ait le temps de répondre. Il sortit de la cuisine et la porte claqua derrière lui. Len traversa le jardin et se mit au travail dans la grange. Après s'être assuré que les chevaux avaient de l'eau et du foin, il commença son rituel quotidien de nettoyage des box.

Des claquements de portes annoncèrent l'arrivée de Fred et de Randy. Ils se retrouvèrent à l'endroit habituel pour passer en revue les différentes tâches à accomplir dans la journée. Randy accepta en rechignant d'aider Len avec le tracteur puis tout le monde se mit au travail. Len prit le tracteur pour la matinée et Randy s'en chargerait l'après-midi.

LEN RENTRA à la ferme avec le tracteur et se gara dans la cour avant d'éteindre le moteur et d'aller dans la maison. À l'intérieur, Cliff faisait déjà les cent pas, errant de pièce en pièce et trébuchant sur les jouets de Geoff.

— Cliff, ce n'est pas la fin du monde.

— Je sais, je suis juste un peu neveux.

Même sa voix tremblait de nervosité.

— Tu serais moins nerveux si tu t'occupais. Va faire à manger pendant que Geoff et moi rangeons la pièce.

Len et Geoff se mirent à ranger les jouets et bientôt le tout-petit se mit à courir dans tous les sens, ramassant ses jouets pendant que Len le poursuivait à travers la pièce. Une fois les jouets rangés, Len lui en tendit quelques-uns et il se mit à faire rouler ses camions sur les meubles.

Len gagna la cuisine pour s'assurer que Cliff s'en sortait.

— As-tu besoin d'aide ?

— J'ai bientôt fini.

Len voyait bien qu'il était encore nerveux, il glissa ses mains autour de sa taille et le baisa sur la nuque.

— Sois honnête avec elles et rappelle-toi qu'il faut du courage pour faire ce que tu fais.

Ils entendirent des portes claquer à l'extérieur.

— N'oublie pas que c'est ta famille et qu'elles t'aiment.

Len retira ses mains.

— Et essaie de ne pas laisser la frustration te gagner.

Il recula.

— Oh ! Et bien entendu…

Il se ravisa, fit un pas et replaça ses mains autour de la taille de Cliff.

— N'oublie pas que je t'aime, quoiqu'il arrive.

Len recula juste au moment où la porte de la cuisine s'ouvrit. Dan et Vicki entrèrent et Dan aida sa femme à s'asseoir.

— Veux-tu boire quelque chose ?

— Bon Dieu ! Oui !

Cliff servit un grand verre de thé glacé et le posa devant sa sœur sur la table. Elle but le verre d'une traite.

— Merci. Heureusement qu'il ne me reste plus que quelques semaines à tenir.

Elle porta le verre à son front. Dan s'assit à côté d'elle et Cliff lui servit également un verre.

— Tata 'Icky !

Geoff se rua dans la cuisine et elle se baissa doucement et le prit dans ses bras.

— T'es g'osse.

Vicki sourit.

— Je vais avoir un bébé.

Il écarquilla les yeux et fixa le ventre de sa tante.

— Comme moi ?

— Oui, mais pas aussi grand.

Il tourna la tête dans tous les sens, visiblement un peu perdu.

— Comment i' fait pour so'tir ?

Tous les adultes rirent de bon cœur et Vicki lui donna un câlin et laissa échapper un soupir de soulagement lorsque Cliff installa Geoff dans sa chaise et lui servit son déjeuner.

La porte de la cuisine s'ouvrit à nouveau et Mari fit son entrée, un bol de salade entre les mains. Elle posa le plat avant de prendre ses frère et sœur dans les bras.

— Comment te sens-tu, Vicki ?

— Comme un ballon prêt à exploser.

Son mari glissa sa main dans la sienne.

— Il ne lui reste plus que quelques semaines et on fait en sorte qu'elle se sente le mieux possible.

Il caressa son ventre comme tout papa fier le ferait et Vicki lui sourit. Cliff servit un verre de thé glacé à Mari et commença à servir le déjeuner. Elle se leva pour l'aider.

— Alors, de quoi voulais-tu nous parler ?

Cliff prit une profonde inspiration et s'assit à la table, entre ses deux sœurs.

— Janelle était censée venir aussi, mais elle est en retard.

Au même moment, une voiture arriva et quelques instants plus tard Janelle rejoignit l'assemblée, semblant de mauvaise humeur.

— Je vous ai demandé de venir car j'ai quelque chose à vous dire.

Len était appuyé contre le plan de travail de la cuisine, en retrait, pour éviter de se mêler à cette réunion familiale, mais Cliff lui fit signe de se joindre à eux.

— Je ne sais pas comment vous l'annoncer, alors voilà…

Janelle l'interrompit.

— Vas-tu le leur annoncer devant Geoff ?

— Bien sûr.

Len se tourna vers Mari et Vicki pour observer leurs réactions.

— Je suis gay et je vais refaire ma vie avec Len, déclara-t-il, puis il se tourna vers Len. S'il est d'accord.

Maintenant que c'était dit et qu'il était impossible de faire marche arrière, Len vit que Cliff se détendait. Désormais, la balle était dans leur camp. Ils restèrent tous deux silencieux jusqu'à ce que Mari se lève et prenne Cliff dans ses bras.

— Je suis contente pour toi.

Len vit Vicki se retourner vers Dan, qui haussa les épaules, comme pour signifier que cela n'avait pas d'importance.

— Et Ruby, est-ce que tu l'aimais ?

— Oui, beaucoup. Mais j'ai toujours été attiré par les hommes, même si je ne me l'étais pas avoué. Len m'a aidé à trouver le courage de m'assumer tel que je suis.

Les paroles de Cliff semblèrent couler de source. Len jeta un coup d'œil vers Janelle et remarqua son air surpris mais elle garda sa rancœur pour elle, il fallait au moins lui accorder cela. Mari demanda avec entrain.

— Alors, est-ce que Len va vivre ici avec toi ?

— Nous n'en avons pas encore discuté.

Vicki fit signe à Cliff de se rapprocher d'elle.

— Est-ce que tu l'aimes ? Te rend-t-il heureux ?

Cliff regarda Len en répondant à sa sœur.

— Oui, je l'aime. Je l'aime énormément et il me rend très heureux.

Vicki se rassit et se mit retirer les couvercles des plats.

— Et si on commençait à manger ! Je suis affamée ! Quand on dit qu'on mange pour deux quand on est enceinte...

Mari se leva et aida Cliff à poser les plats sur la table.

— C'est tout ? fit Janelle en se levant. C'est tout ce que vous allez dire ?

Mari posa les assiettes sur la table.

— Qu'y a-t-il de plus à dire ?

— Que c'est immoral et que c'est un péché, peut-être ? Ou bien que c'est mal, tout simplement.

Mari s'assit et fit passer les plats.

— Tais-toi donc Janelle, tu t'es toujours crue supérieure mais tu n'y connais rien à la vie, passe à autre chose.

Vicki se servit une assiette.

— Tu ne peux pas te battre contre les moulins à vent, Janie. Tout ce qui compte c'est qu'ils s'aiment. Et depuis quand es-tu devenue une grenouille de bénitier ?

Janelle les fusilla du regard.

— Tu ne peux rien y faire. Il te suffit simplement d'accepter les choses telles qu'elles sont et de passer à autre chose.

Len ne pouvait pas en croire ses oreilles. Il s'était douté que Mari les soutiendrait mais il n'avait pas imaginé que Vicki le prendrait aussi bien. Janelle resta figée devant eux pendant un instant, les fusillant du regard, avant de ramasser son sac à main.

— On va bien voir si je ne peux rien y faire !

Puis la porte claqua et ils entendirent sa voiture démarrer et s'en aller. Mari prit la main de son frère dans la sienne.

— Elle s'en remettra, il faut juste lui laisser un peu de temps.

Len n'en était pas convaincu. Il s'assit entre Cliff et Mari. Puis Vicki se mit à rire de manière sarcastique.

— Vous plaisantez ? fit-elle en roulant des yeux, puis elle rinça sa fourchette tout en parlant. Quand l'avez-vous vu changer d'avis à propos de quelque chose ? Elle est têtue comme une mule.

— Que s'est-il passé pour que tu nous fasses cette révélation soudaine ? Vu la remarque de Janelle concernant Geoff, il est évident qu'elle était déjà au courant.

Len se servit en salade et baissa les yeux sur son assiette. C'était à Cliff de répondre.

— Elle est passée à la maison très tôt ce matin pour me demander pourquoi je t'avais vendu la maison des Henderson. Apparemment, elle la voulait aussi. En tous les cas, elle est entrée dans ma chambre et…

Il n'eut pas le temps de finir sa phrase que Mari, Vicki et Dan avaient déjà explosé de rire. Même Geoff se joignit à l'hilarité générale, en profitant pour étaler sa nourriture sur son plateau.

— C'est un réveil que nous ne sommes pas prêts d'oublier.

XVII

— As-tu eu des nouvelles de Janelle ?

Len ramassa la litière sale du box d'Éclair tandis que Cliff tenait Geoff dans ses bras pour qu'il puisse observer ce que 'Wen' faisait.

— Pas un mot et ça ne lui ressemble pas. On a déjà eu des désaccords et des disputes qui n'en finissaient pas… Mais normalement, dès que c'est terminé, on s'explique et on passe à autre chose. Pour être tout à fait honnête, elle a une tellement grande bouche que je suis un peu inquiet.

Cliff installa Geoff sur ses épaules pour qu'il puisse voir.

— Elle s'en remettra, avec le temps.

— Ça fait déjà deux semaines ! Ce n'est pas sa peine de cœur qui m'inquiète. Elle peut vraiment être une pétasse quand elle s'y met et vu comment elle était fâchée, je me demande ce qui va nous tomber sur le coin de la figure.

Len put percevoir l'inquiétude de Cliff dans le ton de sa voix.

— Peut-être devrais-je essayer de lui parler.

Len finit de remplir la brouette et se dirigea vers le tas de fumier, Cliff et Geoff sur ses talons. Quand ils furent arrivés à proximité, Geoff se pinça immédiatement le nez.

— Ça zent pas bon, Papa.

— Oui, c'est vrai.

Cliff reprit la conversation tandis qu'ils retournaient à l'intérieur.

Pourquoi ferais-tu ça ?

Len s'appuya contre sa pelle.

— Cliff, elle a de peine. Dans son esprit, l'homme qu'elle imaginait devenir son petit-ami est désormais en couple avec son frère. C'est douloureux.

Len soupira profondément.

— Même si je ne sais pas encore ce que je lui dirais, j'aurais quand même préféré qu'elle l'apprenne d'une autre manière.

— C'est de sa faute, elle n'avait qu'à pas débarquer sans prévenir.

— Je sais, mais cela ne change rien à ses sentiments.

161

Len se saisit de sa pelle et se remit au travail, le métal raclant contre le béton.

— Peut-être que Mari pourrait nous aider.

— Peut-être, je vais l'appeler pour voir si elle arrive à convaincre Janelle de nous parler, ou du moins qu'elle lui parle à elle.

— D'accord.

Len finit de nettoyer le box et vida la brouette avant d'y revenir avec du foin et de la sciure propres. Il décida de changer de sujet.

— La première fauche de foin a été un succès. Le grenier est au trois-quarts plein et avec les chevaux en plus, et le foin qu'on a vendu, nous utiliserons le reste du foin de l'année dernière le mois prochain. Avec la deuxième fauche, nous devrions avoir de quoi remplir le grenier et nous pourrons vendre le surplus. S'il y a une troisième fauche, ce qui est plus que probable, nous pourrons en faire des bottes pour le bétail.

— On en aura besoin. Avec les naissances de cette année, le troupeau s'agrandit gentiment. J'espère pouvoir l'agrandir davantage l'année prochaine. Nous avons les terres nécessaires pour cela désormais.

— Il faudra peut-être également envisager d'embaucher un employé supplémentaire tant que tu y es.

Len finit de nettoyer le box et rangea ses outils.

— Demain soir, ils tirent un feu d'artifice au lycée. Je me demandais si toi et Geoff voudriez y aller avec moi. Maman y va avec Jerry et nous a proposé de les accompagner. Pour te dire la vérité, je suis curieux à propos de Jerry.

— Ça a l'air sympa.

Cliff chatouilla Geoff.

— Veux-tu aller voir le feu d'artifice demain ? Et manger une glace ?

Geoff rit en essayant de hocher la tête.

— Je crois que nous devrions tous prendre une journée de repos. Dis aux gars de terminer ce qu'ils sont en train de faire et de rentrer chez eux.

Cliff mit Geoff dans son bac à sable et le tout-petit commença un jeu en ignorant leur conversation.

— Je me disais que nous pourrions aller dîner en ville ce soir et qu'après nous pourrions tirer des feux d'artifice bien à nous, qu'est-ce que tu en dis ?

Len lui rendit son sourire coquin.

— Ça marche. Je devrais avoir terminé dans quelques heures. Il faudra que je me lave avant d'y aller par contre.

Len se remit au travail et les élèves de Nicole arrivèrent petit à petit pour leur cours d'équitation. Les gars rentrèrent des champs au milieu de l'après-midi et Len leur donna le reste de leur journée.

— Nous serons là demain matin pour jeter un œil sur le bétail.

Ils s'en allèrent un large sourire aux lèvres. Nicole accepta de s'occuper de la grange avant de partir et Len prit son sac dans sa voiture et se rendit dans la maison où Cliff l'attendait dans son bureau.

— Je vais prendre une douche rapide et nous pourrons y aller.

Cliff regarda sa montre.

— Il n'est pas un peu tôt pour dîner ?

— Pour dîner, si, mais je voulais passer chez l'épicier et au supermarché si ça ne te pose pas de problème.

Cliff reposa ses papiers sur son bureau.

— Nous pouvons nous arrêter où tu veux, je n'en peux plus de travailler de toutes les façons. Va te laver. Pendant ce temps, je vais réveiller Geoff pour que nous soyons prêts.

Len aurait adoré que Cliff vienne le rejoindre mais il n'y avait personne pour surveiller Geoff et ce ne serait pas sage.

Il se déshabilla, se mit sous la douche et se lava en vitesse avant de ressortir, de se sécher et de se changer. Quand il eut fini, il fit un nettoyage rapide de la salle de bain et mit son linge sale dans son sac avant de se rendre dans le couloir. Il pouvait entendre Geoff et Cliff parler dans la chambre du tout-petit, probablement pendant que le père changeait son fils.

— Nous allons faire des courses avec Len et ensuite nous irons dîner.

— F'ites ?

— Oui, tu pourras manger des frites.

Len s'appuya contre le chambranle de la porte et observa le père et le fils pendant qu'il finissait de l'habiller. Une fois qu'il eut fini, Cliff souleva Geoff dans les airs et le prit dans ses bras. Il fit imita le bruit d'un moteur d'avion en le faisant voler à travers la pièce. Geoff mit instinctivement ses bras à l'horizontale, comme des ailes ; il devait avoir déjà joué à l'avion des dizaines de fois auparavant. Cliff fit voler Geoff jusqu'à Len et le déposa dans ses bras.

— Wen, s'val !

— Pas maintenant, Geoff, nous devons partir. Mais si tu es gentil, nous aurons une surprise pour toi.

Cliff regarda Len, l'air interrogateur.

— Je me disais que Geoff aura besoin d'une P-I-S-C-I-N-E cet été.

163

Geoff regarda Len, puis Cliff, essayant de comprendre ce dont ils étaient en train de parler.

— Ah, il en a besoin tu crois ?

Cliff chatouilla doucement le ventre de Geoff.

— Eh bien, seulement s'il est gentil.

Ils rirent tous les trois tandis que Geoff s'employait à s'échapper de l'emprise chatouilleuse de son père.

— Nous y allons ?

Len prit Geoff dans ses bras pour descendre l'escalier puis traversa la maison jusqu'au jardin et le fit sauter doucement en l'air tout le long du trajet, pour le plus grand bonheur du tout-petit. Puis Cliff attacha Geoff dans son siège-auto et une voiture arriva au même moment.

— Tata Ma'i !

Il essaya de sortir de son siège mais il était déjà attaché et dut attendre patiemment qu'elle se baisse dans le camion pour le prendre dans ses bras.

— Salut Mari, qu'est-ce qui t'amènes ?

— Je passais dans le coin et je vous ai vus, alors je me suis arrêtée.

— On va manzer des f'ites.

Geoff n'arrêtait pas de mettre de petits coups de pied dans le siège avant.

— C'est vrai ? Je ne veux pas vous retarder alors.

Len monta dans le camion pendant que Cliff raccompagnait sa sœur à sa voiture. Il savait qu'il y avait toutes les chances pour qu'ils soient en train de parler de Janelle mais il ne voulait pas les interrompre. Ils ne discutèrent pas longtemps et bientôt Mari les salua de la main et remonta dans sa voiture avant de s'en aller.

— Papa, on y va, des f'ites !

Ses petites jambes frappèrent encore plus fort dans le siège avant.

— Oui, oui, on y va.

Cliff monta dans le camion et ils prirent la direction de la ville.

ILS FIRENT leurs courses tous les trois et se rendirent ensuite au Dairy Barn pour dîner. Leurs achats, qui incluaient une piscine pour enfant et des jouets flottants, étaient bien rangés dans le coffre du camion. Il y avait beaucoup de monde au restaurant mais il restait quelques tables de libres et ils s'assirent en attendant un serveur. En constatant que personne ne venait, Cliff jeta un coup d'œil autour de la salle.

— Pourquoi est-ce que tout le monde nous regarde ?

Len haussa les épaules et regarda autour de lui. C'était vrai, ils faisaient leur possible pour passer inaperçus mais ils étaient sans contestation possible l'objet de tous les regards.

— Je crois que les gens sont peut-être au courant.

— Salut, je m'appelle Steve.

Le serveur regarda autour de la table.

— A-t-il besoin d'une chaise haute ?

— Ce serait très gentil.

Il s'éloigna et revint avec la chaise haute pour Geoff. Cliff passa la commande pour lui et Geoff mais Len ne put s'empêcher d'observer la salle. Le serveur s'en rendit compte.

— Ils sont un peu trop curieux.

Il l'avait dit un peu fort et tous les gens présents se remirent à leur dîner.

— On dirait que c'est vous qui faîtes l'objet de tous les ragots ces derniers temps, continua-t-il en levant les yeux au ciel puis il baissa le ton. On croirait qu'ils n'ont rien de mieux à faire que de s'occuper de la vie des autres.

Len passa la commande et fit de son mieux pour ignorer les autres clients qui avaient, pour la plupart, déjà repris leurs conversations. Steve s'éloigna pour déposer leurs commandes en cuisine et leur apporta leurs boissons.

— Eh bien, au moins, on sait à quoi Janelle s'est occupée.

— Il semblerait, oui.

Cliff semblait mal à l'aise et Len n'appréciait pas non plus d'être le point de mire.

— J'aurais dû m'y attendre.

— Essayons de penser à autre chose et d'apprécier notre repas, d'accord ?

Cliff dit qu'il essaierait et se mit à parler pendant qu'ils attendaient leurs plats.

— Voilà, les gars.

Steve revint avec leurs plats et déposa leurs assiettes devant eux.

— Seriez-vous à la recherche de main-d'œuvre par hasard ?

Cliff, surpris, regarda Len.

165

— J'essaie d'économiser de l'argent pour aller à l'université et j'aurais bien besoin d'un autre boulot à mi-temps cet été. Je n'arrive pas à faire suffisamment d'heures ici.

— Passez à la ferme après le week-end et nous pourrons en reparler, dit Len.

Steve remplit leurs verres et repartit.

— Eh bien, ça alors !

Ils avaient commencé leur repas depuis quelques minutes et avaient déjà bien entamé leurs assiettes quand le couple assis à la table voisine se leva pour s'en aller. Ils devaient avoir dans les soixante-dix ans. Len vit le mari se diriger vers la caisse mais la dame se planta devant leur table.

— Vous devriez avoir honte de vous.

Cliff leva les yeux de son assiette.

— Pardon ?

Elle répondit, entièrement satisfaite d'elle-même et persuadée de son bon droit.

— J'ai dit que vous devriez avoir honte de vous comporter de la sorte.

Cliff ne savait que répondre et resta figé sur sa chaise, bouche bée. Len, de son côté, en avait plus qu'assez de ce genre de personnes.

— Je ne crois pas, non. C'est vous qui devriez avoir honte de votre comportement. Remontez sur votre balai et retournez au pays d'Oz.

Elle ne répondit rien. Elle tourna les talons, leva son nez en l'air et s'en alla tandis que Len faisait sa meilleur imitation de Margaret Hamilton.

— Je vous aurais ma jolie, vous et votre petit chien.

Cliff ricana et même Geoff rit en faisant voler une frite dans les airs.

— D'où est-ce que cela t'es venu ?

— Tim appelait ça 'faire des manières'. Je l'ai entendu dire ça une fois et cela m'est venu tout seul.

Len fit de son mieux pour paraître innocent, mais les éclairs dans ses yeux le trahissaient.

— Ils ne sont pas les seuls à pouvoir dire des méchancetés.

Cliff et Len souriaient toujours en terminant leur dîner et Steve leur amena l'addition.

— Bonne soirée, les gars.

Cliff prit l'addition et se leva pour payer.

— Vous aussi, Steve, à bientôt.

166

Le jeune serveur sourit et hocha la tête avant de se dépêcher de servir une autre table. Cliff régla la note pendant que Len laissait le pourboire puis Cliff revint à la table pour récupérer Geoff et rassembler leurs affaires.

— Allez, on va le ramener à la maison.

Len le suivit au camion et l'aida à installer Geoff dans son siège.

— Je n'avais aucune idée de ce dont les gens étaient capables.

L'ivresse de la confrontation s'était estompée et laissait maintenant place à la crainte. Bien sûr, il n'avait eu aucun mal à répondre à une vieille dame, mais s'il s'était agi d'un homme plus fort, ou même d'un groupe d'hommes ? Qu'aurait-il fait dans ce cas-là ?

— Ce n'est rien par rapport à ce que Tim a pu me raconter, il faut qu'on fasse attention.

— On est à Scottsville, on n'a rien à craindre.

Len se remémora ce qu'il avait entendu lorsqu'il était au lycée, se souvenant à quel point les gens pouvaient être intolérants. Oui, ils étaient à Scottsville, mais c'était une utopie de croire que tous les gens les accepteraient tels qu'ils étaient. C'était la vraie vie et certains se sentiraient menacés par eux.

— Je ne sais pas, peut-être que j'exagère, mais je ne crois pas qu'il faille qu'on prenne de risques, surtout avec Geoff.

Len était silencieux sur le chemin du retour. Cela mit du plomb dans l'entrain de Cliff pour la soirée.

— D'accord, nous ferons plus attention à l'avenir. Je crois que nous ne devrions pas assister au feu d'artifice.

— Nous devons juste être plus prudents, pas nous transformer en ermites. Il faut que nous nous soutenions et que nous prenions soin l'un de l'autre.

— J'adore prendre soin de toi.

Cliff regarda Len, ses yeux brillants d'une lueur sauvage. Len frémit mais les insinuations de Cliff n'eurent pas l'effet escompté. Pris d'angoisse, il se réfugia dans ses sombres pensées.

— À quoi penses-tu ?

Len secoua la tête.

— Je ne veux pas que tu te fâches, mais je ne pourrais plus jamais me regarder dans un miroir si quoi que ce soit arrivait à Geoff à cause de moi parce que je fais partie de ta vie.

Ils étaient arrivés à la ferme et Cliff pila sur ses freins dans la cour. Son regard était empli de frustration et de colère.

— Je croyais que nous en avions déjà parlé, non ?

Len resta assis et regarda ses pieds pendant un moment, avant de relever les yeux.

— Oui et je n'ai pas changé d'avis. J'ai juste peur que quelqu'un vous fasse du mal.

Puis il en prit conscience et il ravala la boule qu'il avait dans la gorge. Il n'avait pas les mots pour le décrire et il ne comprenait pas non plus ce qu'il ressentait, mais ses sentiments étaient très forts.

Cliff sortit du camion et Len le suivit, plongé dans ses pensées. Il s'arrêta à l'arrière du camion et sortit leurs courses. Il installa la nouvelle piscine de Geoff près de son bac à sable, dans un endroit ensoleillé et la remplit à moitié pour ne pas qu'elle s'envole.

— Nazer.

Geoff se rua vers la piscine et s'apprêta à se déshabiller lorsque Cliff le reprit dans ses bras.

— Nazer, papa.

— Tu iras nager demain. Pour l'instant, il est l'heure du dodo.

Cliff déverrouilla la porte de la cuisine pendant que Geoff faisait un caprice dans ses bras. Len déchargea les courses sur la table et les suivit à l'intérieur de la maison. Cliff changea Geoff et le prépara pour la nuit pendant que Len s'asseyait seul dans le salon, perdu dans ses pensées. Il entendit Cliff descendre l'escalier.

— Comment vas-tu ?

— Ça ira.

Cliff s'assit à côté de lui sur le canapé. Il sentit des bras se glisser autour de lui et le tirer contre la poitrine de Cliff.

— Ça va aller, nous ne sommes ni les premiers ni les derniers à qui cela arrive.

Len changea de position pour faire face à Cliff.

— Je sais, mais notre histoire pourrait te coûter ta relation avec ta sœur, te faire détester des gens et même causer des problèmes à la ferme.

— Chut… Je sais tout ça.

Cliff mit sa main sur la nuque de Len et le tira encore plus près de lui.

— Ce n'est pas grave. Nous serons toujours là l'un pour l'autre.

Puis il sentit les lèvres de Cliff sur les siennes et toutes ses inquiétudes s'évanouirent.

— Je t'aime, Len.

Il reposa sa tête contre la poitrine de Cliff, écoutant le battement régulier de son cœur.

— Montons à l'étage, suggéra Len.

Len se leva et Cliff l'imita, avant de l'emmener dans la chambre à coucher. Len se dévêtit et se glissa sous les couvertures et Cliff fit bientôt de même.

— Prends-moi dans tes bras, Cliff.

Son étreinte le rassura. Cliff le tira à lui et son dos se retrouva collé contre la poitrine de son amant alors que ses lèvres parcouraient sa nuque. Cliff avait raison : tout ce qui comptait était l'homme qui le serrait dans ses bras et le petit garçon qui dormait dans la pièce voisine. Voilà ce qui comptait. Quand il se retrouvait dans les bras de Cliff, tous ses ennuis s'évanouissaient. Il s'endormit au son des criquets qui chantaient dans le jardin.

QUELQUE CHOSE clochait. Len s'assit dans son lit et regarda autour de lui. Cliff dormait profondément et ronflait doucement. À travers la fenêtre ouverte, il entendit un cheval hennir, puis un autre.

— Cliff, réveille-toi ! dit-il en secouant son amant avec vigueur. Il se passe quelque chose.

Len sortit du lit avant même d'avoir terminé sa phrase. Il enfila son jean, s'empara de ses chaussures, se rua hors de la chambre, dévala les marches et sortit par la porte de derrière, allumant toutes les lumières sur son passage. En sortant, il entendit les chevaux et vit l'un d'eux s'enfuir de la grange et partir à toute vitesse en direction des champs. Len alluma les lumières extérieures, illuminant le jardin et la porte de la grange d'une lumière puissante.

— Qu'est-ce qui se passe ici ?

Un autre cheval sortit de la grange, suivi par deux hommes.

Pan !

Un coup de feu se fit entendre et Len fit volte-face. Cliff était debout sur les marches du perron, un fusil dressé vers le ciel. Les hommes se ruèrent à travers le jardin en direction de la route et leurs chapeaux s'envolèrent dans leur précipitation. Puis des portes claquèrent, un moteur démarra et s'évanouit rapidement.

— Va voir comment va Geoff, je vais m'occuper des chevaux.

169

Len courut en direction de la grange. Quelques box étaient ouverts, mais les chevaux étaient toujours à l'intérieur. Len referma les portes, prit la précaution de refermer le portail de la grange et prit quelques carottes en main avant de traverser le jardin. Un des chevaux se tenait près du hangar. Len s'approcha doucement, pour ne pas effrayer davantage le cheval déjà nerveux.

— Bon garçon.

Tendant la main, il lui présenta une carotte et s'empara des rênes et le ramena dans la grange puis dans son box.

— Des dégâts ?

Cliff entra dans la grange, son fusil toujours en main et tendit un tee-shirt à Len.

— Je crois qu'il n'y a que deux chevaux qui sont sortis. J'en ai déjà récupéré un mais l'autre pourrait déjà se trouver à des kilomètres.

Len referma la porte du box.

— Comment va Geoff ?

Len enfila le tee-shirt sur ses épaules.

— Il dort toujours, Dieu merci.

Cliff se détendit quelque peu.

— Reste avec lui, il faut que je retrouve Éclair.

Len se dépêcha de seller Belle. Il la mena dans le jardin et grimpa sur son dos.

— Il pourrait lui arriver quelque chose si je ne le retrouve pas. Je rentrerais dès que je l'aurais trouvé.

— Attends un instant.

Cliff se rendit dans la grange et en sortit un instant plus tard, le licol d'Éclair en main.

— Tu vas avoir besoin de ça. Où est-ce que tu vas le chercher ?

— Il a traversé la route, je vais essayer de le suivre. Avec un peu de chance, il sera quelque part sur le terrain de l'université.

Len mit Belle au trot et ils disparurent dans la nuit. De l'autre côté de la rue, en face de la ferme, se trouvait la partie boisée du campus de l'université de West Shore. Les parkings étaient éclairés et tant qu'Éclair resterait sur leur terrain, Len conservait une chance de le retrouver. Len dirigea Belle dans la cour et scruta les environs, tendant attentivement l'oreille. Ensemble, ils traversèrent le parking et les allées de l'université avant d'apercevoir une masse obscure près d'un bâtiment. Len descendit de cheval et mena Belle vers la forme indistincte. Il espérait que la vue d'une jument familière calmerait l'étalon agité. En s'approchant, il entendit Éclair grogner et souffler.

— Ça ira, mon garçon, ce n'est que Belle et moi.

Len sortit une carotte de sa poche et la tendit vers Éclair. Len n'arrêta pas de parler tout en continuant de s'approcher doucement. À son grand soulagement, Éclair attrapa la carotte et Len lui caressa le cou en faisant glisser le licol par-dessus sa tête. Puis il ramena les deux chevaux à la ferme, à travers le campus désert et silencieux.

Les premières lueurs de l'aube faisaient leur apparition dans le ciel lorsque Len et les deux chevaux arrivèrent à la ferme. Len installa Éclair dans son box avant de ramener Belle dans le sien et de lui donner une autre carotte. Il la dessella et retira la couverture de son dos avant de retourner vers la maison. Il fit de son mieux pour refermer la porte silencieusement derrière lui, puis traversa la maison et monta l'escalier sans un bruit. Dans la chambre à coucher, la lumière était allumée et Cliff, bien éveillé, l'attendait dans le lit.

— Tu l'as retrouvé ?

— Oui, il était à l'autre bout du campus mais j'ai pu le ramener.

— Bien. Allez, viens te recoucher.

Il souleva la couverture.

— Cliff, il est presque l'heure de se lever.

— Cela peut bien attendre encore quelques heures.

Len se dévêtit et se glissa sous les couvertures. Les bras de Cliff le serrèrent fortement et il l'attira contre lui.

— Merci d'avoir retrouvé Éclair.

— Je t'en prie.

Les mots avaient à peine quitté les lèvres de Len qu'il s'était déjà rendormi.

Len fut réveillé par des secousses dans le lit.

— Wen ! Réveille-toi, Wen !

Geoff sautillait sur le lit et dès qu'il ouvrit les yeux, il vit Geoff qui le fixait droit dans les yeux.

— Tour de s'val.

Ce petit n'avait vraiment qu'une seule idée en tête !

— Où est ton papa ?

— Juste ici.

Cliff entra dans la chambre, tout habillé mais pas très propre.

— S'val, Wen, s'val !

— Si je comprends bien, vous vous êtes déjà mis au travail.

— Il a insisté pour m'aider, même si son aide a uniquement consisté à donner des carottes aux chevaux.

Cliff lui tendit une tasse de café et Len la but doucement.

— Merci. Est-ce que tout va bien ?

— Oui, ils n'ont rien fait d'autre que d'ouvrir les portes des box et ils nous ont laissé un petit cadeau.

Cliff lui tendit une paire de chapeaux.

— On dirait que, dans leur hâte de s'enfuir, ils ont oublié ça.

— As-tu appelé la police ?

Avant que Cliff ne puisse répondre, Geoff se leva et se mit à sauter sur le lit.

— Ça suffit Geoffy.

Len posa sa tasse sur la table de nuit et rejeta les couvertures, puis il prit Geoff dans ses bras.

— Allons manger quelque chose.

Len reposa Geoff à terre et enfila un jean propre et un tee-shirt avant de récupérer sa tasse et de le suivre jusqu'à la cuisine. La table était déjà mise et Cliff lui avait confectionné un superbe petit-déjeuner estival.

— J'ai pensé qu'après ce qu'il s'était passé hier soir, tu méritais au moins ça.

Cliff mit Geoff dans sa chaise et posa son bol sur son plateau.

— Alors, quel est le plan pour aujourd'hui ? demanda Len en commençant à remplir son assiette.

— Nous avons du travail à terminer et ensuite nous irons déjeuner en ville.

Len eut l'air sceptique mais attendit que Cliff poursuive.

— Tu sais que tous les ragots passent par chez Steve, alors nous allons déjeuner là-bas. Nous allons lancer notre propre petite rumeur.

Le scintillement dans le regard de Cliff suffit à exciter Len.

— À quoi penses-tu exactement ? dit Len en croquant dans une grosse fraise pleine de jus.

— Non, tu verras au moment voulu.

— Et Geoff ?

— Tata Mari va venir pour le surveiller pendant qu'il est dans sa P-I-S-C-I-N-E.

— Que pense-t-elle de ton idée ?

— Je ne lui en ai pas parlé. Il s'agit de toi et de moi et il faut que nous nous en occupions nous-mêmes. Nous devons leur montrer que nous n'avons pas peur d'eux. Je n'ai pas besoin qu'ils nous acceptent, mais il faut qu'ils comprennent que nous ne nous laisserons pas emmerder.

Len n'était pas aussi convaincu que Cliff mais il était prêt à lui faire confiance. Lorsque le petit-déjeuner fut terminé, Cliff jeta Len hors de la cuisine et celui-ci se dirigea vers la grange pour se mettre au travail. Les gars étaient déjà occupés alors Len se mit au travail, rangeant le bazar qu'il avait laissé la veille et se remettant à la sempiternelle tâche du nettoyage des box. Les chevaux étaient déjà sortis et Len supposa que Cliff avait dû s'en charger pendant qu'il dormait.

Len salua Nicole et ses élèves qui arrivèrent pour leur leçon, descendit du foin du grenier et s'assura que tous les harnachements étaient rangés.

— Len, Mari est là, es-tu prêt à y aller ?

Cliff se tenait debout sur le pas de la porte, à contre-jour.

— J'en ai pour une minute.

Il termina ce qu'il avait à faire et rejoignit Cliff à son camion.

— Sais-tu ce que tu vas faire ?

— Ouais, laisse-moi parler et tout ira bien.

Ils montèrent dans le camion et Cliff les mena en ville, puis il se gara juste devant chez Steve.

Len remarqua les chapeaux sur le plancher du camion.

— Tu emmènes ça ?

Il s'en empara quand il vit Cliff hocher la tête. Ils sortirent tous deux du camion et s'installèrent à la première table venue dans le restaurant. Len vit Shell s'approcher d'eux.

— On ne veut pas des gens comme vous ici.

Len se retourna et fixa un adolescent obèse dans les yeux.

— Des gens comme nous ?

Len entendit la voix de Cliff porter à travers le restaurant.

— Tu veux dire des clients qui payent leur note ? Ou bien ils n'acceptent que les bons à rien de fainéants comme toi dans cet établissement ?

— Des pédales. On ne veut pas de pédales ici.

Cliff se leva et fixa le gamin dans les yeux, de toute évidence conscient que tous les yeux étaient pointés sur lui.

— Et c'est qui, 'on', Henry ? Toi et le type qui nous avez rendu une petite visite cette nuit ?

Cliff prit les chapeaux dans ses mains et les souleva pour que tout le monde puisse bien les voir.

— Toi et ton pote, vous êtes partis tellement vite que vous avez oublié vos chapeaux et laissé une longue traînée marron dans mon jardin. Je n'aimerais pas être à la place de celui qui fera ta lessive.

De petits rires se firent entendre à travers le restaurant. Cliff souleva les chapeaux et en plaça un sur la tête de l'adolescent.

— Je te suggère de t'en aller avant que quelqu'un n'appelle la police.

— Tu ne t'en tireras pas comme ça !

— Oh que si !

Cliff s'adressa aux clients du restaurant.

— Tout le monde ici a entendu ce que tu as fait et les menaces que tu as proférées contre moi. S'il m'arrive quoi que ce soit, on saura vers qui se tourner.

Cliff lui tendit l'autre chapeau.

— Rends-ça à Jasper, il doit être en train de le chercher.

Henry regarda tout autour de lui et se rendit compte que la plupart des gens évitaient son regard. Il se résigna à accepter le fait que personne ne le soutenait et quitta le restaurant la tête basse. Cliff se rassit dans sa chaise et se tourna vers Shell.

— Je ne crois pas qu'on nous embêtera de sitôt.

Shell prit leurs commandes en arborant un plus grand sourire qu'à l'accoutumée. Petit à petit, les gens reprirent leurs conversations. Ni l'un ni l'autre ne se firent d'illusion quant au sujet des conversations.

— Es-tu sûr que ces personnes témoigneraient en notre faveur ? demanda Len avant de lever les yeux et de se rendre compte que certains lui rendaient son regard plutôt que de l'éviter.

— Oui, ils ne nous comprennent peut-être pas mais ils nous respectent parce que nous ne nous laissons pas faire.

Shell revint avec leurs plats et disposa leurs assiettes devant eux.

— Bien joué pour Henry, tu t'es bien occupé de lui. Et Steve m'a dit de te dire que vous étiez les bienvenus ici autant vous le souhaitiez.

Ils échangèrent un sourire et entamèrent leurs repas. Len remarqua que des gens leur faisaient des signes de tête ou leur adressaient un sourire en passant devant leur table.

— Finissons notre repas et retournons à la ferme.

— Ça me va, j'ai l'impression d'être dans une vitrine ici.

Len fit tout son possible pour ignorer qu'ils étaient le centre d'attention et termina son repas. Quand ils eurent fini, ils réglèrent leur note et s'assurèrent de laisser un généreux pourboire avant de quitter le restaurant.

— Pendant que nous sommes là, est-ce qu'il y a quelque chose dont tu as besoin ?

— Non, retournons à la ferme, j'ai du travail et il faut que tu ailles vérifier les champs pour t'assurer que tout va bien.

Len acquiesça et ils montèrent dans le camion.

— Je crois qu'on s'en sortira, Len. On aura peut-être encore des ennuis dans le futur mais gageons qu'on ne vivra plus ce qu'on a vécu cette nuit avant longtemps.

Cliff démarra son camion et prit la direction de la ferme, une main sur la cuisse de Len.

XVIII

— Es-tu prêt à aller voir le feu d'artifice ?

Cliff lança Geoff dans les airs puis le serra fort dans ses bras, le père et son fils s'adonnaient à leurs petits jeux joyeux. Cliff regarda Len.

— Le siège-auto est-il prêt ?

— Oui et j'ai préparé de quoi nous restaurer, des couvertures et des jouets pour Geoff dans le coffre.

— Alors allons-y.

Cliff s'apprêtait à fermer la porte quand le téléphone sonna. Il tendit Geoff à Len et rentra dans la maison. De son côté, Len porta le tout-petit jusqu'à la voiture et l'installa dans son siège-auto.

— Papa revient dans quelques minutes et après nous pourrons y aller.

Geoff, fou d'excitation, frappa ses talons contre son siège. La porte passagère s'ouvrit et Cliff grimpa dans le camion avant que Len ne démarre et prenne la direction de la ville.

— C'était Mari, elle nous rejoint sur place.

— Maman et Jerry aussi, on va bien s'amuser.

Len conduisit prudemment à cause de toutes les voitures qui se dirigeaient vers le feu d'artifice. Plus ils s'approchaient, plus le trafic devenait dense et ils firent la queue pour entrer sur le parking. Len baissa la vitre et offrit une donation avant dans se garer à la place que lui désignait un des employés en veste orange. Cliff sortit Geoff de son siège-auto et Len prit leurs affaires dans le coffre. Puis ils se dirigèrent vers le terrain de football du lycée.

Des familles avaient installé des couvertures un peu partout sur la pelouse et Len chercha du regard sa mère et Jerry alors que le soleil commençait déjà à se coucher. Il finit par les trouver au milieu de la foule. Ils leur avaient gardé une place et Len installa la couverture et s'assit. Après avoir fait les présentations, Len sortit les jouets de Geoff et le garçonnet fit rouler ses voitures autour des adultes. Ils discutèrent jusqu'à ce que Mari arrive et s'asseye sur les couvertures. Cliff la présenta à Lorna et Jerry et Geoff tira la manche de Len en pointant du doigt le marchand de glaces. Cliff se leva.

— Je vais acheter des glaces, que voulez-vous ?

Tous passèrent leur commande et Cliff se fraya tant bien que mal un chemin à travers le labyrinthe des couvertures.

— Je viens avec toi.

Mari se leva et tenta de se frayer un chemin à son tour. Geoff s'assit sur les genoux de Len et fit rouler ses voitures sur son bras.

— J'avais toujours espéré que tu aurais des enfants, dit Lorna avec regret.

— Je sais, Maman, tu as toujours voulu devenir grand-mère.

Il tourna la tête en direction du marchand de glaces et vit Cliff et Mari faire la queue, plongés dans une conversation.

— Len !

Il tourna la tête et se rendit compte que Lorna lui parlait.

— Excuse-moi.

— Je te demandais comment ça allait.

Len soupira.

— Nous avons eu des ennuis au Dairy Barn l'autre soir.

Il lui raconta son altercation avec la dame âgée. Il lui raconta aussi ce qu'il avait répondu et Lorna et Jerry explosèrent de rire.

— Bien fait pour elle, elle n'a qu'à se mêler de ce qui la regarde, dit Jerry quand son rire s'estompa enfin. Parfois je me demande ce qui peut traverser l'esprit des gens.

— Moi aussi.

Geoff se mit à s'agiter et Len vit Cliff et Mari revenir vers eux, des glaces dans chaque main. Len remarqua que Cliff semblait sur le point d'exploser. Son visage était écarlate et ses bras tremblaient. Il servit les glaces à chacun avant de s'asseoir sur la couverture et d'installer Geoff sur ses genoux. Prétendre que quelque chose n'allait pas était un euphémisme et Len demanda :

— Qu'est-ce qui ne va pas, Cliff ?

À la grande surprise de Len, il secoua la tête et retint ses larmes. Il parvint à marmonner rapidement :

— Je te le dirai plus tard.

Il focalisa ensuite son attention sur Geoff qui dévorait sa glace avec appétit.

Boum !

Geoff sursauta et regarda en l'air à temps pour admirer la première explosion, puis les unes après les autres des traînées de lumières colorées se succédèrent. Geoff s'émerveilla devant chacune d'elles et jetait des regards partout autour de lui, comme pour s'assurer que tout le monde était témoin des mêmes merveilles que lui. Len regarda à peine le spectacle, toute son attention étant accaparée par Cliff et sa mâchoire serrée ; il remarqua que la colère de son amant avait été remplacée par de la crainte. Il regarda Mari mais elle était absorbée par le spectacle.

Quand la dernière explosion résonna au-dessus de la foule, les gens applaudirent et se levèrent tous en même temps. Chacun rassembla ses affaires et tous reprirent la direction de leur voiture. Len prit sa mère dans ses bras pour lui dire au revoir et serra la main de Jerry avant que le couple ne se dirige vers leur voiture. Geoff posa sa tête contre l'épaule de son père et s'endormit quasi instantanément.

Len et Cliff dirent au revoir à Mari dans le parking et elle serra chacun d'eux dans ses bras avant de retourner à sa voiture. Len n'avait qu'une seule envie : demander à Cliff ce qu'il se passait. Il patienta jusqu'à ce qu'ils aient installé Geoff dans son siège et rangé leurs affaires dans le coffre.

— Que s'est-il passé ?

— Je te raconterai lorsque nous serons à la maison et que Geoff sera couché. Je n'ai pas envie qu'il entende des gros mots et crois-moi, il y en aura un sacré paquet.

Bordel, qu'est-ce qu'il pouvait bien se passer ?

Len monta dans la voiture et conduisit jusqu'à la ferme. Cliff regardait par la fenêtre d'un air absent, sans un mot ni un regard, rien. C'était si inhabituel que Len se mit à se demander s'*il* n'avait pas fait quelque chose pour le mettre dans cet état.

Il gara la voiture à l'emplacement habituel et commença à vider le coffre pendant que Cliff montait coucher Geoff. Len rentra les affaires à l'intérieur et les rangea du mieux qu'il put. Il était en train de terminer lorsqu'il entendit Cliff redescendre l'escalier. Avec un peu d'appréhension, il le rejoignit dans le salon.

Cliff était blanc comme un linge quand il s'assit sur le canapé. Len se posa à côté de lui et Cliff le tira immédiatement vers lui.

— Elle va essayer de me retirer Geoff.

Len n'était pas sûr d'avoir bien entendu.

— Qui ça ?

— Janelle. C'est ce que m'a dit Mari tout à l'heure lorsque nous faisions la queue pour les glaces.

Cliff se leva du canapé, l'air malade.

178

— Elle n'a pas réussi à avoir Janelle mais elle a parlé à Vicki. Elle a dit que Janelle avait engagé un avocat et me contesterait la garde de Geoff parce que je l'élève dans un environnement immoral.

— Comment peut-elle faire ça ? s'énerva Len, ne pouvant pas en croire ses oreilles. Quelle garce, mesquine et rancunière !

Cliff sourit pendant une fraction de seconde.

— Je t'avais dit qu'il y aurait des gros mots.

— Tu m'étonnes ! Il est hors de question qu'elle te retire Geoff.

Len se leva et fit les cent pas dans la pièce avant de s'arrêter devant Cliff.

— Mari t'as dit ce que Vicki en pensait ?

Cliff mit ses bras autour de la taille de Len et reposa sa tête contre son épaule.

— D'après ce qu'elle m'a dit, elle était profondément choquée. Je crois que Vicki réagirait de la même façon si Janelle essayait de lui retirer son enfant.

— Tu veux que je te dise ? Je crois que tous les trois vous devriez lui parler. Il faut qu'elle se rende compte qu'elle est seule et que si elle tente quelque chose de ce genre, vous ferez front contre elle. Cela suffira peut-être pour la faire changer d'avis.

Cliff soupira.

— On peut toujours essayer.

Le téléphone sonna. Cliff libéra Len et répondit.

— Oui, elle m'en a parlé… On est justement en train d'en discuter.

Le visage de Cliff ne changea pas d'expression. Len s'assit sur le canapé et attendit.

— D'accord, je te verrai à ce moment-là, poursuivit-il en souriant brièvement. J'espère aussi, merci.

Cliff raccrocha et s'affala dans le canapé.

— C'était Vicki. Elles viennent ici toutes les trois demain. Elle a dit qu'elle traînerait Janelle de force s'il le fallait.

— Crois-tu qu'elle viendra ?

— Janelle et Vicki ont toujours été très proches, même lorsque nous étions enfants. Vicki doit être très remontée contre elle. Alors oui, elle viendra si Vicki le lui demande.

Cliff avait l'air épuisé et Len le prit dans ses bras.

— Viens, on va aller se coucher.

Cette fois-ci, ce fut Len qui poussa Cliff jusqu'à sa chambre et ce fut au tour de Len de le bercer dans *ses* bras. Il se déshabilla et prit son amant tourmenté et bouleversé contre lui.

— Personne ne me prendra Geoffy, je ne les laisserai pas faire.

Len tenait Cliff contre lui et le berça gentiment jusqu'à ce que le sommeil succède à la fatigue et à leurs soucis.

— CLIFF ?

Len se redressa. Le lit était vide et la maison, plongée dans l'obscurité la plus totale, était silencieuse et immobile. Il se libéra des couvertures, enfila son caleçon et quitta la pièce. Il traversa le couloir à pas feutrés et vit que la porte de la chambre de Geoff était entrouverte ; il jeta un coup d'œil à l'intérieur. Cliff était assis dans une chaise à côté du lit de son fils et le regardait dormir.

— Cliff.

Il leva la tête et regarda d'où provenait le murmure.

— Reviens te coucher.

Cliff lui fit un signe de la tête et se releva doucement. Len le prit par la main et l'emmena dans la chambre. Il pouvait sentir sa crainte dans la manière dont il lui tenait la main et remuait des pieds.

— Ça va aller.

Len aida Cliff à se remettre au lit et retira le caleçon de son amant avec tendresse. Il l'avait fait tant de fois auparavant mais, cette fois-ci, son geste était tendre et affectueux, ne cherchant pas à être sexy. Il retira le sien, se glissa sous la couverture et tira Cliff à lui. Le contact affectueux et tendre de leurs peaux suffit à apaiser les craintes de Cliff.

— Je ne sais pas ce que je ferais si quelque chose lui arrivait… ou si quelque chose t'arrivait.

La voix de Cliff était enrouée, comme s'il avait pleuré. Len caressa ses cheveux et son visage, ses doigts dessinant des formes irrégulières sur sa joue et il sentit son cœur s'emballer dans sa poitrine. Ces simples paroles avaient suffit à effacer toutes ses craintes. Cliff le considérait désormais comme faisant partie intégrante de sa famille. Len avait dorénavant quelque chose qu'il n'aurait jamais imaginé avoir : sa propre famille.

Len murmura à l'oreille de son amant :

— Je ne laisserai jamais personne faire du mal à notre famille.

180

Cliff se retourna et tira Len à lui, prenant son visage en coupe. Dans l'obscurité, leurs jambes s'entremêlèrent, leurs torses ne firent plus qu'un et leurs lèvres se retrouvèrent.

QUAND LA lumière du matin filtra à travers la fenêtre ouverte, Len se retrouva à nouveau seul dans leur lit. Cette fois-ci, il sut instinctivement où Cliff se trouvait. Il ouvrit la porte du placard et enfila un des peignoirs de Cliff avant de traverser le couloir. Il était endormi sur la chaise à côté du lit de Geoff. Len sourit intérieurement, retourna à la chambre et s'habilla avant de sortir de la maison aussi silencieusement que possible. Len se rendit à la grange et se mit au travail. C'était un jour férié et il aurait moins de travail qu'à l'accoutumée.

— Len, es-tu là ?

Il glissa la tête hors du box et vit Cliff qui tenait Geoff dans ses bras. Le tout-petit était toujours en pyjama et sa tête reposait sur l'épaule de son père.

— Salut. Je suis en train de finir.

Cliff s'approcha de lui et se pencha légèrement en avant pour l'embrasser.

— Mari vient d'appeler, mes sœurs devraient être là dans quelques heures.

— D'accord, je me ferai discret lorsqu'elles arriveront.

Len n'avait pas l'intention de se mêler de leurs histoires de famille.

— Je veux que tu sois là, dit Cliff en basculant d'un pied sur l'autre. Enfin, si tu... bredouilla-t-il.

— Je serai là, si c'est ce que tu veux.

Cliff posa sa main sur la nuque de Len et l'embrassa fougueusement.

— Je te veux avec moi, pour toujours.

Len lui rendit son baiser, les mots résonnant toujours dans ses oreilles. Cliff avait-il bien voulu dire ce qu'il lui semblait avoir compris ? Toutes ses interrogations s'envolèrent lorsque Cliff l'embrassa avec encore plus d'ardeur, envahissant sa bouche avant de l'embrasser plus doucement et de faire un pas en arrière. Il garda la main sur la nuque de Len et lui caressa doucement le cou.

— Reviens vite à la maison, je vais préparer le petit-déjeuner.

— D'accord.

181

Il ne sut quoi répondre d'autre et se contenta d'observer Cliff qui quittait la grange, Geoff lui souriant dans un demi-sommeil par-dessus l'épaule de son père.

Len rangea les outils, monta dans le grenier et fit descendre le foin dont il avait besoin par l'une des trappes. En bas, il fit une pile des bottes à proximité des box avant de retirer ses gants et de marcher vers la maison.

Geoff était déjà installé dans sa chaise haute et Cliff venait juste de terminer de préparer des pancakes.

— Comment vas-tu faire lorsque tes sœurs seront là ? demanda Len.

Cliff déposa la nourriture sur la table et servit tout le monde en jus d'orange.

— Je crois que je vais laisser Mari et Vicki mener la discussion. Elles seront certainement plus efficaces que moi. Comme ça, je pourrais plus facilement garder mon sang froid parce que sinon, je sais que je pourrais finir par lui hurler dessus. Et toi ?

Len se servit en pancakes avant d'ajouter du beurre et du sirop d'érable.

— Je vais m'asseoir dans un coin et me taire. Je serai là pour te soutenir mais cela vous concerne toi et ta sœur, pas moi.

Geoff tendit la main vers l'assiette de Len.

— Attends une seconde, Geoff, ça arrive.

Cliff posa une petite assiette sur son plateau et Geoff s'empara de sa fourchette pour enfant et fourra des bouts de pancakes couverts de sirop dans sa bouche, le sourire aux lèvres. Cliff tremblait légèrement en faisant passer les saucisses. Len le remarqua mais ne dit rien ; il savait que Cliff était nerveux, voire même un peu en colère, et que ce n'en était qu'une simple manifestation. Len mangea avec appétit mais Cliff ne toucha quasiment pas à son assiette et s'occupait de Geoff, pour s'assurer qu'il ne faisait pas trop de dégâts.

Une fois le petit-déjeuner terminé, ils rangèrent ensemble la cuisine avant de sortir. Cliff tira un tuyau d'arrosage pour l'attacher au robinet, Len remplit la piscine et le petit prince lui-même observait l'opération avec délice sous le regard attentif de Len, qui s'employait à le retenir de sauter tout habillé dans la piscine.

— Nazer, Len. Nazer.

— Quand l'eau aura un peu chauffée.

Len fit un geste de la main à Cliff qui éteignit l'eau et détacha le tuyau. Len prit Geoff dans ses bras et le balança d'un côté et de l'autre.

— Je ne voudrais pas que tu attrapes froid.

Len fit un bisou baveux sur le ventre de Geoff et le petit contre-attaqua en en faisant un sur la joue de Len. Leur jeu fut interrompu par les voitures qui arrivèrent dans la cour. Mari sortit de sa voiture la première et Vicki sortit avec difficulté du côté passager, bientôt suivie de Janelle qui avait pris sa propre voiture, probablement pour pouvoir s'enfuir, si besoin était. Cliff sortit et les rejoignit à la porte, les invitant à entrer. Mari aida Vicki à monter les marches du perron pendant que Janelle traînait des pieds derrière elles, fusillant Len du regard.

— Dépêche-toi, Janelle !

Vicki ne faisait rien pour cacher l'exaspération contenue dans sa voix. Janelle ne dit rien mais s'assura de montrer ce qu'elle ressentait en faisant la tête. Enfin, elle entra, suivie de Len qui portait Geoff dans ses bras. Le temps qu'il se joigne au reste du groupe, tous étaient déjà installés dans le salon. Len rendit Geoff à Cliff et s'assit au fond de la pièce, où Cliff pouvait le voir.

— Nous savons tous pourquoi on est là, alors pas la peine de tourner autour du pot.

Vicki s'affala dans le canapé et regarda Janelle. Elle poursuivit :

— Le but de ce conseil de famille n'est pas de discuter l'aberrante possibilité que quelqu'un veuille retirer son fils à Cliff.

Elle lança un regard noir à Janelle qui semblait malheureusement indifférente.

— J'ai déjà engagé un avocat qui dit que je pourrais gagner ce procès pour atteinte à la morale.

— Ne dis pas n'importe quoi, répondit Vicki en n'élevant que légèrement la voix. Tout ce que tu as trouvé, c'est un escroc qui va te ruiner. Il n'y a pas un tribunal qui retirera un enfant épanoui à son père pour le donner à une tante célibataire. Surtout si sa propre famille témoigne et présente un front uni contre elle.

Len fut surpris par l'intensité de son discours mais se dit qu'elle avait dû se mettre à la place de son frère et que cela avait dû l'effrayer.

— Que ce soit clair, si tu fais ça, tu ne feras plus partie de notre famille. Le tribunal sera le dernier endroit où tu nous verras et nous parleras.

Vicki regarda Mari, qui hocha la tête.

Les yeux de Janelle s'écarquillèrent, elle n'avait manifestement jamais pensé à ça.

— Mais c'est immoral…

— Bon Dieu, Janelle ! Nous sommes en 1984, pas en 1884 ! Les amours de Cliff ne te regardent pas et, puisqu'on en vient à parler de ça, qui a fait de toi la garante de la moralité ?

Janelle était hors d'elle et leurs réprimandes la hérissaient, mais elle se tint droite et fière dans sa chaise. Elle ne voulait pas abandonner et Vicki était décidée à ne pas la rater.

— Nous sommes ici pour discuter de ton comportement, continua Vicki dont la voix était désormais devenue douce et apaisante. C'est évident que tu as de la peine et que tu veux te venger sur Cliff. N'essaie même pas de le nier, ce n'est pas la peine. Nous avons grandi ensemble, tu te rappelles ?

Vicki regarda Janelle qui tressaillit pour la première fois.

— Qu'y a-t-il, Janie ?

Len observa Cliff depuis sa chaise et attendit la réponse de Janelle. Il se demandait si elle n'allait pas se lever et s'en aller.

— Comment te sentirais-tu si tu te rendais compte que ton petit ami était amoureux de ton frère ?

Elle sortit un mouchoir de son sac et s'essuya les yeux, faisant tout son possible pour ne pas éclater en sanglots.

— Il n'a jamais été ton petit ami. Et si tu regardes les choses objectivement, tu te rendras compte que Len n'a été qu'un ami pour toi, dit Cliff en adoptant un ton calme et en faisant de son mieux pour imiter celui de sa sœur. Janie, tu devrais être heureuse pour lui et pour moi. Après la mort de Ruby j'étais complètement perdu et Len m'a aidé à retrouver le droit chemin.

— En faisant de toi un homo !

Cliff rit doucement.

— Il n'a pas fait de moi un homo, je suis gay depuis toujours. Il m'a juste aidé à trouver le courage de l'admettre, à moi-même et à ma famille. Il m'aime, Janie, et je l'aime aussi.

Geoff commença à s'agiter et Cliff le posa à terre. Janelle renifla et Geoff se dirigea vers elle et lui tapota affectueusement la jambe.

— 'A va aller, Tata 'Nell, 'a va aller.

— Janie, arrête d'y penser, dit Vicky, se tortillant sur le canapé et faisant une grimace. Tu seras bien plus heureuse si tu cesses d'y penser et que tu passes à autre chose.

— Que se passe-t-il, Vicki ?

Mari se leva, prit la main de sa sœur et comprit.

184

— Cliff, veux-tu bien appeler Dan, s'il te plaît ? Dis-lui de retrouver Vicki à l'hôpital, elle est sur le point d'accoucher, dit-elle en aidant Vicki à se relever. Janie, démarre ta voiture et gare-toi devant la maison.

Janelle hocha la tête et se mit sur ses pieds mais avant qu'elle n'ait pu faire un pas, Vicki l'avait prise dans une étreinte.

— Tu t'en remettras, Janie.

Vicki la libéra enfin et se dandina vers la porte d'entrée. Janelle monta dans sa voiture, la conduisit jusqu'en bas du perron et Vicki s'engouffra du côté passager.

Cliff s'approcha de la voiture et Vicki baissa la vitre.

— Dan est en route.

Il se pencha en avant et l'embrassa sur la joue.

— Merci, lui murmura-t-il à l'oreille, tu vas être une maman géniale.

Vicki glissa sa main sur la joue de Cliff.

— Et toi et Len allez être de merveilleux papas.

Vicki rentra sa main dans l'habitacle et Janelle démarra la voiture.

XIX

— CLIFF.

Il se retourna en entendant la voix de Mari.

— Est-ce que ça va ?

Il hocha la tête sans vraiment la voir, ni elle ni qui que ce soit d'autre.

— Il y a quelqu'un ? dit-elle en agitant sa main devant son visage. La Terre appelle Cliff !

— Excuse-moi, j'étais en train de réfléchir.

Geoff traversa le jardin et s'agrippa à la jambe de Cliff, le doigt pointé vers la piscine.

— Nazer, Papa.

Il leva les yeux vers son père, le regard presque empli de détresse. Len se joignit au groupe.

— J'ai du travail à finir, annonça-t-il.

Il s'apprêtait à repartir quand il croisa le regard de Cliff ; il s'arrêta. Mari prit Geoff dans ses bras.

— Allez viens, nous allons te mettre en maillot de bain dans ta chambre. Papa et Len ont des choses à faire.

— Nazer, ouais ! cria-t-il pendant que sa tante le portait à l'intérieur de la maison.

— Qu'est-ce que tu as à faire ?

Len se mit à énumérer la liste des tâches qui lui restaient à accomplir et Cliff le coupa rapidement.

— Steve commence demain, autant lui laisser un peu de travail. En plus, je crois qu'une bonne chevauchée nous ferait le plus grand bien.

— Je vais seller les chevaux.

— Nous n'aurons pas besoin des chevaux.

Les yeux de Len s'élargirent quand il comprit de quel genre de chevauchée Cliff voulait parler.

— Allez, viens.

Cliff le prit par la main et ensemble ils traversèrent la grange, longèrent le manège et prirent un chemin qui traversait les champs. La piste les mena près du ruisseau puis ils prirent un virage, le murmure de l'eau les accompagnant tandis qu'ils longeaient le cours d'eau.

— Je sais que je ne suis pas très démonstratif et que je ne partage pas souvent ce que je ressens.

Ils se retrouvèrent dans leur petite clairière et Cliff s'arrêta ; il posa à terre la couverture qu'il avait prise dans la grange.

— Mais il faut que je te le dise maintenant. Tu es l'homme le plus patient que j'ai rencontré de toute ma vie. Tu as attendu cinq ans pour un deuxième baiser et tu as attendu pendant des semaines que je retrouve la raison afin que je réalise à quel point tu comptes à mes yeux.

Cliff étendit la couverture sur l'herbe, invitant Len à s'asseoir à ses côtés.

— Je veux que tu le saches : je t'aime, Len Parker, je t'aime de tout mon être.

Len se pencha en avant mais Cliff l'arrêta d'un geste et d'un sourire.

— Je veux te demander de t'installer avec moi, avec nous. Sans toi, mon lit, ma maison, ma vie, sont trop vides.

Len déglutit et hocha la tête, incapable de prononcer un mot.

— C'est un 'oui' ?

— Oui, confirma Len en baissant les yeux vers le sol. Je n'arrive pas à y croire, poursuivit-il en relevant les yeux avant de croiser le regard de Cliff qui brillait au soleil. J'ai toujours eu un faible pour toi, depuis très longtemps, avant même que tu ne m'embrasses.

Len se rapprocha un petit peu de Cliff, leurs genoux se touchant lorsque Cliff colla son torse au sien.

— La seule raison pour laquelle je me suis porté volontaire pour la pièce était pour pouvoir te regarder.

— Parfois je me demande ce qu'il se serait passé si Sheila n'avait pas interrompu notre premier baiser.

Len sourit et posa ses lèvres dans le cou de Cliff.

— Moi, je lui en suis reconnaissant.

Cliff fit un mouvement en arrière, le regard plongé dans celui de Len.

— Qui sait ce qu'il se serait passé si elle n'était pas arrivée ? Grâce à elle, tu as épousé Ruby, tu l'as aimée et tu as eu Geoff. Tout arrive pour une raison. Et si tu devais tout refaire, y a-t-il quelque chose que tu changerais ?

Cliff secoua doucement la tête.

— J'ai tout ce que je pourrais souhaiter. Enfin presque…

Len attendit avec suspicion pendant un instant, mais ses lèvres furent prises d'assaut par un baiser à couper le souffle tandis que Cliff l'allongeait sur la couverture.

— Je t'aime, Len Parker, mais je suis loin d'être éloquent quand il s'agit de ces choses-là et je n'ai pas de jolis mots qui me viennent à l'esprit pour te faire partager ce que je ressens.

Cliff déboutonna les boutons de la chemise de Len, l'ouvrit et ses yeux se posèrent avec ravissement sur la vue du splendide torse de Len. Puis, plutôt qu'avec des mots, Cliff laissa ses lèvres exprimer d'une manière différente ce qu'il ressentait. Len émit un léger gémissement tandis que Cliff suçait doucement l'un de ses tétons, frissonnant de plus en plus alors que la succion devenait plus intense.

— Cliff ! Mon Dieu, Cliff !

Len se cambra de plaisir. Les yeux brillants, Cliff releva la tête pour plonger son regard dans celui de Len.

— Tu aimes vraiment ça, hein ?

Len acquiesça tandis que son autre téton était soumis à la même délicieuse torture.

— Je t'aime, Cliff.

Personne n'arrivait à faire aussi bien chanter son corps que son amant le faisait. Il lui suffisait de le toucher ou de poser ses lèvres brûlantes sur sa peau pour le faire haleter de plaisir.

— Je t'aime aussi. Par contre, discuter c'est bien joli mais ce n'est pas tout, je vais te montrer à quel point je t'aime.

Len hocha de nouveau la tête pendant que Cliff défaisait sa ceinture et lui retirait son pantalon, puis son caleçon.

— Je sais ce que tu ressens, Cliff.

Sous le regard presque sauvage de Cliff, il sentit sa peau chauffer et les battements de son cœur résonnèrent dans sa poitrine. Il savait qu'il n'y avait que lui qui verrait ce regard sur le visage de son amant. Ce petit bout de Cliff était à lui et à personne d'autre.

— Mais tu mérites de le ressentir.

Len sursauta légèrement en sentant les mains de Cliff sur sa jambe, dérapant légèrement sur ses poils, ses lèvres succédant à ses mains, embrassant sa peau qui s'échauffait sous le toucher de Cliff. Il sentit les caresses de Cliff remonter le long de sa hanche jusqu'à son ventre. Len y était presque : il ondula vers l'avant pour faire en sorte que Cliff passe la vitesse supérieure. Il envisagea de prendre la situation en main mais décida plutôt d'empoigner la couverture. Il savait que les attentions de Cliff valaient la peine de patienter.

Le poids qui pesait sur son corps disparut et il ouvrit les yeux pour voir Cliff retirer son tee-shirt et son pantalon avant de se retrouver nu à la lueur du soleil. Len profita de cette vue magistrale tandis ce que son amant laissait tomber quelque chose sur la couverture. Bientôt, les lèvres de Cliff furent de retour sur sa peau, le suçant, l'excitant avec son désir, faisant glisser sa peau douce contre lui.

— Cliff, murmura-t-il en tirant les cheveux de son amant et en l'implorant de ses yeux. S'il te plaît…

Il ignorait ce qu'il lui demandait, il en avait juste *besoin*. Il amena les lèvres de son amant aux siennes et lui rendit son amour. Il se perdit profondément dans ses baisers passionnés qui lui coupèrent le souffle. Cliff le dardait de ses yeux et Len trembla sous son regard empli d'amour qui scintillât sous le soleil. Les lèvres de Cliff descendirent sur son corps mais leurs regards restèrent rivés l'un à l'autre. Ses lèvres engloutirent son sexe et il gémit doucement tandis qu'un frisson lui traversait l'échine. Puis la langue de Cliff tourbillonna autour de son gland brûlant et il donna un coup de hanche en avant. Il se damnerait pour que la bouche de Cliff s'agite sur lui. Enfin, cela arriva. Len fut happé au plus profond de sa gorge, dans la chaleur moite de sa bouche.

— Cliff, dit-il en haletant. J'aime sentir ta bouche sur moi.

Sa main caressa le ventre de Len, ses doigts tordirent un téton et il plongea à nouveau sur le sexe de Len, s'oubliant dans le plaisir.

— Je t'aime, Cliff.

Son ventre se contracta et un long frisson l'enveloppa ; il avait la sensation que Cliff allait le faire exploser en le torturant de la sorte. Plus frustrant encore, il savait au son des petits cris et gémissements que Cliff poussait qu'il prenait du plaisir à le torturer ainsi. Len tapa des poings sur le sol, serrant et desserrant les mains lorsque Cliff lui accorda ce dont il avait besoin.

— Cliff !

Il jouit enfin, l'esprit traversé par un éclair de plaisir, et son cri emplit la clairière et résonna jusqu'à la forêt et au ruisseau. Reprenant ses esprits, il vit Cliff avaler tout sa semence. Étendu sur la couverture, comme une poupée désarticulée, il s'attendait à ce que Cliff l'embrasse mais au lieu de cela, il le sentit relever ses jambes dans les airs et exposer son entrée. Sans merci, Cliff se remit à l'ouvrage, ses lèvres et sa langue dansèrent le long de son pli.

— Tu essaies de me tuer ?

— Connais-tu une meilleure façon de succomber que d'être aimé jusqu'à la mort ?

Len ne put penser à *rien* tandis que Cliff explorait son corps avec sa langue. Il s'enfonça dans un oubli total de lui-même, sa tête bercée contre la couverture, alors que l'amour de Cliff le submergeait par vagues successives. Son corps ne lui appartenait plus, il appartenait à Cliff tout comme Cliff lui appartenait. Cliff était en train de marquer Len comme étant le sien et chaque parcelle de son être, chaque synapse de son cerveau court-circuita sous le plaisir de lui appartenir.

Un long doigt épais le pénétra, se retira, puis le pénétra à nouveau. Ses petits gémissements se transformèrent en petits cris lorsque le doigt trouva ce qu'il était venu chercher et que des lumières scintillèrent derrière les yeux fermés de Len.

— Je ne peux plus attendre.

— N'attends plus, Cliff, prends-moi. Prends-moi maintenant.

Le doigt se retira, bientôt remplacé par ce que Len désirait plus que tout. Doucement, sans relâche ni hésitation, il fut pénétré et emplit. Leurs corps ne firent plus qu'un lorsque Cliff se pencha en avant pour l'embrasser avec ardeur. Leurs regards s'accrochèrent et Cliff commença à onduler contre lui.

— Tu m'appartiens. Tu fais partie de moi, maintenant et pour toujours.

Cliff continua de se mouvoir profondément en lui, frappant la bosse qui faisait palpiter son cœur.

— Cliff !

Il pouvait sentir son orgasme faire son retour en force, le désir, qui s'était évanoui précédemment, l'enveloppa à nouveau tandis qu'il attrapait sa verge dans son poing.

— Dis-le, Len ! Dis-le avec moi. Pour toujours !

— Oui, pour toujours Cliff. Jusqu'à la fin des temps.

Il sentit l'orgasme de Cliff l'emplir, profondément et chaudement, et sa propre apogée éclata en longs filaments blancs sur sa main. Le souffle coupé, Len sentit tous les muscles de son corps se relâcher. Cliff se retira et Len soupira tandis que son amant quittait son corps. Puis Cliff fut à nouveau près de lui, l'embrassant, le tenant dans ses bras, lui disant des mots doux qui lui réchauffaient le cœur. Ces mots et ces gestes étaient rien que pour lui. Len lui rendit ses baisers avec plaisir et ardeur et il ferma les yeux, se tenant à Cliff comme à une bouée de sauvetage.

Le soleil réchauffa leurs corps alors qu'ils s'endormaient et le vent fit voleter les feuilles près d'eux.

— Cliff.

Son amant lui répondit par un grognement endormi.

— Je crois que nous devrions y aller.

Après tout, le sol n'était pas le meilleur endroit pour faire une sieste.

— J'ai bien peur que tu n'aies raison, mais j'aime être à tes côtés, je préférerais ne jamais devoir bouger.

Cliff finit par se lever à contrecœur et ils se rhabillèrent, leurs caresses et leurs baisers les ralentissant considérablement. Puis, ils prirent le chemin du retour. En s'approchant, ils entendirent des éclats de rires et des éclaboussures.

— Geoff doit encore être dans la piscine.

Len rit.

— Crois-tu qu'il en sortira de son propre gré ?

— Papa ! Wen !

Geoff les aperçut et sortit de la piscine, traversant la pelouse pieds nus pour les retrouver.

— Ze naze.

Cliff le souleva dans les airs.

— C'est bien, chéri, mais il est l'heure de manger maintenant.

Le tout-petit mit ses mains contre ses hanches.

— Papa, ze naze !

Comme si nager était la chose la plus importante au monde.

— Après le déjeuner tu pourras retourner nager et Len t'emmènera faire un tour de cheval.

Cela rassura le garçonnet et Cliff le reposa à terre et l'enveloppa dans une serviette avant de l'emmener à l'intérieur.

— Peux-tu rester pour déjeuner ?

Il regarda sa sœur.

— Non, il faut que j'aille à l'hôpital. Dan a appelé, Vicki est toujours en train d'accoucher.

— Veux-tu que je vienne avec toi ?

— Non, Janelle et moi y serons toutes les deux. Nous t'appellerons lorsque nous en saurons un peu plus.

191

Elle prit Geoff, qui était toujours enveloppé dans la serviette, dans ses bras.

— Je t'appelle quand on en saura plus. Salut.

— Salut, Tata Ma'i.

Puis elle prit Cliff et Len dans ses bras. Cliff fila à l'intérieur et Len la raccompagna à sa voiture.

— Prends bien soin de lui, dit-elle en jetant un regard vers la maison. Préviens-nous si tu as besoin d'aide pour ton déménagement.

Len dû avoir l'air choqué, mais Mari lui fit un clin d'œil et sourit.

— Intuition féminine.

Elle n'ajouta pas un mot et monta dans sa voiture, le saluant d'un dernier geste de la main en s'éloignant.

CE SOIR-LÀ, Len se mit au lit à côté de son amant nu.

— As-tu parlé à ta mère ?

Len sourit et acquiesça.

— Qu'est-ce qu'elle a dit ?

— Elle m'a serré dans ses bras et m'a souhaité d'être heureux. J'avais peur qu'elle ne se sente seule mais elle n'a rien voulu savoir et m'a même aidé à empaqueter mes affaires.

— Ta mère est vraiment unique en son genre !

— C'est certain.

Len embrassa son amant, l'homme qui partageait sa vie et tandis qu'il éteignait la lumière, il entendit un faible grondement au loin.

— Il n'était pas censé pleuvoir ce soir.

— Va dire ça à Mère Nature !

Len rejeta les couvertures, enfila son jean et une paire de baskets. Cliff se leva à son tour mais Len le fit se rallonger d'un geste de la main.

— Je m'en charge.

Il se dépêcha de se rendre à la grange et d'ouvrir les portes donnant sur les champs, il siffla et bientôt les larges têtes des chevaux apparurent. Len les mena à leurs box. Une fois qu'ils furent installés, il s'assura qu'ils avaient de l'eau fraîche et du foin avant de refermer les portes et de rentrer. Un éclair illumina l'horizon tandis qu'il traversait le jardin et le tonnerre gronda à nouveau, cette fois-ci plus proche et plus insistant.

Len referma la porte doucement derrière lui et monta l'escalier, se dirigeant vers la chambre de Cli... *leur* chambre. Il n'avait pas encore l'habitude de la considérer comme la sienne. Cliff alluma la lumière : il l'avait attendu, assis sur le lit.

— Tout va bien ? Je suis allé jeter un œil sur Geoff, il dort à poings fermés.

— Tout va bien. Ils étaient prêts à rentrer et sont allés tout droit dans leurs box.

Len retira son pantalon et se remit au lit, les bras de Cliff le serrant fort contre lui. Ils s'étaient mis d'accord pour porter un caleçon au lit par rapport à Geoff.

— Mari vient d'appeler. Vicki a eu une petite fille, une petite Jill.

— C'est super ! Alors Geoff a une cousine.

Cliff acquiesça, sa barbe était dure et sexy contre sa peau.

— En parlant de Geoff, penses-tu qu'il va nous rendre visite cette nuit ?

Cliff rit en l'embrassant.

— C'est bien possible.

Il éteignit la lumière. Dehors, le vent se leva et ils entendirent la pluie tomber à torrents sur le toit. Des éclairs éclatèrent et le tonnerre gronda, puis la tempête se transforma en une pluie fine et régulière.

— Je t'aime.

— Je t'aime.

Len sentit Cliff le tirer à lui et leurs lèvres se retrouvèrent dans l'obscurité.

ÉPILOGUE

— Qui a eu cette idée idiote ?

Len attacha une piñata en forme de cheval à la branche d'un arbre du jardin. Cliff jeta un coup d'œil à sa montre et lui répondit en installant des verres et des assiettes à l'effigie de cow-boys sur la table de pique-nique :

— Je crois bien que c'était toi.

— On a encore le temps. Mari a dit qu'elle l'occuperait jusqu'à quatorze heures et ses amis arriveront à treize heures trente, ne t'en fais pas.

— Je ne sais pas pourquoi tu as insisté pour organiser une fête d'anniversaire surprise.

Len descendit de l'échelle et la replia.

— Parce qu'à l'inverse des autres enfants, il n'a jamais demandé à ce qu'on lui en organise une et j'ai pensé que cette année devrait être un peu spéciale. En plus, il verra tous ses amis de la maternelle.

— Comment as-tu fait pour prévenir tout le monde ?

Cliff finit de mettre la table et admira son travail.

— C'est Mari qui s'en est occupée.

Certains parents n'avaient pas voulu que leur enfant participe à la fête mais la plupart les soutenaient et considéraient Len et Cliff comme les pères de Geoff. Len rangea l'échelle dans le hangar. Quand il revint, il vit Fred, Randy et Steve sortir de la grange avec de grands sourires aux lèvres.

— Vous êtes prêts les gars ?

— Oui, il faut juste que j'aille me changer.

Steve avait accepté de s'habiller comme un 'vrai' cow-boy et de laisser les enfants monter Belle à tour de rôle.

— Je me suis dit que je leur ferais faire le tour de la cour et que je pourrais me servir du banc à côté de la grange pour les aider à monter et à redescendre.

— Moi, je m'occupe du barbecue, dit Fred en dépliant un tablier qui disait : 'N'embrassez pas le chef, il est déjà pris.'

Randy rit en le voyant.

— Et moi, je m'occupe des jeux.

— C'est bien.

Len se rendit à l'intérieur et revint avec la glacière.

— Allez, on a bientôt fini.

Ils terminaient les préparatifs alors que les premiers invités arrivaient. Dan et Vicki arrivèrent avec les cousins de Geoff, Jill et le petit Chris. Bientôt le jardin fut plein de petites filles et de petits garçons de cinq ans qui couraient et jouaient à travers le jardin. Le téléphone sonna et Cliff répondit. Après avoir raccroché, il annonça :

— Geoff va arriver dans quelques minutes, que tout le monde se cache.

Les gars aidèrent les enfants à se cacher et Cliff attendit que Mari se gare dans la cour. Geoff sortit de la voiture et jeta des coups d'œil aux alentours. Cliff donna le signal et tout le monde sortit de sa cachette et cria : 'Surprise !'

Geoff, fou de bonheur, laissa éclater sa joie et courut à travers le jardin pour rejoindre ses amis. Steve amena Belle et la fête commença, les enfants jouèrent et montèrent sur le cheval à tour de rôle jusqu'à ce que le déjeuner soit prêt, puis ils dégustèrent le gâteau et les glaces.

Enfin, il fut l'heure d'ouvrir les cadeaux. Geoff s'assit à table et ouvrit chaque cadeau en remerciant celui qui le lui avait offert, comme Len le lui avait appris. Cliff avait l'air plus fier que jamais, Len avait l'impression qu'il était prêt à exploser. Une fois tous les cadeaux ouverts, la fête prit fin et les parents arrivèrent pour ramener leurs enfants à la maison.

Une fois que tous les enfants furent partis, Len fit un geste en direction de Steve qui disparut rapidement dans la grange. Cliff regarda son fils.

— Geoffy, Len et moi nous voulions t'offrir quelque chose de spécial pour ton anniversaire.

Steve sortit de la grange.

— Un poney !

Fou de joie, Geoff sautilla sur place, incapable de contenir son bonheur tandis que Steve menait le petit cheval vers son nouveau propriétaire.

— Il s'appelle Framboise et Len va te donner des cours pour que tu apprennes à le monter.

Geoff fit un gros câlin à son père et se rua vers Len, se lançant dans ses bras pour le gratifier lui aussi d'un câlin. Len prit Geoff dans ses bras et l'installa sur la selle. Il prit les rênes des mains de Steve et mena Geoff et Framboise autour du jardin au son des rires et des cris de Geoff.

— Je vais prendre une photo de vous trois.

Steve alla chercher son appareil photo dans son camion. Len tint les rênes de Framboise et Cliff se mit debout à côté de Geoff et tout trois attendirent que Steve prenne la photo.

— Dîtes 'Ouistiti !'

Ils sourirent et le flash crépita ; leur premier portrait de famille.

ANDREW GREY a grandi dans l'ouest du Michigan auprès d'un père qui aimait à raconter des histoires et d'une mère qui adorait les lire. Depuis, il a vécu un peu partout aux USA et a roulé sa bosse à travers le monde. Il a obtenu un Masters à l'Université de Milwaukee-Wisconsin et travaille dans le département informatique d'une grande entreprise. Ses loisirs : collectionner les antiquités, jardiner et laisser traîner ses assiettes sales n'importe où sauf dans l'évier (surtout lorsqu'il est en train d'écrire). Il pense qu'il a de la chance d'avoir une famille tolérante, qui l'accepte tel qu'il est, des amis fantastiques, et le compagnon le plus solidaire et le plus aimant au monde. De nos jours, Andrew vit à Carlisle, en Pennsylvanie.

Son site internet : www.andrewgreybooks.com ;
Son blog : andrewgreybooks.livejournal.com

Amour…, numéro hors série

Geoff vit en ville, profitant pleinement la vie libre d'un jeune homme gay, lorsque la mort de son père le convainc de retourner dans la ferme familiale. Découvrant un jeune amish endormi dans sa grange, Geoff apprend qu'Eli passe une année loin de sa communauté avant de demander le 'Baptême' et vivre selon les traditions de son église. En dépit de leur attraction mutuelle, Geoff est déterminé à ne pas s'impliquer avec lui, mais Eli découvre que Geoff partage ses sentiments et il commence à le courtiser, capturant tout d'abord son attention, puis son cœur.

Leur relation naissante est menacée par des parents médisants et étroits d'esprit, ainsi que par la société en général. Un nouveau monde s'ouvre à Eli et il doit décider s'il doit retourner dans sa communauté, sa famille, le monde et futur qu'il connaît, ou rester avec Geoff et avoir foi en la puissance de l'amour

www.dreamspinner-fr.com

Amour...
sans limite

ANDREW GREY

Amour…, numéro hors série

Joey Sutherland a trouvé un foyer chez Geoff Laughton et Eli, son partenaire. Il vit et travaille désormais à la ferme, devenue son refuge après un grave accident de moto. Le visage marqué de cicatrices, Joey a du mal à accepter le regard des autres. Quand la tante de Geoff, Mari, leur demande un service : héberger un jeune musicien de l'Orchestre National des Jeunes, Joey se charge à contrecœur d'aller récupérer le jeune homme. Il imagine déjà le dégoût qu'inspirera son visage couturé.

Tout au contraire, Robert Edward Jameson se montre ouvert et amical. Une fois à la ferme, il est prêt à toutes les expériences. De plus, il est aveugle, ce qui, bien entendu, aide beaucoup Joey à se détendre en sa présence.

Très vite, Joey et Robbie deviennent inséparables et ils tombent également amoureux l'un de l'autre. Malheureusement, l'été touche à sa fin et Robbie doit retourner chez lui, dans le Mississippi, où sa famille possède une plantation et du personnel chargé de veiller sur le jeune aveugle. Joey espère obtenir de Robbie qu'il échappe à son confortable cocon pour vivre avec lui, mais acceptera-t-il de repousser ses limites par amour ?

www.dreamspinner-fr.com

ANDREW GREY

Amour...
et Liberté

Amour…, numéro hors série

Renié par son père et chassé de chez lui, Stone Hillyard erre en plein hiver dans le Michigan quand il a la chance de trouver refuge dans la ferme équestre que dirigent Geoff Laughton et son partenaire Eli. Les deux hommes l'accueillent, lui offrent un toit et un emploi : s'occuper des chevaux et les aider dans leur programme d'équithérapie « Cheval… sans limite'.

Preston Harding est devenu infirme depuis un tragique accident de voiture provoqué par un ivrogne. Il a tout perdu : son amant, son indépendance, son avenir. Toujours en fauteuil roulant après des mois de rééducation acharnée, il devient désespéré. Son thérapeute lui recommande alors le programme de Geoff et Eli. Dès sa première leçon, Preston se montre si odieux et arrogant qu'il manque être expulsé. C'est Stone qui intervient en sa faveur, malgré les insultes reçues. Ce geste inattendu oblige Preston à faire un retour sur lui-même.

Stone et Preston se soutiendront mutuellement dans leur affrontement avec leurs familles respectives, malgré la désapprobation et les vieux secrets douloureux. Ils apprendront, parfois à leurs dépens, que l'amour peut représenter la liberté.

www.dreamspinner-fr.com

Amour…, numéro hors série

Raine Baumer vit une vie de fêtes à Chicago, profitant de relations de courtes durées avec peu d'attaches sentimentales. Mais lorsqu'il est sévèrement blessé dans une attaque homophobe, Geoff, son ami proche, vient le chercher pour l'emmener se reposer à la campagne. Là-bas, Geoff et son compagnon Eli le considèrent comme un membre de leur famille, et Raine fait la rencontre de Jonah, le frère d'Eli, qui explore la vie en dehors de la communauté Amish d'où il est originaire.

L'attraction mutuelle de Jonah et Raine les rapproche, mais ils n'auront peut-être pas la chance de profiter l'un de l'autre… Le père de Jonah lui pose un ultimatum, et la police pense que l'agression de Raine n'était pas qu'une simple coïncidence, comme on aurait pu le croire initialement. Raine et Jonah vont devoir braver leurs peurs s'ils veulent avoir une chance de vivre ensemble.

www.dreamspinner-fr.com

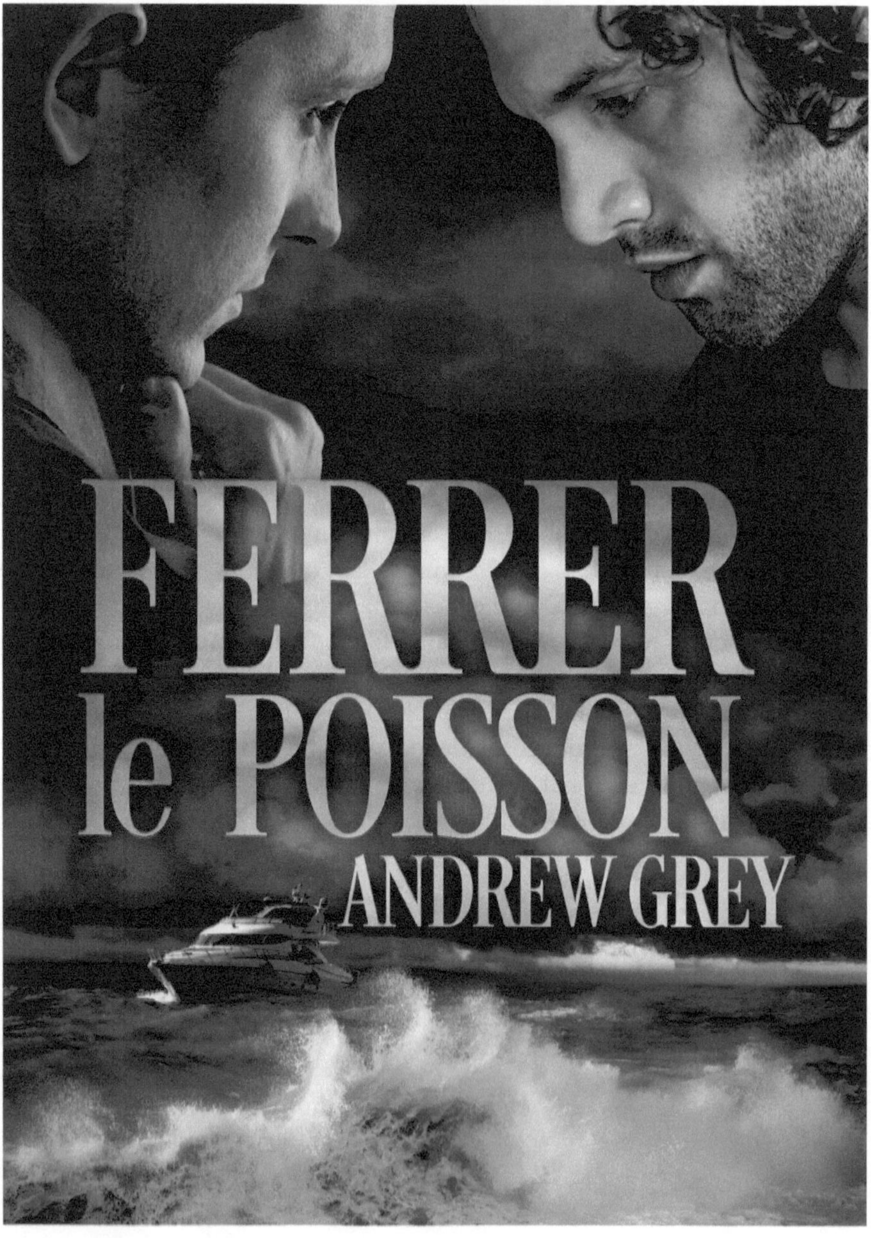
FERRER
le POISSON
ANDREW GREY

Cela pourrait être la chance d'une vie.

Deux fois par an, William Westmoreland échappe au sentiment d'insatisfaction que lui procure sa vie à Rhode Island en se rendant en Floride et louant le bateau de pêche de Mike Jansen pour une sortie dans le Golfe. L'eau bleue cristalline et les paysages tropicaux ne sont pas la seule vue qu'il aime, mais il n'est jamais passé à l'acte. Un amour de vacances n'est tout simplement pas à l'horizon.

Mike a commencé son service de location de bateau de pêche à Apalachicola comme un moyen de subvenir aux besoins de sa fille et de sa mère, faisant passer leur sécurité avant les besoins de son cœur. Niant son attirance, qui devient de plus en plus en plus forte à chaque visite de William.

La récente excursion de William et Mike commence par un temps magnifique, mais la course erratique d'un ouragan change tout, piégeant William. Alors que la pluie et le vent font rage à l'extérieur, la passion à laquelle les deux hommes ont tenté de résister depuis des années s'abat sur eux. Dans le sillage de la tempête, il ne reste que deux hommes qui aspirent à prolonger ce qu'ils ont trouvé. Mais la vie réelle ramène William à ses obligations. Peuvent-ils trouver un moyen de réduire la distance entre eux et découvrir un endroit où leurs âmes pourraient se retrouver ? La traversée sera mouvementée, mais l'avenir brillant qui se profile pourrait valoir la peine d'affronter la houle.

www.dreamspinner-fr.com

Par ANDREW GREY

Alchimie organique
Destinés l'un à l'autre
Fermier malgré lui
Ferrer le poisson
Feu et eau
Une juste cause
Le rancher solitaire

AMOUR…
Amour… sans honte
Amour… et courage
Amour… sans limite
Amour… et liberté
Amour… sans peur

LES ARÔMES DE L'AMOUR
La saveur de l'amour
Une portion d'amour

HISTOIRES DE CŒUR
Cœur de loup
Cœur à prendre
À cœur ouvert
À cœur perdu

PAR LE FEU
Le baptême du feu
Tout feu, tout flamme

Publié par DREAMSPINNER PRESS
www.dreamspinner-fr.com